廖從雲 著

梅庵詩詞集

臺灣學生書局印行

梅庵詩詞集總目錄

謝　序

中華歷史悠久，文化淵深，詩學尤爲我國文化之主流，民族精神之寄託。孔子以六藝教人，首重「溫柔敦厚」之詩教。刪詩書，定禮樂，詩列六經之首，居禮樂之先。詩禮傳家古之風尚，化民成俗，莫善乎詩。廖從雲教授昔曾執教於余創辦之實踐家專多年（現已改爲實踐大學），深知其績學抱道，博貫深思，詩筆道健，著有「梅花百詠」俊逸清新，幷和歷代名家詠梅詩百餘首，輯爲梅花詩卷，復有詠中華五千年史詩，發揚民族精神，開後世康濟、興復、弘化之新篇，意境高邁，寄託遙深，字字心血，舉事入賦，兼史家椽筆。

今彙其所作，署曰「梅庵詩詞集」內容繁富，索序於余，余以今日社會風氣有待改善，得君之倡導，希望群起響應，共同努力宏揚詩教，淨化人心，則幸甚矣。是爲序。

中華民國八十六年歲次丁丑　謝東閔序於台北

陳序

詩大序云：「詩者志之所之也。」是以南風之歌，股肱之頌，首見乎虞夏之書。至宣聖論詩，主興觀群怨，而歸本於溫柔敦厚，是詩有益於風教矣。春秋之際，有閭巷之歌謠，具朝廟之雅頌，見行人之賦答，由人倫日用而至國交折衝，詩之爲道，何其廣也。

唐太宗以詩興教，有唐之詩，遂炳煥乎列朝，工部以如椽之筆，琬璣之章，既切憂時之心，尤深生民之念，是以唐書美其「善陳時事，律切精深，至千言不少衰，世號詩史。」是則詩又非止乎言志言情而已也。廖君從雲，以駿發之才，律對工巧，縱筆文苑，獵句詩壇，作爲詩鑑，收五千年史實之顯鉅者於筆端，觀其所取，凡關乎興亡大計，教化因緣，靡不嗟歎而詠歌之，崇王道、美聖功、貶殘賊、斥奸人、治亂之端以見，文化之源以明，而又律精句切，庶幾繼子美詩史之後，信乎宜哉！

夫以古爲鑑，可知興亡，廖君詩鑑紀述之作，意在斯也。願時人讀其詩而勵其志，則茲篇即吉甫興國之頌也。立不敏，於詩無所得，爰伸廖君之志，因弁其端。

中華民國八十六年歲次丁丑　吳興陳立夫　序於台北天母

自序

余早歲耽詩，老而彌篤，花甲之年曾刊梅庵吟草一卷，除少作詩詞外，所作多已列入。嗣以有感於以史爲鑑，可知興替，乃擷中華五千年史事之顯著者，撰爲詩鑑（一名中華五千年史詩），更番乙正，歷十數年始稱定稿，猶未盡意，又復針對時勢所需，撰爲經世新詠數十首，中華歷代偉人詩贊百首，俾使古聖先賢之豐功偉業，得以彰顯千秋，以啓後人見賢思齊之心。而繼梅花百詠之後，知好雖多讚譽，咸以梅亦一般花木耳，何能多所吟詠爲詢，乃答之曰：梅爲吾國國花，余以愛國之心詠梅，故無所止限，要之其主旨唯忠愛二字已耳。複選歷代名家詠梅佳作而和之都百餘首，與梅花百詠合爲梅花詩卷。游心詩壇既久，亦曾數度參與世界詩人大會，遍遊歐美日韓各地，所至之處，輒有詩紀述，乃成詩屐勝緣一卷，紀遊之作，亦結翰墨勝緣也。數十年來忝位上庠，自慚於時無所獻替，今逢八秩晉一，金禧良辰，乃集前所唱和酬答之什曰耕雲心影，與記述神州名川勝蹟之故國神遊詞，彙爲梅庵詩詞集，以自存慰。渥承謝資政東閔，及陳資政立夫二公，寵賜序言，勗勉有加，至深銘感。謹此申謝。殷望海內外詩壇知交好友，有以教之是幸。

中華民國八十六年歲次丁丑吉旦　三山梅庵廖從雲序於台北文山雨及軒

詩

鑑

詩鑑

中華五千年史詩

古人云以史爲鑑可知興替因摭中華五千年史事之要者各詠一章以覘盛衰隆替之理爰自署曰詩鑑

黃帝建國

龍興乾德起軒轅　建國君民定一尊　涿鹿風雲袪毒霧　阪泉鉦鞞鎮炎閽　九黎都在封疆外　葷粥今猶大漠原　仁智功深開奕代　能教熊虎護元元

文物肇創

獸蹄鳥跡自成文　宮室舟車律呂聞　曆數衣裳尊上國　岐黃德術邁三墳　指南逐北收功遠　規制恢張創意勤　杵臼舂歌如在耳　生民擊壤頌明君

禪讓政治

唐虞揖讓爲求賢　盛治鴻猷大則天　忠孝寬仁先德教　危微精一即心傳　執中尤貴無私念　弘道相期有止年　康濟八荒多善政　九河沿溯盡靈泉

夏禹治水

一心饑溺憂天下　萬慮紛更斥堰時　故里每過忘寢息　昌言猶拜重論思　河清

百世應難俟　人哲千秋信可師　始鑿龍門疏砥柱　孟津宏濟沛恩施

王朝肇始

傳子雖賢祇小康　大同迓治故皇皇　繩繩已肇家天下　虎虎能開世冑疆　可就盛衰窺得失　但從仁暴卜興亡　有窮早未知寒浞　黃雀螳螂抵死狂

少康中興

避地有仍延夏祚　衆雖一旅志成城　梟雄慣是翻雲手　大憝偏多盜世名　喜見王孫申宿願　重新舊業肅宵征　能堅百忍圖強意　善戰元期不用兵

商湯興起

威德樹從征葛始　民心久已欲偕亡　網留一面推恩溥　盟會三千得道昌　龍戰收功流夏桀　鼎移承運起商湯　日新虔作盤銘誡　伐暴興仁惠澤長

盤庚遷殷

播遷屢欲抉橫流　開府收疆樹壯猷　殷後弘文多信史　商前敷政展良謀　莫甘暴棄慚華裔　儘有冠裳拜冕旒　嗟自酒池成巨浸　三分天下二宗周

紂王失國

受辛失國成殷鑑　予智自雄誠可哀　以暴帥民叢怨府　誣賢殉色蔽靈臺　飾非殿陛生荆棘　文過江山沒草萊　得道者昌元玉律　爲憐辜負帝王才

武王克殷

擐甲仁師節概豪　弔民伐罪抱旌旄　孟津雨露申威信　牧野風雲起俊髦　強敵及鋒銷鬥志　三軍作氣撼狂濤　鹿臺豈是鏖兵地　樓閣星辰劫火高

周公東征

不因鼎革快仇讎　殷祀猶存武庚祿父儔　恐懼流言傷管蔡　經營大業見謀猷　樹藩固圉封三姓　拓土開疆定九州　享祚綿長基德教　行仁善政頌成周

宗法建制

禹前初未家天下　傳子讓賢循所宜　本以民心繩向背　咸從物望效驅馳　成周制禮關隆替　宗法循規別祖禰　序列蕃支分大小　百年有道樹宏基

封建屏藩

屏障藩籬錯犬牙　濬源固本護邦家　同宗裂土尊王室　異姓崇功近帝車　先代孑遺宜蔭遠　列門卿士亦矜嘉　恩施倘許敷黎庶　不讓江河萬里賒

井田制度

徹法公耕兼貢助　餘夫沾溉得矜全　功興稼穡資豐稔　德樹屏藩竭智賢　農戰勤修關養衛　禮文醇厚入蒐田　親疏循則匡王室　政教文經一體連

成康盛治

攝政七年開始基　成康繼業蔚明時　獄因訟少無刑罰　道以風清不拾遺　卿士
賢良堅砥柱　宗臣黼黻化蠻夷　千秋盛治尊青史　四海昇平頌緝熙

昭穆南征

養息長年充國力　威伸八表入蠻荒　旌旆警蹕麾荆楚　節鉞戎車載白狼　南服
水濱傷不返　西巡神駿羨周行　驅馳等是征誅事　遠跡雄風仰穆王

厲王失位

誅求暴虐行專制　怨府還因積毀開　目眎能除難止謗　腹誹可殺亦堪哀　亂源
巨浸三年蓄　天意人心一念摧　爲惜衛巫同夢夢　趨蹌誰復早朝來

共和新政

共和美政作先河　釋位更王攝代多　周召賢能興體制　廟堂雍睦起謳歌　跡陳
事遠難夷考　史軼文存費琢磨　一十四年如白勃　長流萬古幾恩波

宣王中興

共和輔政已收功　王室攸興指顧中　黷武違仁偏失德　貪天取禍迭招戎　鞭長
莫及宜柔遠　弩末形成鮮克終　太息良機元不再　遂看周轍竟須東

一笑傾國

失德憂深陵谷變　連天比日蹙畿疆　聽讒久使賢良遠　好斂終教圃囿荒　山冢崒崩喪亂繼　川流騰沸孑遺亡　美人不信能傾國　爲問蛾眉幾許長

平王東遷

申侯一怒卒興戎　遺恨驪山翠靄中　固圉旌旗猶在北　還都車輦竟長東　鎬京殘破如墟市　洛邑偏安亦轉蓬　競霸華夷皆跋扈　千秋覆轍爲爭雄

春秋爭霸

霸力相傾勢已非　攘夷守土望攸歸　王侯跋扈專征討　禮樂崩頹益式微　蠶食鯨呑無遠近　鷹瞵虎視失依違　存亡繼絕匡天下　牛耳盤盂藉德威

齊桓霸業

大度能容置射鉤　富強仲父獻新猷　攘夷先事存邢衛　謀國四維弘蓋籌　九合諸侯冠劍盛　一匡天下德威酬　葵丘盟會尊王室　霸業雄風莫與儔

宋襄圖霸

不因機詐隱情虞　誰謂襄王事近迂　定亂存齊元霸業　渡河待楚豈拘儒　聊從榮辱分仁暴　且自狷狂認有無　草草收場宜可憾　能終令德亦雄圖

晉楚爭衡

晉文成霸溯齊姜　受塊尤應紀衛鄉　捨忍圖存無可處　能容爲大遽堪量　酬恩
一諾輕三舍　獻虜盈廷重萬方　楚不違天終不廢　亦曾吐氣對牽羊

秦穆崛起

蹇叔由余兼五羖　求賢若渴萃英才　附庸坐享關中地　裂土分封塞上隈　邽冀
旌旗輝日月　殽函劍戟鬱風雷　恢恢大度能容物　一眚何曾掩達材

吳越逐鹿

屧廊急管繁絃夜　甕牖臥薪嘗膽時　檇李繫囚曾破陣　夫椒勝算失和夷　披犀
帶甲難湔恥　洗馬尊吳爲去疑　聚訓廿年終可用　辜天無復怨西施

弭兵大會

戰禍頻繁欲弭兵　雙雄晉楚結新盟　片言化戾成霖雨　一念袪殘得泰亨　樽俎
周旋興禮樂　干戈止息頌和平　生民願契惟天道　元霸何須尚力征

戰國七雄

三家分晉歸卿士　篡竊居然蔽上聽　王室名存綱紀墜　諸侯力竭食田空　相殘
弱肉供豪勇　坐大封疆競事功　七國爭雄非務伯　貪天誰復識窮通

周室衰亡

周祚綿延八百載 禮文典制式千秋 樹藩原爲勤王事 養士翻多逞詭謀 至竟連橫成亂局 可堪政令出諸侯 東西畿輔膏貪吻 名實偕亡悵逆流

楚王受愚

半壁東南峙楚齊 虎狼雄踞隴關西 子蘭速駕緣私意 鄭袖工讒是禍胎 背誓寒盟生已辱 信貪近佞死還迷 汨羅江滙靈均淚 聲斷騷魂日夜澌

完璧歸趙

睨柱吞嬴意氣豪 迴車能讓愧同曹 捨身飼虎輕生死 完璧爭城肆笑號 豈止澠池成勝會 終教怨府釋勳勞 負荆刎頸原多事 公爾忘私一字褒

長平之役

善讀深思誄父書 守疆衛國竟何如 急功躁進浮名誤 輕敵興戎智慮疏 一戰應傷元氣盡 復燃等似死灰餘 翻憐阿母能知子 卌萬男兒豈朽樗

無忌救趙

烽火甫驚傳趙寇 君臣疑忌已初生 盜符縱有如姬巧 獻策寧無一客明 嚄唶隕星穿赤彗 風雲兵氣起危城 純忠篤義誰能說 毛薛諍言十萬兵

田單復國

平亂存燕原義始 不應移鼎到臨淄 奮揚每念收京日 惕勵難忘在莒時 國蔽猶知民可用 心勞卻信力能持 火牛縱有龍紋護 怎比望諸一著棋

荊軻死義

壯士心雄易水寒 送行底事白衣冠 悲涼最是歌長訣 慷慨誰還執兩端 豪氣干霄虹貫日 孤懷許國血凝丹 亡秦不信無良策 一死酬恩局已殘

自毀長城

一敗長平勢已虛 何堪良將以讒誅 巨奸蠹國先戎略 強敵受降緣謗書 自毀修城誰可帥 輕聽辟佞憤難攄 用兵未蹈亡韓轍 唇齒攸關歷劫餘

齊威納諫

下情不達宜多蔽 況復貪求愛惡偏 從善如流元令主 匡時以諷信名賢 竟容規過盈朝野 尤許祛非及市廛 言路廣開除積弊 一兵未發凱歌旋

唇亡齒寒

畢竟唇亡齒必寒 可憐唇齒自相殘 互爭已肇先衰象 私賂終成積毀端 離間方能分化易 遠交還爲近攻難 老泉深意傷心語 六國原堪匯壯瀾

蘇代說趙

長喙生成宜善啄　深藏處殼亦居中　朔燕自固圖存意　強趙難違造化功　不雨或將能死蚌　久箝至竟利漁翁　何當罷戰修盟好　聯手驅秦以武雄

任座悅君

明主方容有直臣　面諛巧佞盡浮塵　翟黃不作違心論　任座能攄悅耳因　已厭頌揚成久蔽　偶聞峻語見純眞　知仁信即宣仁政　喜拜嘉言德日新

馮諼市義

盈門珠履客三千　幾識尊榮道義堅　彈鋏歸來惟浩歎　馳車直出豈空旋　黃金那有民心貴　狡兔猶知土穴連　並騎翩翩誰達士　多君特識邁時賢

晏嬰使楚

慧心利口尙謙沖　樽俎周旋舌戰同　肆應機鋒能不辱　昂藏志意亦恢崇　橘移淮北名爲枳　人入危邦道益雄　齊盛楚強無上下　祇應並轡拒秦東

仲連退秦

高義魯連羞帝秦　平原玉立負長紳　危時益厲飛揚志　九死應留不辱身　羈虜孰能猶貴顯　降王何以保黎民　分庭萬乘稱雄主　底事紆尊屈比鄰

華夷融會

中原漢裔匯華夷　三代長流浸潤之　荊楚淮萊皆向化　越胡戎狄亦交馳　黃河落日錢塘月　巫峽啼猿滇海池　地著血緣融族性　拓疆民物入風詩

社會劇變

總緣肉食人多鄙　世族優崇豈謂平　仲父相齊非徼幸　文公伯晉是圖成　申商主柄元謀士　范蔡尊榮亦客卿　貴賤藩籬衝破後　儀秦排闥逞縱橫

工商發達

都城雉堞擁千家　輻輳舟車起物華　貨殖收功知煮海　貿遷溥利擅摶沙　羽毛齒革餘波及　刀布錢泉孰厭奢　貧富懸殊艱事畜　不堪樂歲話桑麻

諸子爭鳴

能藐大人爭小之　虔修智術任驅馳　鳴高放眼輕君子　啓示微言重世師　挾策縱橫非哲士　懷才出處副明時　圖強取富須賢俊　敷教弘文勢自移

儒崇仁道

中正平和式大儒　一從忠恕貫盈虛　溫良儉讓基仁德　勇毅貞剛握智珠　生死不爭明義利　榮名可澹別賢愚　攸尊道統繩繩繼　玉振金聲攝萬殊

墨尚兼愛

並世與儒稱顯學　輕財重信務犧牲　非攻發念基兼愛　尚儉敷仁貴苦行　篤教
尊天推鉅子　利他守法見精誠　補偏救弊袪虛矯　節用眞堪善制衡

道主無為

一本空靈尚自然　無爲不有薄才賢　折衡剖斗歸甯靜　去禮循眞返樸虔　齊物
時移能適變　養生形化亦因緣　壽殤貴賤皆虛念　悟道還當率性天

法重治術

亂世危時道已窮　爾虞我詐隱深衷　嚴苛已失尊君意　專制難收任法功　網密
孤行多自斃　情枯與理應相通　水柔火烈眞佳喻　執守還須本大公

文史發皇

發皇文史羨先秦　世亂時危智未貧　四始無邪皆正則　百家溯本亦歸仁　蕙蘭
九畹滋忠愛　褒貶諍言易主賓　三傳富腴尊左氏　春秋大義得弘申

一統功成

一統功成始祖龍　私心享祚欲無窮　殽函不復匡新界　江漢居然益舊封　國富
兵強民亦樸　策奇主智士尤雄　天時地利人謀盡　崇法同文啓運隆

中央集權

撤藩廢謚除封建　指臂收功郡縣多　分治設官明職分　析疆固圉壯山河　威權統馭成專制　政令攸尊失至和　太息咸陽三月火　立心立命欲如何

統一法度

異畝田疇異軌車　不同律度不同書　令行似水宜多暢　法本緣情應少舒　作篆李斯甯可恕　弘文程邈豈長疏　量衡圜府冠裳一　統整元期稗政除

開闢馳道

交馳南北騁東西　起自咸陽北入齊　氣接陵原追日近　勢凌吳楚壓天低　揚威不作分兵計　弭亂偏勞駿馬蹄　內重外輕非上策　還從仁暴判雲泥

修築長城

聳峙雄關拒萬夫　長城迤邐為防胡　不教牧馬臨洮矣　可許鳴弓碣石乎　恩澤何曾敷六國　仇讎豈祇是匈奴　未修衆志行仁政　高壘深溝有若無

銷毀鐵器

弭兵未必藉銷兵　十二金人衆怨擊　口若能緘川可壅　山如可毀谷能鳴　民心向背關興廢　大勢安危恃正平　蟻穴潰堤成泛濫　揭竿亦足代華旌

集中富豪

遷徙富豪非族望　銷凝民力鬱深哀　移根盡有靈臺樹　負耜甯無管叔才　劫罅壯夫多激忿　火餘金劍尚沉埋　咸陽枉自稱繁庶　一例榮枯委草萊

焚書坑儒

齊威戰勝朝廷事　謗議原爲治國方　諤諤諸儒宜善待　皇皇玉册應珍藏　工讒蠹政傷群小　以古非今式典常　殉道活埋天可乞　千秋秦火亦微茫

拓土開疆

遠征百越又閩中　南海桂林開拓豐　象郡名藩歸域內　舊燕故地衍遼東　長城翼護驚天塹　蜀道迂迴歎妙工　擴展幅員眞偉業　泱泱大國肅雄風

移民實邊

威伸域外到窮邊　區脫牛羊野草連　落日大旗飄客思　寒梅香雪壓愁眠　孤飛不復聞鄉訊　夜坐空憐對月圓　爭說宵來成好夢　賣刀買犢賦歸田

橫征暴歛

徭役繁興肯恤貧　雨暘調適有饑人　縶囚階下多逋客　緹騎村前擬戰塵　縱可傾魚從大澤　終難析骨代勞薪　阿房水與驪山月　不洗羅衣照棘榛

沙丘夢斷

權位優崇奢物欲 人間何藥可長生 仙山遙在群山外 盛治應循法治平 博浪有椎輕警蹕 沙丘無地築佳城 轀輬豈是逍遙枕 萬世雄圖夢不成

李斯誤國

扶蘇不立蒙恬死 相國紓尊媚趙高 巧佞但知因利合 神姦枉自以文豪 排除異己鹿爲馬 比黨違經惡亦褒 忮害賢能庸懦繼 回天有術亦徒勞

其二

孤危何事傷年少 傀儡生涯亦可悲 寺宦囂張能竊柄 朝臣昏聵但低眉 重刑暴斂輕民命 遠戍崇陵壞國基 死未逃秦知有愧 東門牽犬悔應遲

揭竿起義

長驅戍卒走漁陽 大澤籠愁困雨鄉 不以後期甘一死 肯緣先發與偕亡 揭竿變作天爲主 起義功成勝可王 郡縣少年遺裔後 反秦志事亦堂堂

亡秦必楚

楚雖三戶必亡秦 豪語干雲記尚新 死有威名能集義 生無雅量可容人 王孫豈是群龍首 孺子難回萬世春 逐鹿中原殘局在 咸陽餘燼又揚塵

劉項之爭 五律

叱咤風雲命世雄　未應埋禍棄關中　鴻溝不似鴻門隘　故國當如故里同　斂志宜驚還灞上　沐猴終笑戀江東　縱然失計須重振　何必捐軀益馬童

破釜沉舟氣勢雄　至今人羨大王風　蕭何獨識追韓信　項伯居然翼沛公　有一范增嗟未用　偏多英布誤前功　烏騅不逝虞姬死　猶道天亡昧始終

自古殺降多不祥　仁師繼絕且存亡　誅奸孺子非庸弱　淑世天心戒殞傷　尊楚豈容違義帝　滅秦何事立群王　紛爭蝸角輕賢智　一失先機漢幟張

阿房一火及咸陽　易暴人曾怨楚王　當爲死生留咫尺　好從向背識炎涼　史遷本紀榮褒在　劉敬知言漢室昌　成敗千秋無定論　異時功狗亦倉皇

力拔山兮氣蓋世　人龍信不愧人豪　雲旗失色悲風咽　零雨添愁楚唱號　獨載未輕抛愛馬　臨危猶重念同曹　艤舟原是淮陰客　臨死從容節概高

大漢興國

先已入關還灞上　未曾意氣火秦宮　蕭何遠見收圖籍　韓信奇謀出漢中　決勝沙場千里外　運籌帷幄萬夫雄　寧無猛士安寰宇　底事高臺唱大風

郡國建制

四方割據多龍種　一將殊勳乞假王　固圉樹藩分郡國　酬庸異姓立封疆　孰容驕雉烹功狗　長使遺孤作餼羊　白馬盟書非善策　安劉至竟是周郎

文景之治

達變通權治事賅　曹隨未可謂非才　蕭規甫定宜蘇息　衆庶能安始遠徠　政尚無爲民不擾　主崇明德孰相猜　安和一片昇平景　盛世恩波及草萊

七國之亂

削藩一疏誤申商　成議攸承賈洛陽　庶孽多心原可撫　孫枝少力豈長狂　燔山煮海逾常分　弭亂扶危抑七王　鼂錯孤忠寧鑄錯　朝衣赴市惜羔羊

武帝治術

雄才大略稱英主　文治武功宏礎基　官鑄國營非聚斂　均輸平準杜居奇　仲舒籌議公孫策　釁舍傳經樂府詩　益賦建元天下足　安邊威德化諸夷

獨尊儒術

長年休養資生息　盛極頑多啓弊端　黃老無爲難應變　申商崇法失苛繁　墨因偏激逾常軌　儒以寬仁奠久安　至德中和歸正道　百川宗海壯波瀾

昭宣之治

廢立朝綱忞霍光 威權震主繫興亡 與民休息輕徭役 樹德任賢守典常 盛治更新明得失 下情能達事恢張 昭宣繼業行仁政 循吏重看漢史彰

王莽篡漢

安漢居然作假皇 可堪諸呂又諸王 成哀異德仍招禍 戚黨酬勳每速亡 幾見謙恭眞下士 從知篡竊亦強梁 新都已是公侯輩 僞善虛聲罪益彰

新莽改制

博學多才僞可誅 平生枉讀聖賢書 更張未始非新政 賒貸如何得補苴 縱許王田能樹德 寧容六筦爲要譽 倘眞居攝由天命 應惜繁苛復古初

光武中興

風雷奮迅起昆陽 龍戰玄黃我武揚 漢室河山期再造 新朝圖讖竟何祥 民心已契天心附 仁政方隆窳政亡 淑世明經崇氣節 中興盛業肅綱常

明章之治

盛治明章政教行 通經且及羽林兵 禮隆大射釁宮重 堤護洪波水患輕 任使賢能興百廢 省除徭役樂昇平 深仁厚澤追前古 頤養恩施益庶榮

外戚擅權

凶暴驕狂復攬權　勢凌幼主恃垂簾　父兄子弟皆親貴　孤弱溫良益倒懸　廢立
擅專輕大統　授遷賄賂抑時賢　女箴惟內宜深誡　遺禍邦家婦寺連

宦官竊柄

外戚已傷王氣盡　可堪中侍迭相讎　讒譖積毀銷忠藎　賄賂公行塞正流　干政
寺人尊五馬　擅權閹宦列封侯　本初擐甲清宮闕　雄健還成割據憂

黨錮之禍

清望重名崇節概　匡時讜論肅秋陽　高標塵尾欽陳蕃李膺　篤義龍頭式范滂張儉
婦寺權奸傾社稷　忠愚質直負彝常　黨人碑沒生荊棘　千古猶存姓字香

東漢衰亡

喪亂侵尋傾漢祚　潢池貽禍繼黃巾　不除宦寺成深患　自引豺狼起戰塵　百劫
凋殘無噍類　三分割據孰交親　桓靈遺恨山陽淚　誰挽狂瀾斬棘榛

兩漢武功 北伐匈奴

寒風大漠夜鳴鵰　虜騎縱橫敵勢驕　弭患朔方先四郡　安邊劍氣拂霜杓　仲卿
勇略千軍發　伯度聲威一石標　何以家爲豪語在　至今人羨霍嫖姚

西通西域

博望旌旄介子鐶 樓蘭不斬不生還 輪臺高聳天山外 刁斗森嚴浩汗間 威服西戎通絕域 信伸漢德化諸頑 班家定遠千秋業 虎穴何如世路艱

平定西羌

屛障朔方開四郡 遙令聲氣斷胡羌 金城枹罕終吾土 候驛屯田復舊疆 充國先零疏遠略 文淵三輔失周詳 紀明受事專軍任 谷靜山空亦可傷

戡定南服

百越東甌皆向化 漢文寸簡遂稱臣 珠還合浦傾南海 幟拔連營到九眞 黔雨迷濛流厚澤 滇雲掩靉羃西鄰 蜀山迤邐歸圖籍 夷服苗疆亦可馴

東定朝鮮

箕賢避地溯殷商 八約回頑教禁長 戶不夜扃知善化 邑無淫盜見純良 逃秦志士多懷憤 違難燕人衛滿竟自王 僕楊彘荀策動安四郡 更新印綬付扶桑

兩漢交通

傳驛征車奔域外 揚帆東指達扶桑 汪洋西海通羅馬 修阻星槎到洛陽 身毒冄支非絕徑 日南安息亦康莊 甘英倘有長房術 早已天聲震異方

兩漢文化 宿儒傳經

師道尊嚴能淑世　異時秦火已微茫　難焚腹笥猶餘燼　既壞魯垣多秘藏　口誦通儒流典籍　心維篤士發瓊章　古今聚訟紛紜甚　至當折衷宜擅場

史學先例

能爲項羽權修紀　至聖明倫重世家　列傳蒐羅多雋哲　表書商略見才華　馬班特識弘褒意　荀悅陸賈知言信美誇　史學先河尊體例　風雲腕底起龍蛇

文學新境

班馬雙枚枚乘枚皋與子雲　一時冠冕擅知聞　詩從樸茂期淳厚　賦以豐腴見逸群　美制歌功惟合德　揄揚紀事亦銘勳　建安體制開新局　奕代儒風信允文

科學發凡

渾天動地候風儀　科學發凡信未遲　率計圓周精値數　術窮神理出良醫　刳腸剖腹方多異　解體連肢技亦奇　尤善蔡侯新製美　弘文不復費沉疑

州牧割據 三首

郡國權輕邊圉虛　幾番羌禍苦征誅　虎狼雄踞中朝蹇　狐鼠跳梁四野墟　道路荆榛兵燹久　黎民水火劫灰餘　倘容煮酒蒼生論　操與使君皆不如

風雲詭譎黯神州，不爲蒼生不爲仇 拓土稱雄成割據 負隅自固任誅求 欲匡
叔世期諸葛 何貴佳兒有仲謀 擾攘寧關天下計 千秋得失笑曹劉
憑陵天險峙江東 一炬灰飛不世雄 併力拒曹誠壯舉 同心扶漢見孤忠 隆中
早定三分策 洛下終虛九錫功 纘統非時原篡竊 莫因成敗論窮通

春秋大一統之義必取之以正守之以正方可謂之正統

三國和戰 蜀吳之局

唇齒相依合拒曹 周郎英發實堪豪 阿蒙至竟無深慮 白帝終憐有永號 雄據
一方元豹變 連營十里豈龍韜 蜀吳制勝宜盟好 遺恨滄江咽怒濤

魏吳之局

仲謀失策受吳王 何事稱臣辱故疆 一誓要盟憐質子 二陵風雨畏貪狼 長江
天塹難飛渡 大帝雄圖正未央 北結遼東西蜀漢 偏安危局入康莊

魏蜀之局

西進益州復漢中 匡扶夙志迭興戎 武侯治術循儒法 文叔遺徽見事功 先定
南夷清後患 長征北虜肅從風 祁山六出攻兼守 旗鼓堂堂愼始終

三國滅亡

奇兵何意襲陰平　覆轍終傷婦寺傾　三馬同槽循故步　荒臺寒雀亦悲鳴　縱然鐵鎖橫江渚　至竟降幡出石城　放眼遐觀興廢事　幾番風雨幾番晴

晉之統一

河山竟以敗兒曹　橫槊當年枉自豪　養望長期非力絀　逞謀瞬息亦心勞　路人皆識君猶夢　隱患方深券已操　滅蜀沼吳成一統　興亡終古付洪濤

八王之亂 二首

同姓樹藩期自固　依然骨肉肆摧殘　牝雞妨主傷宮苑　鷙鳥盤空逞羽翰　瑋亮相煎元太急　冏倫輔立亦孤寒　可憐穎乂歸東海　中道司徒智已殫

燎原星火起蕭牆　巨變多因法紀亡　干政垂簾悲女后　擁兵跋扈惜宗王　逆倫弒母如梟獍　同室操戈甚虎狼　弭亂綱常猶未振　胡塵先已黯平陽

五胡亂華 二首

先有八王旋五胡　敢從治亂識榮枯　長蛇封豕穿南北　餓犬貪狼滿道途　玉殿螢飛悲腐草　空城月落起啼烏　傷心一片腥羶地　元是漢家舊版圖

鮮卑古音錫伯 羌戎競壯圖 何堪氐羯繼匈奴 過江氏族多如鯽 負國奸邪狡似狐 胡騎中原任逐鹿 羈人塞上悵棲梧 可憐懷愍青衣日 猶記曹家覆轍無

東晉偏安

倉皇違難渡江初 黎庶多爲涸轍魚 勝日新亭空有淚 歸時舊燕竟無居 播遷惜致偏安局 遙制終妨夾輔車 敵釁良機看坐失 更誰擊楫作前驅

祖生擊楫

大旗獵獵水湯湯 積健爲雄我武揚 夙夜聞雞催舞劍 中流擊楫代浮觴 宴安空灑新亭淚 規復誰收故國殤 功敗垂成敦禍起 祖生志事亦蒼涼

內亂頻仍

強臣跋扈逞驕恣 巨室囂張蔓已滋 勳伐既崇隆族望 野心益熾炙宗支 擅專政事綱常毀 竊踞朝堂社稷危 勢易形移權亦屋 故家梁燕去多時

東晉北伐

遺民揮淚灑車塵 爭說王師已破秦姚秦 風掃藍田欣逐北 雲開洛邑喜回春 漢南柳色青如許 耆老歡顏語更親 陶侃祖逖劉琨盧諶興復計 桓溫殷浩兩負百年身

桓溫之亂

浪因奇骨試啼聲　總爲浮名誤一生　暮靄沉沉頻寄慨　中原莽莽待收京　南州祖道傾都邑　梓里投身肅旆旌　廢立擅專威勢赫　難從功罪判陰晴

淝水之戰

東山再出爲蒼生　豪氣難窺賭墅情　以寡勝多誠大勇　用和祛戾信知兵　狼奔志奪橫流決　鶴唳風高逆勢平　一齒屐痕私喜意　諸兒頭角果崢嶸

經營中原

一自龍驤沉曜日　風雲寂寞古涼州　羯胡已現新衰象　悍夏難成竊踞謀　威克兩京應可待　群伸雄抱總堪憂　姚秦繼滅南燕後　掃蕩中原志未酬

東晉衰亡

扶危平亂竭忠愚　北伐南征隱以虞　京口主盟元義舉　番禺別幟亦天誅　乘除放眼無餘子　禪代居心有寄奴　覆雨翻雲興廢事　至今閑話付樵蘇

南朝遞嬗 劉宋興亡

南朝始事著旂常　吏治澄清肅紀綱　軫恤流民輕稅賦　登庸寒士入朝堂　移風正俗先興學　勤政扶農重貿商　終惜元嘉何草草　遂教魏武逞鷹揚

蕭齊禪代

何堪禪代同兒戲 況復春秋重正名 前後君昏皆謚廢 往來臣節少攄誠 效尤劉宋成新局 踵武元嘉頌永明 輪轉空憐翻覆手 潮聲終古石頭城

梁之興亡

君統相承數二蕭 居然享祚冠南朝 弘文循道兵氛靖 緯武收疆劍氣銷 姑息侵尋刑政弛 寬仁難抑羯胡驕 臺城叢棘驚風雨 忍聽滄江日夜潮

陳之興廢

胭脂井壞寒螿泣 歷盡繁霜上苑花 啼鳥幾曾醒蝶夢 鳴蛩或也警蜂衙 偏多霧露銷王氣 儘以河山殉物華 倘會人間興廢理 未應覆轍繼蕭家

北魏建國

中原虜騎久縱橫 荆棘銅駝泣兩京 永夜聞笳期曙近 遺民銜淚望河清 紛爭已臏殘棋局 一統方殷弭禍兵 雄主伊誰匡叔世 竟教胡馬騁長城

孝文華化

孝文嚮慕欣華服 變夏情殷日有功 改姓頻添新氏族 通婚漸泯舊夷封 兵能弭亂元戎事 言足傳心漢化同 易俗歸仁成盛治 雍雍不愧大王風

元魏分裂

分崩離析據東西　篡弒頻仍笑聚醯　鹵莽驕狂同一貉　虛聲恃氣尚凡雞　鸞
肆暴傾元魏　悍將專征肇北齊　寧許法周成竊據　忍看塵跡雜輪蹄

齊篡東魏

肇因遠溯至高歡　晚節應傷逝水灘　待兔心期恒不易　觸藩羚角退終難　苛嚴
用法非仁政　倨傲如兒是曲端　徙廢由人悲善見　庸主名繁華如夢鏡中看

北周篡立

依古倣周巍六宮　儼然冢宰肅衣冠　恃功自立王封際　篡逆重開鼎沸端　怨毒
每緣排異己　驕盈總爲習恬安　葫蘆依樣皆能畫　主弱臣強一例看

隋之統一

隋文安坐一天下　靖亂經邦事可誇　崇儉弘文修吏治　輕民叢忌步前車　從知
廢嗣關成敗　總爲聽讒昧正邪　始政優隆緣久敝　妄矜苛察損聲華

隋之初衰

太倉紅粟足軍儲　圜府豐盈朽索餘　迤邐長城凝血淚　蜿蜒馳道礙菑畬　驕狂
吏亦如狼虎　羸弱人還畏簡書　俶擾豪奢傷國本　不堪銜恤計盈虛

隋之敗亡

廣興營造似嬴秦　勸事遐夷役亦頻　民志日離兵禍亟　軍容既盛國威伸　邊烽
久炙龍城將　錦纜長縈鹿苑春　行樂江都如一夢　頭顱雖好繼梁陳

唐之興起

大業千秋頌漢唐　萬邦爲憲煥文章　行仁始事伸威德　篤義尊賢重令望　近悅
遠來弘善政　兵強國富震遐方　十思切諫諍言在　得失興衰史鑑彰

貞觀之治

大同盛治雖難及　樂利安和邁小康　撻伐群雄非黷武　匡扶夷部亦圖強　守成
不易宜終始　創業維艱愼典常　倘使刑清緣德化　無因可縱益禎祥

開元之盛

弘教移風成美俗　袪貧崇儉是良方　講求吏治多思效　重任賢才善考量　鼓腹
庶民歌樂歲　受封泰岱頌康莊　翕和一片昇平景　豈止揚庥及故疆

唐之中衰

太宗自古稱雄主　要好兒孫事亦難　移鼎幾於歸婦寺　經邊失錯誤權奸　內廷
藩鎮交叢弊　巧佞梨園習苟安　一自馬嵬兵不發　始知肘腋早生寒

藩鎮跋扈

邊臣帶使多持節　鎮將驕成固圉藩　自恃兵雄成割據　傍依地遠益囂煩　專征已啓辜恩兆　結託方深叛亂源　姑息元知難弭患　陸公贄平恕未安敦

宦官專橫

瘡疾中唐是宦官　主非庸懦力終殫　跳梁竊奪多狐鼠　擁立擅專摧肺肝　冰炭形成長水火　忠良勢蹇益孤寒　沉痾難覓回生草　續祚元無九轉丹

外族入寇

亦曾向化共扶唐　平亂功高沐澤長　入寇回蕃緣物誘　勤王節度護彝常　彌天烽燧連南詔　匝地狼煙冪朔方　肯信片言能卻敵　威名永慕郭汾陽

流寇猖獗

嘗聞苛政猛如虎　凶歲荒年亦可危　堤決奔流傾土宇　民饑走險弄潢池　勢同滾雪消非易　熾似燎原撲已遲　犯闕煙塵氛祲重　宮城燈炮月明時

唐室傾覆

夷部昔尊天可汗　今看北虜欲圖南　居安未有思危誡　積弊平添玩愒慚　徒嘆無謀疏克用　空嗟何物是朱三　層冰沍固銷凝久　大廈傾頹失杞枏

隋唐拓疆

北有突厥古音脫柯西吐蕃 隋唐畿輔近邊藩 圖存布策攻兼守 拓土收功簡馭繁 大漠牛羊歸落日 南疆黎庶仰崇垣 德威遠被聯全亞 異域高城毗國門

四夷崛起

百濟新羅接北傒 高麗循跡及遼西 孤懸渤海長依附 偪仄契丹猶寄栖 朔漠驍雄承鐵勒 東胡庶孽倣周齊 吐蕃兼併諸羌後 邊寇連年動鼓鼙

隋之遠略

台員元是古琉求 大業殊勳逐海浮 化及河源成二郡 威收林邑置三州 聲名東溢扶桑遠 華戎交輝異域留 屢扼高麗憂患始 遐夷窮事總堪愁

隋唐邊防

都護聲威揚域外 邊防州府事羈縻 受降城峻宜徠遠 備寇方多重化夷 隴右嶺南河北道 朔庭關內單于旗 守提海上煙氛淨 經略三山兩套時

唐之武功 夷突厥

邊境稱兵多假援 所資聲勢總豪強 功名與共元無已 賞賜時頒豈有常 忘本義成宜可殺 犯顏良輔信難量 東西析地終遺禍 北鄙偷安後患長

其二　平鐵勒

回紇代盛薛延陀　磧北時聞鐵勒歌　威震四夷皆詣闕　恩隆瀚海獨生波　將軍三箭天山定　死士丹心壯志磨　貪掠殺降歸未得　邊城月冷泣明駝

其三　制西域

夙昔英風思定遠　前朝遺事說西州　群酋爭立時多亂　諸部歸唐願已酬　君集奇兵銷戾氣　藥師雄略靖邊仇　和蕃上策宜弘化　絕漠還當有綠洲

其四　伐遼東

受臣勞慰鑒前車　扶弱鋤強拔虎牙　豈爲久攻摧士節　卻看堅守拜君嘉　釁端迭爲新羅啓　敵勢終因百濟賒　撫輯猶傷餘衆叛　七重城上咽悲笳

其五　通吐蕃

羌裔西戎多健武　衣冠上國慕京華　頗爲城郭匡遊牧　擬學詩書治室家　弘化文成源漢德　歸唐雄霸出奇葩　可憐夷狄終無賴　怨笛哀鉦雜暮笳

其六　服天竺

未通天竺成遺憾　前代雄圖願尚違　國勢初張刑政肅　行人晉接禮儀威　馨香頂戴郊迎遠　傾邑瞻觀受詔歸　牛馬餽師甘內附　將軍懷化及王畿

學術文藝

學海波濤歸澹定　名山志業各千秋　興詩弘教思群彥　載道崇文作主流　直筆先賢昭史乘　藝林雅集遍中州　傳奇法繪開新境　儒釋兼長莫與儔

五代風雲

五十四年賡五代　如棋世局等雲煙　驕兵跋扈傷諸將　美制淪胥負昔賢　蠶食蟬聯分畛域　鴟張虎視及君前　雜流紛進人心壞　長樂應羞四姓遷

朱梁代唐

貴臣移祚成常局　非行驚聞起盜中　無所不爲宜有守　未知所止鮮能終　至親隱患傷傾軋　同室操戈繼內訌　疏忌忠良邦政紊　可憐骨肉等寒蟲

後唐代興

晉王夙志在扶唐　起敝扶衰勢遽強　兵革迭興摧大憝　謀猷終竟代朱梁　訛言鄴變成新患　叔世明宗號小康　飛狀囂張玄武燼　霓旌未及向河陽

石晉屈節

兒帝孫男應自羞　燕雲初割缺金甌　銷憂久已殫民力　屈節何堪事遠謀　苑外藎臣非犬馬　家人禮意本仇讎　空憐十萬橫磨劍　贏得餘生負義侯

後漢代晉

既疏論諫不邀遮　覆晉深機雀有牙　作父豺狼由自認　稱臣几杖復何加　安行
入洛元蕉鹿　飽掠歸遼一帝羓　來去匆匆皆寄旅　江山至竟屬詩家

周代後漢

澶州兵變裂黃旗　監守終教漢鼎移　銳意昭蘇隆治績　虛衷起敝肅威儀　武功
略定關南地　善政長留沒字碑　用法苛嚴終可悔　不堪主少國多疑

十國雄踞 吳楊行密

雄奇草莽起廬揚　赤立江淮亦可傷　寬簡近仁多智略　公私崇儉輯流亡　弘農
未解輕徭意　末帝終成告朔羊　國有宏基宜務本　應知興廢豈尋常

南唐李昪

淵源姓氏宜追遠　一念歸宗循義多　溫厚有謀勤輔政　撝謙辭號善揚和　好賢
禮士孚人望　游藝工詞失太阿　最是倉皇辭廟日　忍看揮淚對宮娥

前蜀王建

西南形勝稱天府　建號推尊起二王　世族名臣能致用　寵妃宦寺日囂張　賢愚
易位傷童騃　奸佞專恣失典常　自是醉粧多薄媚　甘州遺曲咽悲涼

後蜀孟氏

龍岡世業起西川　鎮將稱藩忍據邊　勢亂根株宜互固　時危毫髮動相牽　君臣娛養爭驕侈　周宋憑陵黯棄捐　終惜芙蓉城似錦　但聞望帝泣哀鵑

南漢劉隱

嶺南嶺北資天險　開府封川樹壯猷　浮海來依多族望　好賢新進信名流　推尊既兆龍飛象　據地終傷虎踞謀　珠殿玉堂奢近暴　不仁骨肉亦仇讎

楚王馬殷

武安建業爲留後　開府長沙作楚都　內奉朝廷臣節謹　外夸鄰國土宜殊　民豐地大元強服　勢蹙時危失霸圖　奕世敷榮歸美宦　洞庭月色總華腴

南平高氏

既虧大節宜難固　所向稱臣小丈夫　贖罪有金元逐利　干求無命亦窮途　一年三貢情何急　緩事觀成性總迂　私號忍聽呼賴子　須知不辱是良圖

吳越錢鏐

兵馬威伸平兩浙　風雲氣盛壓三吳　海深謀定王諸國　主少心雄敵萬夫　肯信英才多勇決　甯容駑末逞前驅　勢孤俶作歸京計　傾力輸誠達九衢

閩疆王氏

相及弟兄興七閩　或能循義或傷仁　從知善政多恩蔭　不問蒼生昧鬼神　稱帝稱王宜合德　忽隆忽替視親民　三山舊是龍爭地　左海揚波亦有塵

北漢劉旻

短祚終爲十國殿　結鄰自固起三原　黥人莫謂皆無賴　僭號猶能不改元　地狹每憂多奉獻　主疑時念繼煩冤　晉陽天險宜難下　竟以降旛護子孫

陳橋兵變

勳業彌彰譽望隆　聲威早著仰豪雄　讙言點檢爲天子　忍使孤兒處別宮　一襲黃袍加太尉　千秋大義屬韓通　死生誰可無遺憾　雲起龍興日正中

北宋統一

大將名藩多俯首　四方列國以時平　人心厭亂新機至　時勢攸趨渠水成　收拾分崩歸正統　羈縻窺伺入編氓　嚴繩諸鎮臨民厚　善治敷施有頌聲

收兵馬權

威重邦人典宿衛　外藩羽翼亦勳臣　允文允武無多輩　善始善終得幾人　罷鎮深心薪徙易　解兵史事狗烹頻　釋權遙領經綸在　報稱全功幸免身

收政治權

軍民庶政歸通判　長吏封疆禮意均　支郡諸藩皆直隸　常參節鎭有鴻鈞　雲霓夙望成隆治　霖雨蒼生及九垠　天聽既聰專達後　驕狂桀驁亦風馴

收財政權

度支積弊留州久　貢奉公然賄賂行　苛斂傷民肥酷吏　妄收逾法利餘贏　寬嚴並尙無操切　饑溺先憂但薄征　災歉蠲租休俟報　歸仁向化式華旌

收刑法權

藩鎭擅專多跋扈　草菅民命有煩冤　鞭長莫及惟姑息　冰泮未開忍負暄　理但能伸生不辱　法如可免道尤尊　平反訟累須聞奏　一念興仁德澤存

敦崇風教

禮賢崇祀儒風盛　貢舉廉能德教明　設禁袪非多務本　除奢尙儉亦全貞　傳經勵學兼文武　樹範躬爲作鑑衡　孝友直言攄極諫　一時士氣喜揚清

燭影斧聲

應知所以安天下　欲福邦家立長君　遺命徽音如在耳　誓書金匱固存文　晉王早已超班秩　臣普何曾寂見聞　燭影斧聲非信史　中宵南府有塵氛

是說見於宋李燾續資治通鑑長編出於吳僧文瑩湘山野錄而清徐乾學之資治通鑑後編則力闢其說爲無稽未可濫信云

朋黨傾軋 慶曆黨議

謠諑蛾眉皆禍水 母儀天下尙彝倫 后如可廢傷坤德 帝本宜尊拱紫辰 合以正邪分善惡 孰令台閣長荊榛 廿年黨議緣何事 不爲蒼生爲美人

其二 濮議之爭

禮應有節須循分 大孝尊親固所宜 意氣紛爭輕本末 倫常攸敘重宗支 黨同忍使清流遠 伐異終生百代疑 合順輿情崇物望 好修善政副明時

變政更張

天下誰先范老憂 更張變革倡新猷 屯兵初計強畿輔 減賦還期復廢疇 取士惟平嚴考覈 用人無詭一恩仇 非功不擢政風肅 仁者深心衍外流

安石變法 新法富國二首

變俗移風新法度 於時急務莫能先 三司條例修泉府 銅禁初開折二錢 遣使勸農興水利 理財均稅定方田 倘容才俊弘良策 早慶熙寧大有年

盈虛運轉創均輸 遠近懋遷濟有無 廣惠常平資斂散 青苗市易節榮枯 流通增損同平準 募役繁輕免弱夫 更定鹽鈔嚴榷稅 裕民富國式嘉謨

新法強兵

竭力需供百萬師　不能一戰繫安危　禁軍勁健廂軍次　更戍親和番戍離　保甲
雍如兼保馬　民兵義勇叶民時　工官總制知精竅　鎧胄弓弩武監司

新法育才

憑將精義弘黌府　太學傳經重育才　取士能興新貢舉　趨時盡廢舊題材　爲綜
名實輕詩賦　欲振律醫提草萊　尚武崇文求策論　雄深邃遠見鴻裁

新法失敗

體大思精政事恢　得君專至信難哉　充庭議論成遺憾　盈野悲嗟亦可哀　朝士
訾評徒快意　佞臣齟齬實相猜　新猷定價千秋後　不愧陰陽燮理才

新舊黨爭

復古維新期靖國　依稀貌似襲荊公　熙豐更化傷元祐　紹聖重興起建中　歧見
既深成政變　事機未定負初衷　黨人碑揭煩冤重　忍使姦回位望隆

宋政之衰

擅更名位專威柄　吏治難修雜道流　競進夤緣傷冗濫　紛興力役竭營求　倡優
曲侍耽遊宴　體制虛存共比周　相習異端無上下　終教廊廟壞中州

遼夏交侵

內重外輕邊患亟 功成一將撫洮西 鄯湟繼復殉嘉國 遼夏交侵苦遠黎 直此
關山凝冷月 回南鴻雁唳寒鼙 虛傳捷報欺朝士 幾見荒城絕獸蹄

金之興起

肅愼蕃滋衍女眞 其間靺鞨已難馴 但循文野分生熟 更以興衰別主賓 坐大
朔方驚虎踞 繼尊渤海瞬鷹瞵 揚威兩克遼京後 恰似精金耀四鄰

聯金滅遼

戰守圖強無別徑 以夷相制近空談 營邊希旨寧行險 謀國循私應內慚 曲意
收燕容虎視 居心背信見狼貪 兵連禍結銷王氣 遼覆旋看宋亦南

靖康之禍 二首

渡河胡騎迫神京 和戰君臣議未成 輕信廟堂成怨府 沉哀風露泣青城 酣嬉
幾識思危誡 凜惕應深互約盟 奸佞秉權忠藎去 徽欽懷愍事重賡

憂患紛乘百可哀 主危臣辱國傾隤 偏多秕政傷元氣 儘有嘉猷委草萊 弛備
寧堪輕啓釁 折衝豈復笑銜杯 上林南苑生荆棘 錦繡河山賸劫灰

宋室南渡

危局偏安勢已窮　幽憂西向水長東　渡河胡騎南侵急　阻險秦關北顧空　奮勵軍民多勇決　飛揚巾幗亦奇雄　大儀桴鼓聲威繼　此是中興第一功

其二

二主蒙塵患未休　最難邪正與同仇　南天物望思忠藎　樞府權奸逞詭謀　和議終成遷徙局　偏安猶共恬熙遊　詩人苦語誰能省　直把杭州作汴州

宋金和戰

國勢憂殷尚有爲　儘多將相可扶危　曾期痛飲黃龍酒　且共高歌采石陴　卅載晏安忠獻恨　百年功罪節夫悲　如何廟算同兒戲　和戰終成一局棋

宋金繼亡

縱橫鐵騎逞天驕　豈祇彎弓解射雕　宋固終南金亦竭　蒙雖絕北夏西消　食言棄好寒盟日　近佞聽讒取禍朝　善政圖存須德術　何堪鼎俎割烹要

其二

孤忠正氣瀰天地　勁節丹心懾虎狼　生死能輕恢志業　去留不苟護炎黃　厓山遺蹟鐫碑在　南海隨波飲恨長　自古興亡都一例　從知立命應圖強

兩宋學術 書院盛興

集賢唐始興書院　入宋文風著簡編　嶽麓聲華同白鹿　嵩陽業績媲應天　師模
一代鴻儒重　俊彥千家廣廈連　積學流徽清譽遠　恢宏道統繼薪傳

理學勃興

尊孔崇儒兼釋道　推源性理在存誠　紛爭同異非朱陸　汎濫諸家式邵程　問學
致知窮本末　見心應變重廉貞　關閩濂洛皆時望　喜有文公集大成朱子

印刷新術

以術傳經有畢昇　版鋟活字信多能　縉紳競羡藏書富　耆宿咸欣述作弘　寫手
不勞窮白首　究心無復負青燈　名山事業千秋重　軼史雄文兩可憑

文學蛻變

騷壇易幟樹新聲　婉約豪雄各擅名　蘇柳逸才能創格　晏歐藻思本渾成　稼軒
勁健夢窗雅　叔夏高風白石清　獨步易安尊作手　目無餘子任縱橫

蒙古勃興

成陵曠古推英傑　氣度恢宏不世雄　四裔拓疆兼異域　八荒振旅與同功　樹勳
弘化原無忝　肆志長征總有窮　廣土衆民宜德治　漢唐遺緒應從風

蒙古西征

氣吞如虎事長征　欽察西遼取次平　遠及波埃臨裏海　雄跨歐亞下耶城耶路撒冷
旌旗影動春雲展　鼙鼓聲喧戰馬鳴　拓土開疆初肇建　至今盛業擅威名

其二

汗部四方尊幕廷　聲威遠被震奔霆　縱橫萬里跨歐亞　中外一家新典型　轥轢
封疆超遠古　始終敵國若浮萍　維城固圉無宗子　釁起蕭牆及冏冥

帝國統一

入主中原一九州　惜從族類別恩仇　南人挾矢猶嚴禁　臣屬嗜貪相效尤　徒事
力征輕治術　遂教遺患損鴻猷　雄圖亙古尊強服　未聽賡歌頌自由

元代東征

久必終難服盛元　攸宜制馭立東藩　興兵底定緣平亂　尚主求安豈市恩　倭患
侵尋羞蟻附　舟師覆破若鯨吞　平湖潮湧征人淚　幾見歸旌入海門

經營西南

蠻荒自古多深瘴　驟勝孤懸事亦難　交趾庶頑輕撫治　安南桀驁轉凋殘　攻堅
蓄勢終臣附　克敵伸威竟力殫　冠蓋炎方遙入緬　太公城上月同看

拓疆海外

綱領諸蕃馬八兒　俱藍後障共扶持　稱藩十國迎星使　通好南疆越海湄　遠域用師多勝算　一軍馳援總孤危　爪哇復叛琉求拒　顯暴聲威異昔時

帝國瓦解 二首

君統攸尊尚立強　紛爭雄長禍蕭牆　兄終弟及歸凌替　子繼孫繩總曲防　腐敗權臣惟逐利　驕橫僧侶亦登場　榜分左右尤歧視　暴政從知自速亡

霸業雄圖鑠古今　可堪窳政迭侵尋　朝綱不振君臣黯　汗部分崩芥蔕深　高壓縱然川可壅　傾頹積久勢難禁　因知平治基忠信　篤敬方成百鍊金

群雄角逐 二首

同仇久苦無衣嘆　時日頻興曷喪嗟　露井荒疇添白骨　霜天冷月咽悲笳　嘶風戰馬傷荼毒　撲地哀鴻感物華　逞志豪雄甘易暴　可憐歸燕入誰家

揭竿孰料首鹽車　教義白蓮忘正邪　託跡紅巾任煽惑　包藏禍水逞驕誇　難將尺寸量天下　竟以絲綸繫翠華　一笑煙波歸去杳　空門禪悅出官家

北元餘緒

投荒大漠延餘緒　繼統猶尊號北元　萬里提封新韃靼　朔方雄踞舊藩垣　與明遙峙相終始　稱汗會通一本源　氣勢應憐強弩末　黃沙衰草陣雲屯

汗國消滅

昔時域外肆鳶飛　興勃翻憐忽式微　創業維艱威力尙　守成不易禮文違　終難
自固分崩候　竟不相扶喪亂機　叱咤風雲猶昨日　恍如宿露接朝暉

文化西殖

蔡侯遺澤被遐方　東學西流日擅場　活字版鋟傳述富　指南針定引航長　攻城
略地原戎事　啓智弘文亦憲章　聲震九天驚霹靂　宋元龍戰記襄陽

東方遊記

一篇遊記紀東方　盛道中華沃土鄉　市舶繁興招客旅　通商絡繹集風檣　宏開
海域紓漕運　暢達驛傳迎遠航　樂利安和兼富庶　西來人盡慕天堂

西學東漸

征戰交流向化頻　盈虛損益各相因　武功文治誰從屬　舊學新知孰主賓　徠遠用
才多奉獻　炫奇析理善敷陳　勝朝所事謳歌永　畛域無分雨露臻

平定群雄

戡定東南奠始基　初收集慶順天時　士誠狡懦囊中物　友諒剽輕爨下枝　蘇皖
敉平清兩浙　粵閩降滅及西籬　林兒早溺壽輝死　亂世興亡似奕棋

傳檄北伐

幾聞夷狄平天下 冠屐寧容嘆倒施用檄中語意 傳檄廓清元土宇 興仁重整漢官儀 拯民水火無焚掠 滌污羶腥善補治 齊魯兩河皆底定 鼎移未及百年期

大明建國

恢復中華申大義 人才薈萃集豪雄 得民仁毅嚴風紀 籌策周詳愼啓戎 際會龍興行善政 雍容鎭撫起濠東 王師北定胡元日 洪武聲威與道隆

集權政治

紛爭前代失周行 君相權衡制亦良 固圉原當崇樹德 立藩何事廣封王 股肱同姓庸何補 輔弼異心誰可襄 因噎豈眞長廢食 終教遺禍起蕭牆

文字興獄

天授布衣成帝王 偏憐早歲昧書香 音諧何竟窮羅織 義正無須論短長 疑忌緣文興大獄 畏譏濫法亦威強 祖龍千載猶遺限 覆轍坑儒未愼防

殺戮功臣

讒言鳥盡弓藏事 妄議旌忠錫爵時 震主威權干黜陟 定邦籌劃繫安危 僨轅小犢株連廣 謀國元勳蔓引滋 勝日從龍無故舊 長城自壞悔應遲

分封宗藩

故舊元勳誅戮盡　環邊萬里樹藩多　安如磐石三陲固　拱若星辰夾輔和　列爵分封無錫土　親王制祿祇嘉禾　縱然不預臨民事　同室終操靖難戈

靖難之變

藩服強兵爲禦邊　擅專跋扈以燕先　奪權削地寧無怨　恃險爭衡信有愆　赴市羊亡憐代罪　出宮龍蟄惜沉淵　鐵公祠廟今猶在　定論還須究史編

成祖武功

一征韃靼

全軍盡墨傷輕進　撻伐威伸奮北征　斡難河枯盈白骨　和林氛靖肅華旌　沙狐原上悲風咽　榆木川頭霞彩明　神武營邊期永樂　忍聽警蹕馬長鳴

二伐安南

道阻天南悔誤封　自茲兵甲輒爭鋒　多邦險隘連千里　交郡危關擁幾重　師進美良平大越　威臨清化靖邊烽　蠻煙瘴雨迷離甚　玉帛干戈費折衝

三平西南蠻

貴州鬼國號羅施　宣慰八番相傍之　賓服繼先來靄翠　歸心向化始田思　聽輸稅賦期無斂　爲戢仇讎置有司　篤信敬恭成德易　行仁蠻貊亦和夷

四 禦倭寇

盛元遺憾未平倭 大飭嚴防衛戍多 開堡築城烽燧熾 侵疆奉使美言訛 不征列國宜通好 向化鄰邦可協和 詭譎風雲時變幻 廣寧籌策足謳歌

五 通西洋

艨艟七度下西洋 上國聲威曠古揚 虎節嘉猷延錦纜 龍韜懋績列牙檣 南疆日麗雲天闊 海宇風清歲月長 一自建文沉蟄後 歸潛隱跡竟何方

鄭和出使 二首

將命更番臨海表 瀛寰勝境泛星槎 櫓聲遙和濤聲壯 劍氣翻因蜃氣加 蕉雨潤滋敷德澤 椰風駘蕩挹皇華 依稀誰識桃源路 幾見漁郎去後花

歷國卅餘頻出使 波澄南海不生塵 馬來半島欣朝貢 滿剌加邦解體仁 威盛遐方甘向化 惠深窮裔樂稱臣 蘇門答臘阿拉伯非洲地 印度名都一例親 如孟加拉孟買錫蘭等地

明之邊禍 土木之變

風雲塞上鬱蒼茫 歷劫前元尚自王 堠火宵明籠寇幟 魷魚曉燼黯邊疆 南遷計已囂廷議 北狩車仍返上皇 一柱擎天于少保 不平終古湧錢塘

俺答入侵

建言遠識收河套　蹙敵穹廬已北移　一自佞臣翻舌劍　三教強虜犯京師　文忠
幸有籌邊策　武毅長麾定遠旂　順義厭兵終少戢　知幾巾幗亦匡時

倭寇之亂 二首

來是狂飆去疾風　海防久弛戰無功　縱橫盈野傷荼毒　剽掠窮荒類斷蓬　貪黷
奔泉多病驥　流離撲地盡哀鴻　廟堂清議紆籌策　幾見東南劫火中

弭禍終難玉石焚　居然鳥獸與同群　徐海汪直蠹國喪狂甚　嚴嵩趙文華要功黷貨
勤砥柱橫流兪大猷總鎭　干城一幟戚家軍　出民水火基仁勇　廟貌長新不世勳

朝鮮之役

爲國外藩求援頻　戎車絡繹事東鄰　存亡繼絕循王伯　扶弱鋤強去棘榛　封貢
難成惟戰守　紛爭不已未逡巡　珠還舊物同新造　起敝興衰勵膽薪

亂世郅治

使民令下如流水　吏治澄清更養和　逋賦蠲除仍補足　開方量丈免嚴苛　考成
綜覈求名實　信賞威行勝網羅　亂世原難期善政　江陵應悔奪情多

居正奪情以後漸專政擅權好諛自尊至有以舜禹擬之而恬不爲怪遂爲直臣正人所詬病殁後竟至追奪上柱國太師及文忠謚號家被籍子自縊或遠戍極邊良可哀也

骨肉之亂 高煦之亂

雄桀人知元肖父　禍機已肇徙封初　多行不義優容久　隨事紓忠刻意疏　外內早聞興變牒　寬和迭遞勸降書　戍邊坐死株連廣　武定樂安奸始除

寘鐇之亂

婦寺專狂疆吏虐　毒流中國激強藩　宗風王業承安化　非分陰謀覬至尊　斧鉞從容銷巨變　荒淫無度積煩冤　兼旬亂弭咸寧日　誅瑾功尤史事敦

宸濠之亂

自喜巡邊觀宇內　私心妄動好微行　官常不肅從奸佞　護衛先收啓甲兵　江右風雲驚詭譎　都中杌隉動公卿　受俘盛典猶兒戲　幾識文成決策明

宦官亂政

漢唐遺憾見陳編　懸禁深心弭禍先　靖難端開干政始　鋤良廠設擅權專　屢興大獄人情擾　廣實貪囊清紀捐　群小登庸空善類　生祠祗祀魏忠賢

明代黨爭

理學流風崇氣節　強權不畏以身捐　東林終賈相非禍　楚浙難安異己愆　梃擊懸疑曾藉藉　紅丸顧命亦拳拳　移宮遠識先機慮　私意紛爭豈守全

流寇縱橫 二首

婦寺權奸又黨爭　哀深萬姓不聊生　大饑已釀潢池禍　裁驛平添流寇兵　失路王師爲盜用　一方鎮將得專征　謾言招撫傷輕敵　遂遁車箱叛穀城

李自成曾被困於車箱峽張獻忠亦受困於穀城幾將殲滅乃因陳奇瑜大意輕敵熊文燦謾言招撫終被突圍復叛史謂此爲明之所由亡陳熊二人宜尸其咎

狼奔豕突肆縱橫　外患內憂寰宇傾　四正六隅十面網　分趨定向合圍營　倘修戰守和梟將　好戢貪頑曉敵情　黨若不爭阿監死　諸臣何至誤朱明

崇禎帝殉國前遺言曾有諸臣誤朕之語

明室傾覆

求治君非亡國主　信讒失計毀長城　燎原竟熾星星火　尸位偏多碌碌卿　受制潢池宗社屋　推恩百姓一身輕　蛾眉千古留遺恨　忍聽慈烏泣曉鉦

南明延祚 福王由崧

風雲際會竟云何 一局殘棋寄慨多 歷劫江山猶半壁 中興志事等寒柯 桃花扇引深宮怨 燕子牋傳警蹕過 誰謂東南終可保 金陵王氣早銷磨

唐王聿鍵 魯王以海

政事原應尙可爲 浙閩水火勢終危 錢塘潮急仙霞險 隆武機先監國遲 江右諸州雖不守 湖南勁旅尙堅持 總緣齟齬寒唇齒 惜以相猜坐失時

桂王由榔

贛湘兩廣與西南 雲貴四川 危局偏安已自甘 強虜待機猶虎視 叛離相繼效狼貪 氣凌朝士誇降附 勢迫明王應咎慚 非計倉皇輕入緬 少康一旅尙嚴戡

史公殉國

梅花嶺上土俱香 青史千秋姓字揚 身已能輕餘事少 志原可遏逆流長 兵驕將悍空雄鎭 力竭心殫失北疆 正氣難扶明社稷 左公遺烈願同償

延平郡王 二首

志切扶明事反清 乘風海上斬長鯨 儒衣已燼心猶奮 故土應收亟北征 天爲遺民留世界 人從蓬島樹華旌 英雄原不期成敗 赤崁樓高翠靄平

奉明正朔待收京　孽子孤臣血淚幷　淑世心期多創建　養民生事苦經營　洪荒世界成圓嶠　上國衣冠肅絡纓　祠廟莊嚴河嶽壯　至今人頌鄭延平

明代學術

蒐從墳典錫嘉名　永樂叢刊集大成　承宋右文崇性理　啓明實學重知行　繼元尙藝興書畫　絕代傳奇任品評　科技歐西傳術數　乾坤體義以時鳴

清之起源

裔出東胡紹女眞　大金立國未風馴　南侵北略稱強服　元制明封屬野人　狙詐藏機先自固　含英覆育待天申　白山黑水波濤湧　受命呑朱託上神

清之入侵 薩爾滸及遼陽之役

七恨叢生祝告時　南侵藉口信多疑　釋嫌未有籌邊策　雪恥輕揮問罪師　士氣浮囂窺勝負　民心固結繫安危　遼陽既下三河盡　又報西平羽檄馳

寧遠之役

三方布置安邊策　以一事功謀足多　經撫不和相齟齬　言樞佐鬥孰包羅　閣臣迴護原無術　群小紛讒竟若何　傳首九邊寃獄苦　長城自壞失嚴苛

寧錦之役

錦右寧前一髮牽　雄圖屏障孰能先　藩籬自撤庸才怯　城圉孤全僉事賢　忍聽千家傷野哭　佇看一鎮守窮邊　刓方縱有崇祠議　休致書隨捷報傳

嘉徵劾奸

並帝深機藏蔑后　弄兵且復剋藩封　朘民百計通關節　無聖張狂侮列宗　群小登庸嗤濫爵　干城傾圮掩邊功　彈章倘早除奸佞　明社何緣竟不終

清之入塞 二首

塞外聲威窮漠北　雄關坐鎮守神州　潢池禍久生民苦　樞府謀疏社稷憂　引虎驅狼傷失計　抱薪救火歎崇讎　多情終爲英雄累　一斛珠連萬斛愁 借句

幅員殉寇悲明社　爲德不終非義師　入主中原歸運數　竟成大統得天時　白標雉堞疏城守　紫禁氈廬嘆黍離　曲術牢籠群下惑　衣冠辮髮費猜疑

南明興亡

錦繡河山悲破碎　諸藩失勢敵縱橫　偏安至竟非長局　板蕩應傷各用兵　幾識分崩能自固　生教疑忌礙深盟　諸王倘使知聯轡　半壁猶堪一柱擎

三藩之亂

三家勢重各稱王　可念分封是舊疆　歷劫河山猶帶淚　撤藩志意本譸張　素冠幾似衝冠怒　失慮何如熟慮亡　覆雨翻雲成底事　依然鳥盡笑弓藏

開拓臺灣

不沉巨艦海之東　大業南明承化同　胼手華夷勤集事　匡時賢俊善群工　雄師待展收京志　義士長殷復國功　一自開疆成郅治　雨暘調適頌年豐

清初內政　高壓政策

一髮安能分順逆　三屠嘉定繼揚州　立威豈必從文字　賤士何堪若敵讎　堂側臥碑元制約　市中防守等拘囚　南山集獄悲名世　高壓難勝正氣遒

懷柔政策

孰忍吞聲作貳臣　凌煙無分浼煙塵　牢籠慣畜榮名客　場屋難羈博學人　賦稅輕徭行善政　右文崇理翼生民　蒐從寶典綜今古　功罪定評皆軼倫

清初武功

拓土開疆邁漢唐　元明盛業亦望洋　外蒙內附傾諸部　回準亡宗定四荒　招撫藏青歸節制　羈縻雲貴抑騰驤　諸藩臣服東通海　隔閡難除失大匡

清初外交

入臺原已克三藩　爲抗強俄築堡琿　拒虎先聲摧雅寨　制熊抵穴邁崇垣　和邊修好宜循理　定界通商在解紛　勝算約成尼布楚　朔方互市接軍屯

徭役繁興 史稱乾隆十大武功始自準噶爾之役

黃沙萬里肅長征　版宇伊犁百日成　篡廢相仍昏暴甚　剔搜殆盡狡頑平　餘波遠及烏梁海　二部先歸大宛城　聲勢威伸揚域外　依稀天馬憶西京

其二 回部之役

絕漠橫迤黑水營　連年風雪壓邊城　長圍三月驚刁斗　懸伏千崖老甲兵　鞍革療饑猶忍死　駝鈴解厄喜更生　天山南北回疆靖　定遠聲威莫與京

其三 黔苗之役

苗疆窵僻介窮邊　改土歸流拓地連　威惠深資經略易　甲兵難及撫招先　輸誠輕敵終蜂起　使氣分防苟瓦全　噍類無多深討後　嚴誅何似厚矜憐

其四 大小金川之役

難馴易動兩金川　阻險碉林馬不前　間道出奇元上策　肅奸卻敵固中堅　釋仇結約終非計　合勢生癰竟盜邊　狡健諸蕃征戰苦　長留勳伐御碑傳

其五 緬甸之役

立國西南承白象　三宣六慰外長鞭　桂王失路空遺恨　滇吏貪功未解懸　蠻結伸威蠻莫克　孟雲繼起孟猶全　干戈玉帛縈深瘴　修貢諸藩入史編

其六 安南之役

交阯或作趾初明歸順化 興邦大越及占城 黎南莫北長相峙 勢重分輕久自傾
三阮紛乘終竊據 孤軍深入敗垂成 西山擾攘長年後 受蔽誤封違物情

其七 臨清之役

憂生畿輔近臨清 惑衆妖言教禍萌 物阜民豐稱富庶 狼貪狐狡任縱橫 運河
綰轂通南北 勁旅聲威壯甲兵 癬疥元知非痼疾 王師一舉喜功成

其八 甘肅之役

靖變誅由元惡始 邊隅弭患幸機先 曲從新舊成嫌怨 比黨是非宜棄捐 撫逆
恩威應並濟 化民忠信亦相連 清源正本期平治 畛域無分貴不偏

其九 台灣之役

島上孤懸集義民 成王敗寇任鈎陳 焚山介子宜思晉 蹈海魯連羞帝秦 二督
失機兼失律 渠魁懷寶未懷仁 可憐落木蕭蕭下 瀛嶠何如易水濱

其十 廓爾喀之役

山國藏邊始入侵 總緣隙釁久難任 辜恩錫賚翻辭祜 爽約求償等曲鉞 妄事
賄和安宿怨 豈容飾奏誤軍心 勝殘去殺興黃教 兵後慈悲用意深

亂源初萌

滿溢高危兆已彰 奢心廣欲盛供張 席豐履厚承餘蔭 好大貪功竭帑藏 納賄爭權傾吏治 信讒近佞失彝常 亂源漸積乾嘉後 曲突移薪未愼防

中葉內亂 苗民之亂

苗疆改土歸流後 畏隸如官敬似神 貪鄙有司興大獄 懋遷漢賈歷囂塵 湘川變作驚烽火 黔貴愁深逐客民 忠信能教蠻貊化 安邊自古在行仁

其二 川楚教亂

溯源系出白蓮宗 聚黨爲非廣曲從 苗亂征輸人正困 官多騷擾歲方凶 楚川難作如星火 豫陝憂生若草茸 堅壁固防清野後 恤民哀詔勝霜鋒

其三 天理教之亂

民亂寖成畿輔禍 清廷政事已堪哀 蔓除未盡多餘孽 薪燼重燃有死灰 內侍居然甘外附 風從至竟速沙隤 木蘭駐蹕初聞警 幸賴旻寧定變才

其四 艇盜之亂

剽掠焉能紓國用 揚塵海上亦堪哀 死灰西北猶餘燼 流禍東南起迅雷 宜斷岸奸防齎盜 好憑善政靖浮埃 李長庚王得祿驍勇堪名世 藉寇終當委草萊

其五 湖南猺亂

侵侮常因蠢可欺　崇仇積怨已多時　川源壅塞堤終潰　巢穴深藏局亦危　蟻附成群歸聚殲　狼奔負險總淩夷　車書猿鳥悲聞捷　何似先憂德化滋

其六 回疆之亂

去天咫尺遠京師　貪暴殘民覺已遲　不事窮追貽後患　逞威縱殺豈和夷　犬羊百萬終難制　盟誓一經方可期　征戰連年人亦苦　應機悔禍合因時

鴉片戰爭 二首

毒物居然擅美名鴉片亦名阿芙蓉　銷膏蝕骨復傷生　國貧將有難籌餉　民弱終無可用兵　一炬虎門欽勇決　嚴扃羊邑識堅貞　不因禍福工趨避　苟利宗邦死亦輕結用林文忠公苟利國家生死以敢因禍福避趨之詩意

喪權豈止戰無功　疆吏顢頇朝士同　若個求全甘玉碎　終教藏櫝嘆珠空　漏卮至竟成甌缺　流毒攸深損郅隆　外侮侵尋從此始　上邦誰憶舊雄風

太平天國 三首

肇始初心立太平　龍蟠虎踞石頭城借句　東西南北冀天國　中外古今期大成　非故非新違道統　亦邪亦正誤虛名　倘教彝典循儒法　土宇重光海宇清

處處啼痕未太平　何堪奪地又攻城　諸王背道相傾軋　庶事離經半毀成　旋轉乾坤惟大德　敷施民物豈浮名　入川詩就心良苦　幾見橫流叔世清

翼王石達開入川時有我志未酬民亦苦東南到處有啼痕句

從知衛道起湘軍　畛域何曾滿漢分　花謝水流驚短夢　雲蒸霞蔚淨層氛　定傾宏樹中興業　戡亂終成不世勳　自是金陵王氣盡　絕塵騏驥本空群

太平天國師以義動猛將如雲惜因所爲有背我國道統遂告失敗而曾國藩胡林翼彭玉麐左宗棠李鴻章等俱爲漢臣功高興復非無因也

英法聯軍

暴舉冥行豈挽強　徒增藉口引鴟張　蜜脾花下憑人割　酖毒樽前等自戕　環伺虎狼方竊踞　縱橫狐鼠尚猖狂　圓明一炬驚秋夢　鶴煮琴焚事可傷

回捻之亂

竄擾東西分二捻　諸回餘孽亂邊疆　行蹤飄忽宜圈制　聲勢喧囂但固防　外侮方新頻內患　中原荼毒及蠻荒　文襄勳業承文正　柳色青青鬱古芳

中俄交涉

黑龍江北外興安　版籍居然片紙寒　海上通商開七口　五口之外加台灣瓊州　江濱　烏蘇

江里建港啓乖端海參崴港調人坐享漁人利　國力終因智力殫　東亞艱危中亞繼
伊犁接境沒狂瀾

藩屬日削 法佔安南

驚濤駭浪湧紅河　蠻徼譸張變幻多　露布未傳舟已毀　危關雄踞劍橫磨　諒山
虎旅初傳捷　台海嚴扃正枕戈　主懦臣庸和議尚　百年絕響自由歌

其二 英佔緬甸

鷹瞵虎視久眈眈　擺古州初試味甘擺古州爲緬甸膏腴之地爲英所得　攻守同盟寧
可恃　縱橫排闔應懷慚　東風無力傷宗主　暮靄深沉擁碧嵐　一自暹羅修貢斷
藩籬盡撤敞西南

其三 日併琉球

扶桑海上彈丸地　祛弱維新締造艱　嘗鼎一臠思染指　窺鄰三島欲移山　宗邦
忍見違心去　藩屬焉期自主還　痼疾回天悲乏術　又聞宰相割臺灣

地域租借

先是膠州後廣州　強租猶佔事相侔　大連旅順資橫逆　威海九龍沉濁流　魚肉
深悲憑宰割　利權外溢拙營謀　挾持侵蠹同蠶食　辨難無功競效尤

門戶開放

逐利列強鋒必爭 何如群益善權衡 毋因威武輕賓主 且莫鴟張逞甲兵 縱有知言宣美意 孰憑公理作雷鳴 瓜分危局雖終緩 門戶長開亦可驚

鐵路經營

不凍港灣臨旅大 東清南滿接鯤溟 集資傾注興京漢 避實乘虛築滬寧 喪失利權傷未察 贖回心願幾曾經 寖淫廢約風雲起 德法英俄一類型

維新運動

經義豈容輕割裂 宜循策論善掄才 練兵講武行新制 弘教修文育達材 農礦工商興實業 交通圜府善融財 中西體用資科學 國是端從變法開

戊戌政變

集思廣益開言路 制作繁昌宏獎來 通達民情除秕政 發揚文化藉通材 維新初肇中興象 守舊終非燮理才 殿錮簾深賢者盡 空餘痛淚冷瀛臺

八國聯軍

滅洋未必可扶清 亂命驅夷理豈平 縱有護身稱八寶 寧非誤國禍蒼生 奮揚不納維新策 屈辱終羞城下盟 激憤民心如善用 何須警蹕出神京

辛丑條約

妄以狂民作義民　陳陳禍事本相因　國疑主弱元非福　將悍兵驕忌直臣　和議
周章多險阻　聯軍跋扈失關津　艱難忍辱清轇轕　負重何勝竭歲銀

日俄戰爭

英日同盟爲制俄　居然中土報鳴鼉　鵲巢昔已遭鳩佔　狐穴今看設雀羅　版籍
寧堪聽割裂　門庭枉許逞干戈　喪權辱國無前例　孰若青銅玷可磨

憲政運動

盱衡立憲存君主　大我中華或可行　議會諮諏商國是　閣員柄政洽民情　日俄
勝敗前車鑑　朝野喧闐輿論盈　延阻端爲私一念　難期季世見河清

學術文藝

漢學復興多考證　校經詁字信專精　調和義理歸純粹　疑古先河肇史評　鍾鼎
孳文追甲骨　陽湖體制遜桐城　風騷各領閎宗派　輩出名家集大成

中華革命史詩

香山啟聖

上國勝朝居亞東　唐虞盛業想雄風　危巢纍卵瓜分際　叔世驚濤鼎沸中　總爲
憂殷能啓聖　迭因志決始收功　香山踵武岐山後　革命薪傳溯大同

創言革心

肯信天君爲主宰　還從道義別人禽　知難素養關成敗　行易精誠見淺深　水月
流輝皆慧鏡　雲霓作潤即甘霖　名言淑世尊嚴甚　革命元須首革心

三民勝義

思潮激盪匯華夷　族性消沉信可危　已自綸音欽聖哲　更從博識仰雄奇　新民
三義先民有　經始分權奠始基　布政優優眞善美　人文舉世一宗師

群才蔚起

王霸都非救世才　須能繼往與開來　八方豈許家天下　四海猶傷屋草萊　風虎
雲龍新際會　玉魚金劍舊沉哀　群倫領袖尊先覺　競秀爭雄蔚達材

國魂新生

目傷狼犬肆縱橫　深信明心事力行　仗義有竿皆漢節　悲歌無士不荊卿　臨危授命人神感　履險摧堅魍魎驚　叱咤喑嗚天地動　怒潮激湧國魂生

澄清有願

南北奔勞倍苦辛　萬言立命爲生民　代籌誰肯虛前席　畫策徒教誤比鄰　去弱端宜新舊制　圖強合解計祛貧　但求得遂澄清願　貞固翛然迥出塵

興中創會

象郡　古安南成灰寶島淪　可憐滄海竟揚塵　虜廷寧有回天主　樞府偏容割地臣　蕉鹿徒勞名利客　饑羊難饜虎狼秦　興中盛會黃魂醒　欲掃煙氛國運新

皓東制旂

吾黨人多命世雄　才如江海氣如虹　青天萬里行長健　白日成輪指大同　始砌自由宮壯麗　初開平等路恒通　皓東千古奇男子　皎皎丹心本至公

堅如授命

宰割憂深刀下肉　烹煎事急釜中魚　眞誠博雅才初展　志慮忠純憤未攄　可殺人皆甘德壽　粵督名　不還天竟喪堅如　元貞一死成遺憾　草棘盈庭待掃除

流亡海外

行仁德政及蒼黔　磨杵功深化以漸　總爲流言多激越　翻因緹騎見沉潛　縈心早識橫流急　逋命從知世網嚴　苟利宗邦何所悔　不論成敗祇前瞻

倫敦蒙難

任是多金求購急　英倫羑里見天心　獻身早已輕生死　摯誼眞堪爍古今　寧定思危終可脫　貞強處困總難侵　江山合有仁人主　喁望尤知擁戴深

弘揚真理

不言霸力快仇讎　欲去羶腥滌禹疇　復漢新機惟樹德　袪秦暴政即皇猷　身甘殉道輕千劫　志決回天一九州　浩氣雄文眞理在　口誅筆伐盡春秋

樹立深信

德量新知兩輔車　好憑志意作前驅　江河素抱容傾注　荊棘危途待翦除　但有誠心終可屈　由來蔓草最難鋤　凝成上慧堅深信　固執宜從擇善初

章鄒繫獄

自古雄文勝寶刀　毛錐脫穎俟荆軻　書成革命軍容壯　篇寫誅心劍氣多　陸史成仁悲未已　章鄒繫獄欲如何　壅流積怨非孤憤　鎔鑄群情作太阿

同盟義舉

乙巳人龍欣起陸　東瀛嶽峙鬱嵯峨　同盟勝會徠多士　敵愾雄風發浩歌　義繼洪門堅信誓　氣吞清社復山河　狂飆驟雨傾江海　歷劫民心鎮不磨

民報創刊

民報創刊新木鐸　思潮澎湃壯波瀾　呼吁正氣元喉舌　披瀝輿情見肺肝　千載百年歸一瞬　眞知實學出修翰　文心史筆源忠愛　三友堅貞共歲寒

秋風秋雨

巾幗英豪事亦奇　秋風秋雨命如絲　鳴鎗慷慨殲仇日　指徐錫麟刺恩銘事　擲筆從容授命時　青塚名山埋俠骨　白楊黌舍泣殘碑　最難談笑輕生死　氣懾清廷志不移

義契清流

先知特立標高古　望重清流式杏壇　李石曾　蔡孑民　昌言無政府　吳稚暉　張靜江志事不居官　南轅北轍寧同軌　西望東瞻總異端　懸鵠相期能淑世　還從集義契殊歡

民心可用

匯將民意作洪流　去暴趨仁勢所求　心縱能壅成巨浸　人皆可用識同仇　先憂素抱終難抑　後樂襟期鮮克酬　覆載情殷關向背　聖雄元是濟川舟

覺民絶命

蜜意柔情絶命書 當頭棒喝竟何殊 感人細語如獅吼 懾敵神威似電驅 意態溫文知揖讓 襟懷磊落事征誅 雷霆一擊千秋重 不負男兒七尺軀

黃興發難

不應時日任蹉跎 三尺龍泉久已磨 恒毅徒憐夸父志 奮揚欲返魯陽戈 群飛合作摶雲計 孤憤空悲擊筑歌 廑午先聲謀一決 刺天那復忌張羅

蕭山割袍 朱執信先生

篤實沉潛兼勇毅 蕭山節概自嶙峋 割袍彌切從容意 垂辮竟如獨繭綸 猛撲轅門羞後至 力圖大計仰忠純 行仁莫謾論成敗 壯舉同回大地春

碧血黃花

淑世情殷亦駿奔 神州到處有啼痕 怒濤激湧排深壑 碧血橫飛濺督轅 草木含悲凝痛淚 風雲變色泣哀猿 崇岡豈止英雄塚 萬代千秋蔚國魂

武昌起義

羊城事與武昌侔 生死長爭一自由 浩氣雲山寰宇闊 新機日夜大江流 獻身謀國抒奇策 堅忍圖成樹壯猷 信史書勳宜並壽 南強北勝各千秋

元戎謁陵

風雨長年悵孝陵　兆民御淚望收京　志如水白深難汲　心似楓丹尙未平　捲土
聲威思復漢　重光盛業繼朱明　堂堂冠劍歸來日　謁告還期早罷兵

共和告成

謾說扶清與滅清　共和政制慶功成　行仁自兆開隆治　由義相期避力征　禹甸
今非歸一姓　堯封已是屬群氓　緝熙五族皆黃胄　萬世宗邦奠太平

綬青死國　吳祿禎烈士

一方雄鎭作干城　先見非袁欲弭兵　潛竊鴻鈞如莽操　待烹功狗笑韓彭　鉏麑
旣死誰存義　慶父方歸政已更　豪邁廉貞悲國士　九原賚志望河淸

世凱竊政

捷報遙傳自武昌　紛紛各省告重光　苟安動念貽新患　恬退成風亦可傷　仲穎
鱺謀非大器　本初豪健實譸張　煙雲過眼京華夢　冠帶應羞獨擅場

洪憲改制

聚鐵九州成大錯　竟教虵虺幻虬龍　推襟祇爲虛聲誤　背誓何妨巧語從　榮仲華
李合肥受欺言可用　孫逸仙黃廑午置信悔垂容　可憐帝夢初醒日　泉下猶應愧列宗

雲南起義

滇雲鬱勃起風雷　義幟霓旌捲地來　巨憝寧容移國柄　神姦豈許覆靈臺　群雄儘有屠龍手　諸子還多濟世才　帝制自爲元自喪　新華轉眼委塵埃

英士殉國

洵美且仁眞大勇　湖州粵海兩奇人　籌謀澹定兼弘毅　出處昂藏一蟄伸　遺恨聲華歸歇浦　長流志事式春申　終憐護國無雙士　難得金剛不壞身

護法之役

縱非萁豆亦相煎　板蕩神州怨未蠲　狗苟蠅營皆忝竊　狼奔豕突各爭先　合因護法攄忠藎　豈肯除奸卸仔肩　道統攸伸恢正統　元戎節鉞肅南天

杜門述作

主義難行志未舒　自甘引退杜門居　迷津欲渡惟弘道　茅塞弘開應著書　國是猶傷成亂局　心防已潰漸淪胥　辛勤爲振千霄筆　千障還從一念除

心理建設

陷溺方憂等陸沉　力行哲學作南鍼　太平盛世藍圖永　郅治新猷樹範森　實踐非難知不易　觀成可待慮宜深　萬千建設基心理　創見弘規適古今

張勳復辟

縱可復燃揚死灰 總難支柱仗樗材 辮軍粉墨眞兒戲 馬廠揮師見霸才 斲喪何堪元氣盡 播遷況又小朝來 江河未有西流水 幾見新潮逐汎回

鄧鏗被刺

仲元才識尊戎幕 匡濟豐功肅列屯 方以軍儲期後勁 忽驚毒螫奪英魂 麾旌北指收梧邑 返旆南旋阻虎門 既失先機清隱患 全師正爲定中原

興師北伐

雄踞遐方萃亂源 兵連禍結苦元元 閩漳幸有新興旅 粵海欣收舊市垣 威重南天張撻伐 檄傳北地禁併呑 偏安大業終非計 統一宜先定一尊

廣州蒙難

方欣北伐聲威壯 既下蒼梧又贛南 掣肘遷延憂鼠輩 回師移節駐鵝潭 永豐赴難同生死 大德能容識遠覃 陰毒元凶驚世道 殊恩未得饜狼貪

回師整軍

義師返旆棄前功 抱道乘桴浮海東 滇桂整軍聯粵澨 和平試策倡戎工 奸凶未翦無寧日 國蠹先除有斷鴻 將悍兵驕形跋扈 澄清後浪繼群雄

五四運動

星火燎原寒敵膽　罡風激盪褫奸魂　內除國賊曹汝霖章宗祥陸宗輿　外抗強權法本源　密約包藏眈虎視　瓜分默契肆鯨吞　狂潮萬丈釁門湧　不愧炎黃好子孫

新潮激盪

東亞病夫譏老大　力興科學是良方　政須民主開新局　人本天心立紀綱　五四精神初振奮　九州氣象益軒昂　思潮激盪增生面　德賽先聲到上庠

時稱民主為德先生科學為賽先生從譯音之略也

非孔逆流

道統東西原一貫　文明哲理各稱雄　何須畛域分新舊　儘可旁通會異同　流弊多因非孔學　狂潮至竟撼黌宮　折衷至當宜涵養　過正焉能允執中

五四運動功罪迄無定論而非孔之舉尤多負面作用深為遺憾

用中執兩

執兩用中歸至善　要從玄理識幾微　扶東失正仍西倒　傾左偏差罔右違　萬物殊途同一轍　寸衷有蔽必全非　生元妙論賅心物　導引迷津樹永徽

發聾振聵

師表推尊兼領袖　發聾振聵起痴頑　從風莫以維新易　積習須知革故艱　撫輯民心興上國　弘揚道統仰中山　豐功大德垂言教　不朽清巖式兩間

宣講主義

亡羊祇爲路多歧　病態人心尙可醫　豈祗懸壺匡叔世　更憑鼓舌釋群疑　新知蓄積堅誠信　典範恢弘樹礎基　謀國藎籌稱博大　三民主義見精思

容共友俄

至誠容共復聯俄　總爲宵深霧露多　立國原應思結援　新民自許廣包羅　藏刀可奈誑言後　腹劍其如詭計何　覆雨翻雲非始料　終教玉帛作干戈

黃埔建軍

羅馬建成非一日　練軍黃埔豈紓徐　未酬宿志祛民瘼　欲副雄圖起廢墟　砥柱中流期國士　干城瑞應待金車　大匡寰宇非虛願　爲有黃公舊素書

憂勤攖疾

憂勤不爲勞身計　攖疾猶圖社稷安　北上車塵迷紫蓋　西來潮汎泛輕瀾　情殷淑世心交瘁　志切回天力已殫　聖德亢龍雖有悔　曾無清夢到嚴灘

再度北伐

由來大勇不私爭　但爲昭蘇事北征　率土寧容長割據　兆民喁望早昇平　中樞未定非常軌　苟約宜除是正聲　群議難成心已瘁　何時統一見銷兵

聖哲賓天

和平奮鬥救中國　仁勇襟懷示典謨　龍逝猶爲鱗介計　遐升永作聖賢模　未成革命終遺憾　奮厲同心繼壯圖　最是摧肝悲世變　彌留不絕尙低呼

明州繼志 總統蔣公繼承革命大業

安危他日終須仗　恩重知深國亦瘝　繼述殷勤尊一德　匡扶奮迅藐千艱　恢張黨勢收群策　丕振軍容肅兩間　劍履堂堂銷粵瘴　明州志業紹中山

黃埔精神

但憑大智兼仁勇　黃埔精神世所無　佩劍經文能卻敵　枕戈緯武待摧枯　棉湖戰繼豐湖捷　身教徽連德教敷　黌府柳營多國士　相期建纛事征誅

定鼎南京 民十六年遵國父遺教奠都南京成立國民政府

龍蟠虎踞矗雄關　定鼎金陵締造艱　恢廓民權新政府　弘敷主義舊河山　鯨波滾滾如襟帶　螺髻青青若佩環　自是南中形勝地　京華猶在白雲間

流血慘案

強鄰壓境事堪哀　屠戮驚傳戰釁開　鐵騎縱橫臨大邑　羽書星火到邊隈　行人勁節維眞理　烈士丹心委草萊　身縱成灰長不死　千秋幾見骨生苔

列強當局罔顧正義繼五卅慘案以後漢口九江廣州重慶南京萬縣濟南各地先後發生流血慘案至爲可痛

孝園宣道　戴傳賢先生著三民主義思想之體系一書

孫文學說如心史　創見堪爲百世師　溯自淵源明體系　返從博大著精微　總依仁智成型範　咸本誠中作旨歸　會得尼山一貫意　孝園筆陣弭危機

中樞重建

民主殿堂宏宇開　撐持原要棟樑材　中樞謀國尊元老　礎石弘基仗俊才　北地風雲歸冷漠　上京樓閣自崔嵬　壺漿喜與鋤耰並　近悅何如遠者來

民十七年二月二日二屆四中全會通過改組國民政府繼續北伐

清黨運動

聯俄容共原非計　禍隱蕭牆實內憂　儘有風波生肘腋　豈無骨肉似仇讎　同心始可爲同志　異說終將逞異謀　防患未然宜斷腕　早應激濁匯清流

誓師北伐

鼓角喧天中撻伐　旌旗蔽日捲波瀾　勢如破竹收邊境　取若探囊肅內奸　自古生民歸正朔　從來大業不偏安　誓師拜將登壇際　振翮雲霄萬里摶

忍辱負重

長年虎視又鷹瞵　和議曾經重睦鄰　小讓非關無骨氣　苟安豈止避征塵　敢將國脈傾孤注　總爲蒼生秉大鈞　應記淮陰當日事　忍羞至竟得亡秦

訓政初期

見說文章能急就　未聞善政得盲成　俟其可矣寧無忝　倘使由之豈謂平　訓以五權須約法　教因六府裕民生　臥薪嘗膽勤三事（正德利用厚生）　國運欣欣正向榮

瀋陽驚變

尚武成風羞黷武　恃強啓釁有東鄰　白山一夕狼煙起　黑水連朝惡浪頻　少帥戎機無抵抗　將軍節概見忠純　鷙蟲攫搏寧程勇　忍使關河次第淪

團結禦侮

淞滬風雲寇正張　要從團結見貞強　遙通聲氣連珠海　暫駐旌麾向洛陽　盟會未妨刑白馬　圖成尤切弭紅羊　自來攘外須安內　禦侮扶傾信有方

閩變敉平

滬瀆餘波湧八閩　鐵軍威望誤僉人　十九路軍之前身爲十一軍素有鐵軍之稱　詖辭煽惑心多詐　邪說浸淫意未馴　易幟驕兵如熸火　逆天政客逐煙塵　鎮邊抗日思飛將底事蕭牆構禍頻

安內攘外

可曾修好願斯須　悔禍嘗聞自戢無　江右犁庭傷豕突　延安末路逞奸諛　鼠狐崩社猶宵竄　狼虎絕蹯徒負隅　蕩寇功虧差一簣　遂令遺恨失枌榆

西安事變

袍澤恩深期共濟　驚聞劫帥屈西安　風傳道路爭相告　訊阻關河但自寬　守死臨危能不苟　行誠弭禍亦非難　凜然莫犯神威重　搏浪孤舟出危灘

集訓英才

百年有道樹宏規　謀國憂勤自主持　匡濟需才期哲士　紓籌集義赴明時　耳提面命心彌苦　舌敝唇焦語亦危　仁勇元當基上智　廬山教澤衍峨嵋

盧溝事變

風雲掩映盧溝月　和戰關頭一夕間　禦侮宛平飛血雨　悲歌燕市振刀鐶　匡廬

接席紓長策七月十七日蔣委員長在談話會中作嚴正表示 國是宣言警庶頑八月八日蔣委員長發表告全體將士書 衆志成城基篤信 人堅此念即雄關

淞滬戰起

海天烽燧逼通衢 淞滬猶傷歷劫餘 固已增防嚴管鑰 可曾修好捧盤盂 凌空鐵鳥縱橫墜 潛水蛟龍次第逋 至竟妄言能誤國日軍閥曾狂言三月征服中國 佇看泥足陷狂夫

全面抗日

神州血淚已斑斑 戰火燎原色亦殷 虎毒兇殘無噍類 狼貪狂野肆刁蠻 全民奮起期南北 率土周旋誓往遠 未可苟安寧一決 從頭收拾舊河山

長期抗戰

繼絕存亡仗義師 敢因禍福避趨之林文忠公句 巨堤未潰洪流急 大廈將傾一柱支
小勝能多終大勝 短期積久即長期 輝煌戰績留青史 凱奏先傳定有時

抗戰勝利

強敵傾頹勢已窮 扶桑日落雪交融 神州滿目瘡痍後 瀛海縈心霧露中 柔遠行仁尊上國 恩施懷德仰元戎 總期弭患敦邦誼 聖哲流徽百世崇

以德報怨

東瀛悔禍遞降書　一掃陰霾盡遣俘　蘇息宜先銷杌隉　寬仁元不計盈虛　存亡
爲護天皇制　繼絕頻煩長者車　報怨幾聞能以德　敵猶可恕況其餘

時賢歧見

宜先訓政後民權　建國大綱標的懸　歷劫尤當蘇積困　得魚豈許即忘筌　謀爲
蒞事須持重　向背徇私應棄捐　一傅衆咻何所適　亡羊歧路誤時賢

訓政無功

遺規保甲自荆公　納入民權組織中　管教倘能兼養衛　化行或可濟窮通　無如
良制植根淺　卻奈奸人作僞工　社鼠城狐恣竄竊　坐令訓政未收功

元氣凋傷

長期聖戰撐危局　百病叢生徹骨寒　元氣凋如冰後雪　群情奔似雨中灘　精兵
未始非良策　選務焉知是禍端　辜負元戎謀國意　滄江有淚盡汎瀾

中共創亂

世局由來似奕棋　赤酋慣技擅乘危　恃空行險留餘隙　爭子乘機肆劫持　蜂螫
傷人多不備　蟻攻取寡總難支　蔚成星火燎原勢　俟到風高撲已遲

赤禍橫流

抗戰期中觀坐大　蘇聯卵翼擁驕兵　縱橫慣用和談計　激盪難分涇渭清　名號固然稱八路　機鋒早已樹千旗　滔滔不絕紅流急　風雨終傷廣廈傾

邪說充斥

邪說危辭作意狂　浸淫膚愬亦難防　積非成是忞矛盾　以幻迷眞肆括囊　詭誕已驚超馬列　縱橫尤厭過蘇張　凶刁暴虐賅諸惡　罪數毛周實孔彰

民盟失足

向背元多由歧見　緣何叢棘望敷榮　可憐聲影隨群吠　枉掬肺肝言結盟　應悔交心成蟻聚　空教鼓翼作雷鳴　囂狂恰與鴟梟伍　雛啄還如走狗烹

喚醒黨魂

雪泥鴻爪豈無痕　開國勳華記尚存　投筆雄風悲叔世　捐軀遺烈拯黎元　幾聞攘臂因功利　但解持身樹德言　爲翦彩幡雲表揭　好招舊失黨人魂

友邦貽誤

破壞和平緣左袒　會商何以得公平　限期停戰遭呑噬　違撓收疆肆割烹　委曲求全看坐大　功虧一簣任縱橫　談談打打終無益　危局還須手自擎

世局危疑

世局因循誤一朝　信讒尤惜馬歇爾卿驕　存亡豈許憑公算　成事何堪效揠苗
經援未符霖雨意　軍儲中斷雪霜條　縱然永夜狂飆急　貞柏蒼松總後凋

制憲行憲

萬世太平弘始基　憲章文武力匡持　八方碩彥興華夏　一代耆英振羽儀　道統
攸尊恢法統　良規確立拓宏規　元戎盛德開隆運　郅政觀成應可期

動員戡亂

巨憝權奸擅詭奇　紛呶國是意多歧　和談絕望成僵局　叛亂居心趁隙時　徐蚌
風雲驚巨變　平津霧露失乖離　太原五百英靈在　長護黃魂舊鼎彝

派系之爭

選戰居然有後災　端因派系漫相猜　爭權國器悲蕉鹿　攘利人心賸劫灰　草莽
當年恣肆慣　廟堂此日晏安來　託身應笑雕梁燕　焚幕危巢不自哀

忍讓為國

個人進退循公意　聖哲胸襟想見之　出處動關天下計　安危猶仗百年規　自甘
忍讓輕生死　誰解貞堅護鼎彝　去就縈懷惟國是　行藏心意契牟尼

和談決裂

自古奸人常誤國 和談決裂事堪哀 大江天塹容飛渡 短見心防久已摧 媚匪
孤鳴譏敗德 攀交自固病虺隤 土崩瓦解堤終潰 門戶誰爲揖盜開

力支殘局

救亡不計是閑身 血路先鋪應絕塵 奮迅渾忘新舊創 孤危幾見往來人 力支
殘局甘鋒鏑 獨挽狂瀾斬棘榛 書有白皮緣謗議 誰堪析骨代勞薪

大陸沉淪

舊創難平痛又新 九州歷劫竟沉淪 排空赤浪滔滔水 捲地飆風滾滾塵 饑溺
益深民益苦 河山無賴草無春 高飛縱有沖霄翮 苟免臨危信不仁

李宗仁於大局危殆時託病飛美後竟投共

政府播遷

雲棧縈紆匝地哀 乘桴抱道海東來 艱難愈決回天意 興復勤求濟世才 孽子
丹心悲百劫 孤臣微命重三臺 四山風雨危樓意 啓聖憂殷亦壯哉

金門大捷

南天一島峙中流 屏障臺員寇未售 浪湧千山如巨艦 波圍海峽作深溝 金湯

鎖鑰長城壯 門戶森嚴偉績留 轉勝戎機樞紐在 至今人說古寧頭

古寧頭一役痛殲共軍堅守門戶奠定台海四十餘年安定進步局勢長垂青史

蔣公復職

一舟衝浪期舵手 引退逾年國運更 寶島遺民開世界 元戎復職樹華旌 安危此日仍須仗 順逆來時仰力征 良輔百僚襄善政 新民第一是民生

黨之改造

黨魂丕振洽群情 改造宜先組織精 去蕪存菁嚴取捨 徠歸懷遠暢敷榮 基層旣固浮沙淨 風紀攸尊徹底清 節概應從寒歲見 由來板蕩識忠貞

青年運動

青年樂育重身心 積健爲雄邁古今 但以自強懸鵠的 好憑集義樹南鍼 層冰不易衝寒意 溽暑能勝百鍊金 風雨同舟期共濟 善群猶待沛甘霖

地方自治

布政優優奠礎基 民權主義樹宏規 地方自治應群策 社會安全賴四維 肅選賢能籌福利 徹查奸宄固藩籬 民防合以心防始 養衛須從管教時

土地改革

先予減租三七五　繼行耕者有其田　未聞土改須流血　肯信人謀可勝天　都市繁榮農益富　工商發達士彌堅　但能一念袪民瘼　惠政從知不用錢

經濟繁榮

富國安邦仰達材　好從平地起樓臺　貿遷貨殖群商至　締造經營大匠來　農牧林漁企業化　荊榛草莽拓荒開　齊民要術知宏博　物阜人豐義利賅

教育普及

教育功深造化參　莫言名利厭肥甘　新知涵養相觀善　舊學商量自出藍　扞格難勝緣後禁　雜施不遜應先探　九年義務賅權益　欣見弘文道已南

文化復興

近百年來文化史　新知舊學應相參　攸承道統千秋繼　一貫心傳萬象涵　莊敬自強能處變　慎思明辨始回甘　精神武器寧容廢　興復新機世未諳

三軍壯大

舉國皆兵捲土師　前瞻教戰擅雄奇　奮揚一擊鵬摶志　卓越三棲鶴舞姿　羽檄爭傳無後至　衛星測報已先馳　軍儲百萬兼文武　佇看收京展義旗

十大建設 高速公路工程

人生畛域信無窮　循義方能貫始終　宏用暢流期物阜　交親絜矩頌民豐　輕車電掣通南北　馳道雷奔騁正中　高速如延生命線　卅年可就百年功

其二 鐵路電化工程

奔車電動發飆輪　雙軌延伸欲出雲　莫羨長房能縮地　從知鐵驥亦空群　火牛東莒馳驅急　流馬西川運轉勤　千載百年都一瞬　欣看盛業邁前勳

其三 臺中港工程

艨艟吐納扼中臺　碧浪千層港埠開　今日愚公宜色喜　昔時精衛莫銜哀　興邦應重陶朱計　強國咸尊仲父才　地闢財多資富厚　好教近悅遠人來

其四 蘇澳港工程

天然曲澳衍蘭陽　魚米充盈筍蕨香　漁火夜連星際海　晴波遠入白雲鄉　延堤拱抱風濤湧　拓港寬容艦艄昂　仁澤深滋含蘊大　事功德量兩汪洋

其五 北迴鐵路工程

危巖絕巘路難通　削壁崩濤氣象雄　放眼遐荒迷海澨　縈心疾苦入深叢　北迴隧道開重軌　西望汪洋駕彩虹　遙想奔雷車過後　艱難永念奪天工

其六 桃園國際機場工程

驚世御風知列子 今朝此事本尋常 騰雲瞬息奔千里 噴氣超音越遠洋 空際翺翔何輻輳 眼前俯仰亦昂揚 問津且向桃園路 斂翼還須佇廣場

其七 高雄造船廠工程

滔滔海域接重洋 負載輸遷萬里長 善事允宜先利器 揚帆豈止作慈航 祖生擊楫猶能憶 宗少乘風總未忘 應念故山叢棘處 遺民銜淚望歸檣

其八 石油化學工業

石油化學新工業 衣被蒼生信可期 裂解分爲原塑料 合成重組禮隆絲 深知研自艱虞後 科技修從匱乏時 創建都因舒積困 關聯副產亦精奇

其九 一貫作業煉鋼廠工程

欲求頑鐵成精鋼 百煉虔心信有之 鎔鑄終將成大器 規模至竟創明時 國防首重兵工業 生產當爲百事基 偉績新興能自立 奮揚邁進久相期

其十 核能電廠工程

核能致用尚和平 潛效宜從化電行 天命攸尊知可制 資源不匱事方成 惠工妙技非文巧 淑世宏功得泰亨 廣蓄兼收皆熱力 三臺佇見大光明

中華歷代偉人詩贊

黃帝

建國功宏垂奕世　軒轅德業繼神農　阪泉一舉開新局　涿鹿餘威殄宿凶　寰宇
歸心尊共主　殊方翹首仰華宗　謨猷創制滋仁澤　善政敷施樂景從

堯

明君繼起有陶唐　郅治千秋頌聖王　擊壤春歌長在耳　康衢興樂共飛觴　心殷
禪代求賢急　政尚仁行據德常　至大唯天堯可則　巍巍功業煥文章

舜

堯天舜日樂賡歌　大孝行仁樹範多　除惡兇頑期務盡　舉賢元愷廣包羅　推尊
禮俗唯恭己　禪讓勳華得太和　淑世經綸思德教　新機民主拓先河

夏禹

匡濟蒼生濬九河　家門卻顧枉三過　無私至德歸忘我　奮勵精勤勝執戈　疏患
引流長入海　禪封善政致休和　寬仁還爲昌言拜　盛業殊勳覆蔭多

少康

羿能射日辜神勇　浞亦欺心愧直繩　違難宗邦傷竊據　寄身牧正勵中興　虞君

特識非無士　相后娠奔託有仍　一旅一成終復夏　少康志業可重徵

商湯

興衰成敗基仁暴　嫉桀民心久已亡　大業先從征葛始　武功赫自覆巢揚　敷施德政昭蘇後　愛戴忠忱奕代昌　得衆雲霓賢者集　盤銘終古式彝常

周文王

三分天下有其二　弭亂平戎善挽強　敬老尊賢謙俊士　行仁務實禮元良　兼修術德同憂樂　遠紹風徽益熾昌　爲政精嚴弘化育　沛然惠澤及南疆

周武王

以武尊王賅七德　安民禁暴事東征　揚威牧野承天命　盛會孟津開太平　和衆豐財能保大　定功封建肅聲名　尊賢爲式商容里　集義行仁永戢兵

周公

流言謗議交侵日　吐握宣勞奮勵時　主幼共和勤輔弼　國危弭亂力匡持　長征勇決東南定　樹德宏施雨露滋　封建屏周新典制　經文緯武兩雄奇

管仲

九合諸侯天下一　攘夷成霸合尊王　法嚴俗美祛頑惰　政善圖雄致富強　新制多堪爲世楷　遺規憾未肅朝綱　荐賢倘許繩勳望　管鮑交深衍澤長

老子

修成慧業勝雄圖　學貫天人樹楷模　良賈深藏懷若谷　大賢盛德貌如愚　去驕
忘我嗤貪慾　自隱無爲得美腴　萬物紛殊歸一理　猶龍志事豈長孤

孔子

風徽萬世尊師表　忠恕行仁貫古今　玉振金聲垂訓遠　儒修聖域溯源深　微言
大義崇寰宇　博學求新式士林　誠正中和成至德　素王道統永君臨

孫武子

北威齊晉西強楚　兵聖戎機不力侵　智慮周旋知詭道　襟懷高遠善攻心　殊勳
危局全軍國　上慧新猷創古今　超越時空弘武學　屈人非戰是良箴

勾踐

執仇接壤悲吳越　互勝並傷城下盟　嘗膽臥薪恢志意　仁民教戰育菁英　衣犀
難恃須明恥　復國還期誓力行　刑賞有常同用命　能堅百忍始圖成

墨翟

儒者中庸墨苦行　利他實踐見精誠　非攻兼愛知袪弊　親士尊賢解用兵　強本
宏規基節儉　匡時讜論重和平　名家上智增仁勇　顯學千秋著正聲

孟子

恩深慈母三遷意　體得停機罷織心　力學通經恢聖業　倡言養性正徽音　行仁
善政民爲貴　集義弘文富不淫　敷教成霖滋百代　先驅崇德肅儒林

莊周

萬物同生天地並　更從物外窺洪濛　志高初解南華妙　辭美能追造化工　魚樂
安知濠上叟　龜全豈羨笥中翁　洸洋恣肆由忘我　出世清徽德望隆

屈原

忠而被謗仍貞愨　信以見疑誠可哀　澤畔行吟應自解　胸中孤憤竟相摧　蒼天
無語宜難問　漁父狂言亦費猜　甘作人龍終不悔　騷經辭賦並崔嵬

荀卿

性兼善惡兩宗支　天命攸崇可制之　探究新知宜勸學　倡言隆禮合尊師　人謀
定一心能勝　物畜乾坤用亦奇　治法難周惟樹德　蘭陵述作見覃思

田單

藎臣血淚幾全枯　復國戎機窺萬夫　明恥有人皆死士　逞驕無卒不狂奴　龍文
角刃猶犀甲　義憤民心是斗樞　豈祗火牛能破敵　還應廟算展雄圖

張良

天教良輔拯蒼生　圯上猶資百萬兵　強弱懸殊恆易勢　剛柔並濟奪先聲　破秦滅楚紓謀略　化險爲夷進治平　帷幄運籌成偉業　端憑智慮作長城

緹縈

醫世匡時志不侔　卻從動念展宏猷　居心至孝成仁勇　淑行堅貞感冕旒　政化攸新垂惠澤　肉刑長廢勝儒修　貲財權位渾閑事　樹德千秋一女流

漢武帝

大漢天聲樹德威　雄才偉略見風徽　舉賢新曆尊儒術　拓殖收功擴帝畿　善理財經興禮樂　化同夷夏式徠歸　萬方賓服推宗主　國富兵強孰可幾

蘇武

餐風齧雪復吞氈　北海羈棲十九年　利誘威臨終不屈　情牽勢迫總持堅　羝羊難慰孤忠願　大節遙憑雁足傳　德範攸崇垂後世　千秋麟閣畫圖懸

張騫

開拓精神兼智勇　鑿空行腳盡蠻荒　羈棲異國風霜久　化育窮邊惠澤長　博望聲威通域外　中華文物及殊方　圖成歷遍艱辛處　甕敵功高擴故疆

司馬遷

宏才卓識筆尤雄　學究天人志業崇　融鑄百家成鉅製　網羅諸史見深衷　揄揚褒貶春秋法　疑信傳承化育功　文直事賅新體例　長垂典範得和中

董仲舒

微言大義式春秋　久不窺園事小遊　淑世倡揚明道誼　等身著作貢謀猷　天人相應期賢者　術德兼修匯主流　養士尊儒弘教化　漢家善政尙宗周

漢光武

莽新篡竊事苛繁　貞下艱虞復起元　統一神州綿漢祚　重光宇內樹崇垣　修文偃武敦風俗　執義行仁敞德門　砥礪人心弘氣節　中興志業轉乾坤

班超

投筆從戎志氣豪　縱横大漠敝征袍　揚威域外天聲振　賓服蕘封武德高　上戰攻心傳羽檄　孤軍皓首肅征旄　拓開絲路弘文化　定遠安邦仗六韜

班昭

博雅雍容式大家　受書閣下有鴻儒　昭陽殿裏春風暖　修史堂前德教敷　四行儀型成女誡　垂簾善政藉良謨　文章本是千秋業　坤範傳承作楷模

張衡

上慧新知志行高 從容澹定擬仙曹 二京賦就伸忠諫 十載思深媲楚騷 靈憲
圖成涵宇宙 渾天儀數鬱風濤 精心窮究多機巧 科學先聲信足豪

華陀

良醫自古同良相 妙手回春道藝全 藥物能祛無宿疾 金鍼普度入高年 陰陽
燮理憑方劑 內外勤修本性天 療法五禽多創意 懸壺濟世一神仙

諸葛亮

南畝躬耕爲隱蹤 時危世亂斂機鋒 茅廬三顧知誠敬 漢室偏安待折衝 王霸
攸分歸澹泊 指揮若定見春容 大匡治術兼儒法 德業千秋式臥龍

王羲之

浮雲飄逸驚龍矯 字聖千秋一右軍 詳察古今工點曳 研精篆素善裁文 煙霏
露結寧能斷 鳳翥鵬摶信不群 莫笑換鵝眞草草 蘭亭有序廣知聞

法顯

齔齡宿慧出離家 明敏丰儀志行嘉 受戒丁年方弱冠 取經萬里渡流沙 梵文
迻譯歸中土 佛國周遊泛海槎 義學弘揚恢正教 靈修偉業亦奇葩

綴術思精注九章　新知歷數大明揚　圓周率度衡疏密　年日回歸測短長　千里船行開水域　指南車進辨殊方　漏壺磨碓關生事　科學名家蔚國光

棄宗弄讚

西土豪雄廣拓疆　文成下嫁附皇唐　羈縻豈是安邊策　弘化原爲淑世方　城郭宮廷多創制　車書禮法重工商　養民生事尊宗教　無復蠻煙鎖大荒

玄奘

玉門西出爲求經　不恤間關萬里程　歷盡艱辛師睿哲　研精典籍足生平　相宗創法崇唯識　析理因明重力行　我佛慈悲宏普渡　莫教風雨暗長檠

唐太宗

中原逐鹿起群雄　戡定功高宇內同　善用賢良容直諫　深知興替見虛衷　省刑愼法能勤政　薄賦輕傜勵事功　國富民安稱郅治　四夷賓服德威隆

郭子儀

福澤千秋一令公　勳勞功業孰能同　虛懷若谷多謙退　大勇能仁見朴忠　單騎弭兵威望重　兩京底定德聲隆　朔方節度汾陽郡　再造乾坤百世崇

吳道玄

英年妙手擅丹青　蜀道林泉筆下形　人物鬼神兼草木　樓臺鳥獸並模型　兩京寺觀留眞蹟　名士聲華滿闕廷　藝事千秋尊畫聖　嘉陵山水入雲屏

李白

竹溪六逸酒中仙　小謫人間韻事傳　佳句天成多婉麗　清才蠖屈益華妍　雄奇本有匡時策　放浪唯留唾玉篇　千古詩名猶壯盛　超凡入聖李青蓮

張巡

浩然正氣睢陽齒　尙義高風千古傳　英烈貞堅緣博學　孤危奮迅爲承先　守城絕援留遺恨　抱道成仁邁昔賢　生死能輕存大節　雙忠志事耀華編

顏眞卿

天教忠藎字清臣　正色立朝迥出塵　忠烈弟兄堪媲美　清剛節義足風人　能書篆籀嚴分際　守禮矜莊重大倫　端拱廟堂型德範　魯公筆法亦通神

杜甫

杜陵窮叟尊詩聖　歷盡艱辛句益工　善律騷壇稱獨步　長奔行在見孤忠　風人節概基深愛　淑世聲華出潔衷　史事敷陳垂教化　宏才豈祇以辭雄

韓愈

弘文載道千秋業 濟溺扶傾百世功 進學有方稱博洽 鯁言無忌發痴聾 高才
切諫輕榮辱 卓識匡時別異同 詞藻頹靡傷八代 振衰起敝蔚成風

董源

巍然山水一宗師 善寫天眞爛漫姿 漁浦溪橋歸雅靜 峰巒樹石見雄奇 秋嵐
遠景多深秀 物象新機各潤滋 神洽荊關饒氣韻 詩心綿邈紹王維

范仲淹

刻苦終成百世賢 最難儒服得安邊 赤貧虀菜窮經日 薄俸仁心植德田 廉正
和羹調鼎鼐 公忠善事洽人天 深知憂樂關興廢 端爲蒼生定後先

歐陽修

醒世廬陵一醉翁 超凡合德見淵沖 幼孤深沐慈親誨 穎悟能收荻畫功 剛勁
立身言切直 精勤治事望優隆 憂讒去國傷群小 詞筆文心兩未窮

司馬光

救溺稚齡知破甕 匡時奮迅欲回天 躬親庶事酬明主 責備諍言濟宿賢 廉正
守身嚴進退 公忠爲國見貞堅 盛衰鏡鑑成通史 資治鴻謨著簡編

王安石

毓秀靈姿出世家　天資穎悟擅風華　英年蕊榜登高第　儒素長才守冷衙　新法初心祛積弊　宏規末路失浮誇　清流不競憸壬進　遂使雄圖喪鼠牙

沈括

述作藏山署夢溪　長年科技見端倪　新知經世收功偉　博學榮身與德齊　精究天文精曆法　力爭疆土懾羌氐　養民治術賅軍政　國事如昇百尺梯

程頤

抱道明誠嚴出處　經筵侍講見春容　丁年曾上匡時策　木鐸眞成警世鐘　立雪程門歸俊士　從風伊水式文宗　等身述作垂箴教　洛學薪傳理學同

米芾

謾云拜石成奇癖　石果通靈亦可親　渾點雲山煙靄淡　精研鑑賞物華新　工書遒勁兼圓潤　善畫天眞妙入神　米蔡蘇黃尊四傑　鹿門史筆更敷陳

李清照

璇閣雙修人似玉　詞壇一代女宗師　縱橫議論空餘子　揮灑驅馳任所之　靈秀覃思多雋永　風華神韻亦雄奇　雖云才命招天妬　叔世清流信不疑

岳飛

撼山容易岳軍難　褒貶春秋一例看　忠義丹心歸二聖　追奔直北復三關　黃龍
痛飲非豪語　正氣充盈肅兩間　冤獄遂奸身可殺　鄂王全器史長刊

陸游

一樹梅花一放翁　借句　每從雋語見沉雄　早登蕊榜招奇妬　晚近農耕識隱縱　愛
國孤忠傷已老　收京素願恨成空　示兒詩苦心猶壯　禹甸深悲久未同

朱熹

集義行仁式晦翁　承先啓後大儒宗　伊川偉業追源近　魯殿清徽主敬同　涵養
新知恢道統　商量舊學肅文風　化民成俗延庥遠　活水長流永不窮

邱處機

無爲有守自長春　寡慾清心不染塵　廬墓三年師至道　苦行萬里善存眞　諍言
初獻開平策　厚賜唯存歷劫身　千載棲霞人幾許　煙霞洞裏一仁神

成吉思汗

一代英豪鐵木眞　尼倫遺裔壯猷新　乃蠻旣滅平諸部　斡難初興拱北辰　囊括
宋金成大統　威加遼夏合敷仁　雄圖汗國跨歐亞　武德兼隆始可珍

耶律楚材

玉泉活水自湛然　王道崇仁建制先　俘籍餘生欣脫穎　戎機上智善攻堅　曾膺遺命匡軍國　爲重鴻儒起俊賢　唯士能成天下匠　治平方略繼薪傳

拔都

縱橫歐陸稱神勇　剛猛英年副達材　拓土開疆成偉業　知兵善戰有鴻裁　虎符威重繩諸部　金帳聲隆蔚薩萊　洪禍及今驚異域　西征長勝一奇才

郭守敬

力學潛修根宿慧　超前三紀獲新知　諸儀高表明天象　通惠川流得地宜　提舉河渠成利澤　授時曆數測周期　殊途會得同歸理　涵養商量總未遲

文天祥

龜鑑春秋存古誼　忠肝鐵石發長歌　壯懷抑鬱傷群小　節概飛揚秉太阿　江右風雲瀰正氣　海豐霧露失金戈　惟其義盡仁斯至　天地原如一網羅

明太祖

英明果斷有雄才　卸卻僧衣闢草萊　御衆有方成勁旅　平戎無敵擬雲臺　興仁祛暴傾元祚　定鼎安邦晉帝階　唐制衣冠文物盛　懲貪善政見鴻裁

宗喀巴

天生慧業能言早　誠篤咸尊淑世醫　教義恢宏輕立異　經文傳譯闡眞知　紅黃
衣色分先後　顯密皈宗共主師　爲集大成弘佛法　虔修繩繼已多時

鄭和

樓船七度涉重洋　大漢天聲我武揚　弘化衣冠聯玉帛　宣勞征旆耀帆檣　雄才
博識兼貞毅　大信寬仁致永祥　懋績嘉猷光史乘　中華威德衍波長

王守仁

文武兼資卓不群　研精政事復多聞　從容弭亂安王室　果決興戎戢寇氛　格物
新知緣直道　力行哲理邁三墳　姚江衍派弘明治　瀛海鴻基擴德門

李時珍

世代名醫植德基　杏林春暖正逢時　古傳本草深鑽研　遍歷藥區惟採宜　內府
珍藏經博覽　寰中物類任蒐奇　冶金生化新綱目　鉅製編成盛譽馳

張居正

忠孝難全苦奪情　總緣憂國憫蒼生　政風既肅君權重　吏職能修庶事清　百廢
俱興財用足　邊防日固武功成　江陵一代尊元輔　德業攸崇式令名

戚繼光

英年倜儻負奇氣 武德高因好讀書 浙海平倭深倚畀 鎮邊禦敵肅征誅 兵精械利軍威壯 恩重法嚴民困蘇 偉績豐功人共仰 藏山述作媲孫吳

徐光啟

能循宗教探西學 實用新知慎入微 鹽筴屯田興水利 天文火器及兵機 重修曆法收群力 譯著叢書啓智扉 農政幾何皆寶典 卮言全卷樹宏規

朱舜水

遺憾諸生難復國 泛交結援欲匡時 尊王賤霸輕榮祿 習古弘文重禮儀 浮海傳經欽哲士 維新善政式賓師 依仁守義紓忠信 垂教東瀛衍澤滋

史可法

知不可爲仍勇決 拒降寸簡即雄文 孤危無援傷諸鎮 英烈矜全守列屯 抱道成仁昭日月 舍生取義挹靈芬 梅花嶺上衣冠塚 正氣清標蔚國魂

黃宗羲

忠義孤兒勤力學 究心經史盡群書 蕺山衍派姚江後 閹黨株連璫禍餘 明祚雖移遺蔭在 文風未敝藎臣扶 太沖述作涵今古 名世宗師一大儒

顧炎武

巍然聳立若奇峰 復國情殷九死同 抗志間關行萬里 明經理路歷千重 弘文致用方無忝 律己知非始有容 爲痛空疏崇實學 開山德業式儒宗

鄭成功

天生大木支明社 奉朔東寧局亦奇 事有可爲多創格 人無能及扼危時 蓬瀛春滿新機盛 故國雲深積恨滋 祠廟千秋馨俎豆 一回瞻仰一神馳

朱耷

遁世元如入世難 謾將筆硯滌河山 詩書妙畫稱三絕 僧道浮名共等閒 幽澀深藏亡國痛 天眞鬱勃出塵歡 清華雅潔存孤迥 勁健能袪萬古寒

清聖祖

清人漢化從茲始 睦族弘文一夏夷 拓土開疆元繼盛 輯書纂典富憑依 輿圖測繪收功遠 制度恢宏理政基 英邁天資兼樂壽 治平偉業總因時

吳鳳

好學覃思膽識高 忠勤敬業護山胞 崖深每念生民苦 谷邃渾忘吏事勞 獵首祭神驚惡例 奉身殉俗感蠻曹 千秋廟食尊仁聖 德化尤堪作斗杓

清高宗

郅隆盛業超賢哲　勳伐功高號十全　智勇兼資弘治術　寬嚴並濟得機先　營邊靖患衡中道　務本崇文纂巨編　四庫珍藏多典籍　物華璀璨信無前

林則徐

苟利國家生死以　敢因禍福避趨之借句　雅言已可窺風範　疏議尤堪釋闕疑
禁毒防俄除後患　師夷制敵式先知　身雖遠謫憂天下　澤沛伊犁繫去思

曾國藩

躬行理學能經世　聖相聲華在得人　閫帥疆臣多荐舉　儒生衆庶各相親　保鄉衛道基團練　論政言兵守要津　毅勇侯封元不忝　齋名求缺見純眞

左宗棠

身無半畝憂天下　失地喪師邦日危　入幕受知多獻替　平吳籌策見雄奇　戡回定亂開疆後　拓土西征建省時　塞上風雲傷詭譎　左公柳色尚依依

沈葆楨

功深內治復知兵　雅度雍容志節清　船政閩疆興學府　軍威海上樹長城　撫蕃虔作開山計　禦寇頻添置郡名　弛禁移民增士氣　三臺地利各敷榮

劉銘傳

舉隅欲以型全國　恆毅雄才信可之　創建漸趨時代化　規模初奠舊邦基　養民善政元循道　集義行仁足制夷　利用厚生緣正德　省三貞幹亦良師

詹天佑

長房縮地縱多方　未及交通愼擴張　車走龍蛇穿隧密　氣吞河嶽涉蠻荒　驚才絕藝超前史　毅力雄心感昊蒼　天佑總緣資上慧　黃金鑄像姓名揚

國父孫中山先生

上國勝朝興亞東　唐虞盛業想雄風　危巢纍卵瓜分際　叔世驚濤鼎沸中　總爲憂殷能啓聖　迭因志決始收功　香山踵武岐山後　革命薪傳溯大同

陸皓東

吾黨人多命世雄　才如江海氣如虹　青天萬里行長健　白日成輪指大同　始砌自由宮壯麗　初開平等路常通　皓東千古奇男子　皎皎丹心本至公

蔡元培

中西心物應相成　融會交流理益明　主政黌宮弘作育　贊襄樞府善調羹　精研學術歸專責　樹立文風出至情　清黨原非除異己　辨奸分際本公誠

黃興

不應時日任蹉跎　三尺龍泉久已磨　恒毅徒憐夸父志　奮揚欲返魯陽戈　群飛合作摶雲計　孤憤空悲擊筑歌　塵午先聲謀一決　刺天那復忌張羅

秋瑾

巾幗英豪事亦奇　秋風秋雨命如絲　嗚鎗慷慨殲仇日　擲筆從容授命時　青塚名山埋俠骨　白楊黌舍泣殘碑　最難談笑輕生死　氣懾虜廷志不移

張人傑

智力過人質性方　獻身黨國式元良　攻心文字傳播遠　革命精神激發長　慷慨輸財資起義　振興實業爲圖強　權奸分化陰謀動　明察嚴辭正氣揚

于右任

草聖三原美髯翁　丁年才命迥非同　呼吁氣震山河動　叱咤威伸戡定功　黌府菁英期復旦　詩壇祭酒鬱孤忠　柏臺卅載維綱紀　大雅雍容長者風

胡漢民

縱橫才氣以詩鳴　性理辭章政法明　筆陣同盟參佐策　嘉謨樞府亦奇兵　內憂戡定勳勞著　典制維新識慮宏　澹泊持躬嚴出處　宣揚主義足生平

蔡鍔

總緣俊傑知時務 負笈東瀛萬里行 入桂及鋒初講武 鎮邊協守始言兵 圻封治績勳華盛 護法聲威政變平 正統綿延基道統 將軍義舉肅尊榮

林覺民

蜜意柔情絕命書 當頭棒喝竟何殊 感人細語如獅吼 懾敵神威似電驅 氣宇軒昂知揖讓 襟懷磊落事征誅 雷霆一擊千秋重 不負男兒七尺軀

總統蔣中正先生

明州志業繼中山 蓋世勳名肅兩間 安內經綸輕百劫 圖強籌策歷千艱 觀成憲治開新局 遺憾堯封尚未還 佇望謁陵昭告日 河清海晏靖狂瀾

張自忠

戎行久歷紓忠藎 創業維艱守亦難 緯武經文行善政 祛疑止謗挽狂瀾 攻堅四野摧強敵 殉國丹心赴急湍 英烈千秋輝戰史 長留碑碣在梅山

高志航

至孝能仁出大忠 長空萬里騁豪雄 英年矢志成飛將 報國丹心貫彩虹 衆寡懸殊終克敵 弱強易勢樹奇功 筧橋威望今猶壯 龍馬精神永不窮

經世新詠

法天章第一

信是金剛百不侵　海疆劍氣自森森　梅椿茁秀由行健　竹幕深寒本固陰　義切同仇須合德　盟堅四海契丹心　法天會得圖強意　眞理長新貫古今

修身章第二

清源正本在祛邪　純樸堅貞質不華　平治收功歸律己　誠修著效始齊家　自求由義方多福　互助行仁益孔嘉　乾德日新期立道　齋明盛服禮相加

尊賢章第三

躬行不惑重尊賢　績學長才禮致虔　篤信去讒宜遠色　興仁責備更求全　明廉賤貨除奸宄　貴德旌忠起信堅　戰勝朝廷前事在　出師一表至今傳

武侯出師表有親賢臣遠小人語得千古治道之要

仁民章第四

賸此南封一局棋　逆流激盪曷勝悲　醉生豈復知來日　夢死安能惜去時　好惡宜同祿位重　親仇不異父昆危　仁民元自親親始　忮害弟兄猶四夷

敬大僚章第五

興邦一語似朝暉　遠慮深謀愼入微　嘗膽臥薪非虎踞　繞梁破壁作龍飛　寡如三戶秦終畢　定自一圖志不違　官盛應期能任使　五陵誰復羨輕肥

勾踐因范蠡之言而復國光武以鄧禹之言而中興所謂一言興邦大臣之可敬在此

體石民章第六

恩隆報禮重如山　正氣浩然充兩間　忠信鯤身猶巨艦　堅貞衆志即雄關　崇名勸事知勤力　厚祿養廉休汗顏　自古興亡期國士　石民豈祇點朝班

古以士爲四民之首以其乃國家之柱石亦社會之中堅也宜當朝乾夕惕以自奮勵方可無愧邦國

養民章第七

善政養民皇禹謨　以時利用仗鴻猷　厚生始可安和久　正德方能庶事修　六府兼資多富厚　關津薄斂少稽留　相期深體如傷意　絕漠猶堪作綠洲

大禹謨曰德惟善政政在養民水火金木土穀惟修正德利用厚生惟和盡此六府三事民可安和樂利國可富強精實矣

來百工章第八

既庶還當財用足　制天乾惕可收功　精思創建非淫巧　竭智興仁亦正風　月試
難周宜自省　獨承未洽且交融　及今稱事尊科技　富國端須徠百工

柔遠人章第九

鄰爲巨浸我爲陂　願得一廛借一枝　喁望四方思樂土　歸心異域藉鴟夷　迎來
託跡宜嘉善　送往懷安應去危　矜彼不能多撫慰　恩波遠及白雲陲

懷與國章第十

攸尊法統護旄旗　報聘相須適以時　攜貳棄盟猶善待　未專守約尚敷施　持危
治亂傾餘力　厚往薄來仍樂爲　繼絕宜思存廢國　畏威懷德得和夷

中興十議

振肅官常

國家隆替繫官常　失德多因寵賂章　誤飲盜泉猶可恥　濫糜公帑亦堪傷　豈容
脂血膏貪吻　莫許羨餘流鄙囊　綱紀攸申威信立　斗筲汰盡進忠良

匡正人心

天柱地維基此心　要從守正度宏深　是非莫辨輕公理　善惡難分失指鍼　叔世
沉哀疑已死　明時奮勵信難侵　尤須養志長呵護　協力應知可斷金

端肅禮俗

化民正誼宜由學　易俗還當重禮儀　踵事增華非務本　庸行積道自成基　從知理路皆條暢　肯信罡風可轉移　高拱斗杓長指引　好修絜矩副明時

弘揚教化

弼教明刑隆法治　未聞善政以刑成　西疇細雨春初化　曲澗長流砥亦平　弘樹楷模留德範　廣開黌府育菁英　經師合有人師志　活水源頭澈底清

袪除學蠹

蠹國傳言出莠民　竟然興學爲袪貧　沽名孰信能弘道　私己何曾不誤人　筆伐先宜除社鼠　口誅豈止過嬴秦　莫遲正本清源計　化育天心貴體仁

厚殖積蓄

養生物力信維艱　縟節繁文一例刪　崇儉知能隆德業　去奢亦可澤痌瘝　廩倉久足三年蓄　公庫長盈九府鐶　事畜理財皆急務　莫教庶政失虛孱

薄征賦稅

苛政昔聞如虎猛　關譏重斂亦堪哀　已因薄稅蘇民困　力誡傷農潤草萊　貴粟寧忘鼂錯疏　融資應仗計然才　厚生利用紓邦國　仁澤源從正德來

務力農墾

民為邦本食為天　地利攸興百事先　綠野平疇紓國脈　雄才壯節出良田　辛勤稼穡祛芸秀　霖雨蒼生起俊賢　厚積原能兼養衛　用知農戰可相連

振興工商

鎡銖必惜計奇贏　萬物輸將積有盈　貨殖元須堅信義　貿遷尤戒巧經營　重商富國先公利　善事殷民應薄征　培養稅源垂古訓　長流細水喜渠成

善戰功成

善戰元知不用兵　好從明恥勵忠貞　遺民久切來蘇望　羽檄威收反正聲　我武維揚祛暴力　親仁徠遠代西征　天心人意長相契　旗鼓堂堂返舊京

詩檄

認同中華道統

乾坤正氣鬱風雷　抗暴旌旗八表開　頓悟癡頑應悔禍　認同道統是鴻裁　塞心叢棘根邪說　障眼飛塵自落埃　忠恕行仁原一貫　中華文化在蓬萊

歸向三民主義

立說溯源基道統　恢張善政本三民　自由方識人權貴　平等能容族性伸　衣食

住行兼育樂　安和精實不憂貧　已看大國尊明日　世紀將來屬我人

外人有尊我國爲明日大國而將來世紀將爲三民主義世紀之說是誠的論

加入反共行列

平倭戡亂事相通　反共還當戮力同　畛域無分含宇內　精誠團結一寰中　與其忍死羈奴役　孰若捐生作鬼雄　道路條條歸正義　何須日暮嘆途窮

歸向民主陣營

竹幕虛張何足恃　自由民主是長城　宜從仁暴衡成敗　好以依違別陣營　速作投明新抉擇　早應棄暗慎加盟　來歸非敵皆同志　篤信聯心勝甲兵

突破牢籠洪獄

神州暝晦如洪獄　榮辱悲歡失鑑衡　死若能求期速死　生無可戀莫偷生　牢籠突破天方曙　桎梏全袪怨始平　舍我其誰應自任　群飛勿後奮心兵

共產集權暴政使大陸同胞求生不得求死不能長陷牢籠爲求自由必須突破洪獄爭取生存契機

裹脅迫從不究

富貴難淫賤不移　欲湔恥辱抑何遲　衆生元有求生願　後死寧無效死期　裹脅原情宜免究　逼從循理莫相疑　陣前起義來歸日　便是心身復活時

宏獎保護產業

任是工農與學兵　宜同保產較虛盈　昭蘇須體來蘇意　弭劫應憐歷劫情　維護
功宏存噍類　匡扶任重結聯盟　艱危莫謾輕言棄　總爲元元要養生

感化大憝痴頑

梟雄大憝亦神姦　立見消亡指顧間　專政集權無定制　嚴苛濫殺等霜菅　憤深
早弭紅羊劫　義切先隳赤祓關　悔禍新機仍可創　自由鐘動警痴頑

保障信仰自由

有神肯定勝無神　各以天君宰此身　唯物違心斯鄙薄　至誠化境合天人　爲除
桎梏歸寧定　盡洗煩冤任屈伸　但得皈依循正教　方知信仰出純眞

確保種族平等

五族聯心尙共和　八方四裔盡謳歌　同文累世從風久　異俗經時向化多　元是
炎黃親骨肉　長教玉帛代干戈　惟循國憲崇平等　佇望河清海不波

重建倫理社會

恢張族性重人倫　唯我中華絜矩陳　所以和同知敬畏　用能容衆在寬仁　勝殘
去殺歸純一　立懦廉頑與德鄰　長幼尊卑宜有序　乖張何事苦揚秦

鞏固中華法統

名實春秋循大義　取之以正守斯同　憲章文武開新局　揖讓征誅出至公　實踐
三民成郅治　勤修六府補天功　政經豈祇師臺海　法統攸歸道統崇

春秋大一統正義曰取之以正守之以正此之謂正統證諸歷史我中華民國自是擁有正統之中華法統但能奮發圖強締造自由平等均富之三民主義奇蹟自能使人心歸向時勢所趨統一大業必可傳檄而定也

詩銘 有序

梁寒操先生生前曾以八不八有之說與同人相期勉言簡意賅語重心長用廣其意各成一律以弘揚詩教昌國嘉言淑世之德並銘諸座右以自勗爰題之曰詩銘

敗不心虛勝不驕　名言信守似聞韶　莫因示富誇親舊　敢以懷才拂斗杓　與惰
同爲豪室誡　銜哀能起老兵凋　雍雍天道原如此　保泰持盈德自昭　不驕

才富無驕德日新　更從純美見寬仁　愼終追遠欣歸厚　窒欲防貪樂食貧　動念
應羞含鄙意　萌心尤忌與慳鄰　惜財靳予非崇儉　規過當如渴飲醇　不吝

見賢祗合勉思齊　崇德如山愧未躋　自好時宜多惕勵　交親叢忌若雲泥　情能
處順無違志　妬可腐心猶噬臍　狠戾不生應遠害　靈明長葆勝燃犀　不忮

空谷幽蘭原寂寞　白雲千載尚悠悠　苟全成毀終無益　責備難期總未周　有取
於人皆不足　反求諸己復何尤　窮通得失渾閑事　山自青青水自流　不求
謾說浮生飄若夢　萬人如海此身藏　吸呼氣遠通千古　吞吐心雄接大荒　發念
一夫成事烈　溯源活水引流長　但能會得登高意　乾惕還當自奮揚　不卑
質直每多歸冷傲　特行時復近孤高　分庭揖讓宜循禮　絕世擔當重習勞　厲節
深藏非自蔽　退思奮進應兼操　謙謙成德尊君子　隨俗頡頏輕羽毛　不亢
怨毒於人甚矣哉　況因謗讟競相猜　行藏用舍關天命　直諒寬仁養達材　總以
望殷多固結　不緣富厚蓄私財　應知叢集成深府　好闢心田善果栽　不怨
景無絢麗甘平澹　胸有春風養至和　律己反躬生玉帛　尤人動念即干戈　過猶
不及中須執　德以能新積日多　咎戾既袪銷悔歉　滌非求是慎規摩　不尤

以上八不為消極之有所不為　以下八有則積極之欲有所為也

有謀—謀國由來重老成　遠從智慮任縱橫　隆中早有三分策　圯上猶資百萬兵
儌倖收功多草莽　沉潛積效失公卿　營求動定惟循道　危局常須賴衆擎
有猷—名韁難絆利難侵　貧賤不移富不淫　進退動關天下計　修為仰體聖人心
燕然銅柱銘勳久　塞外垂楊植德深　惜死祗宜多奉獻　歸雲猶待作甘霖

有爲——窮變大通須創建　行仁自律尚苛嚴　匡時毋苟何傷直　治學雖貪不礙廉
取足爲人多益善　袪貧修己智能兼　及今戮力開新局　祇合琴樽冷畫檐

有守——據古循經正不阿　操持弗失任摧磨　周旋淑世寧藏拙　堅忍圖成更養和
去僞存誠心自固　興邦崇善禮相羅　愛身莫謾輕生死　抱道方期取義多

有志——謾云富貴非吾願　志學潤身元不怍　立己善群縈宿念　養心帥氣勵儒修
趨新切莫依私好　見異尤當豁遠眸　準擬行藏關治亂　淵明諸葛兩相投

有氣——每從氣韻辨雄文　立品尤當出俗氛　力果規模宏肆應　心精壯闊得均分
生機流動仍強志　質性高華自逸群　乖戾宜袪堅節概　還期談笑卻秦軍

有量——江海能容下百川　還從器局見深延　潺潺淺水深淵靜　漠漠太空明智懸
叔度汪汪欽德範　季和藹藹尚名賢　須彌芥子同無外　成大方能得性全

有恒——摩義行仁不易方　大中至正見堅強　剛柔相應須持久　終始攸承在守常
磨杵成針非細節　移山填海亦康莊　收功總在艱難處　賴有恒心與日長

春人十箴

自強——行健師天勵自強　乾坤位育契陰陽　右文治術崇仁孝　尚武雄風別伯王
碩德潤身明日月　至誠弘道守彝常　中和立極惟貞一　恒毅元爲淑世方

自樂——去奢崇儉珍天祿　不羨繁華愛自然　寧定方能行至道　深藏始可守中堅
物從樸茂歸醇厚　志以貞純得靜專　進取樂觀兼奮鬥　相期同唱凱歌旋

自修——貞下研幾識起元　朝乾夕惕護靈源　居安時切思危誡　愼獨宜高復禮垣
理路艱屯休卻步　性天幽邈合推尊　體仁集義勤修飭　三畏應先踐聖言

自安——寓理循眞事力行　民胞物與契群生　存心盡性原知命　帥氣新民善養誠
樂道不憂還不懼　順天無臭亦無聲　光風霽月襟懷澹　唯一唯精進大成

仁愛——誠信寬充知敬愼　言談語笑肅儀型　風雲龍虎新時代　民物乾坤舊座銘
上下相親宜合德　溫良遜接總含馨　中和循禮興歌樂　山向春人分外青

正義——力行策慮皆循理　固執權衡得所宜　弗納於邪歸矩度　勇爲抱道護綱維
隱文應會能彰意　治禮方通有序儀　節烈宣昭邦國事　明心正誼足匡時

忠恕——爲下能忠事上誠　教人以善得公明　危身竭智寧辭險　推己施仁更向榮
寬假包容休自恕　匡扶輔益本相成　尼山至道心傳在　宏肆修齊及治平

誠信——天眞純一宜崇實　金石爲開見至誠　事到無欺威可立　身緣有守氣終平
踐言切莫輕然諾　由義相期重老成　足食足兵先務本　要憑衆志作長城

大公——求利當求天下利　無偏無黨更無私　乾坤覆載含容大　日月晨昏耀映彌
福蔭緣情非法治　虛名自錮是塵羈　用公旨要先忘我　分肉能平亦可師

中道—過猶不及皆偏失　至正斯能守大中　聖哲心傳元直道　英雄膽識每相同
力行務篤寧無分　治學惟精豈有窮　恰好本然休激越　從容隨地盡春風

詩鐸

為現代青年樹立新型範

先孝悌—裕後蕃滋元物性　光前報德適人天　敷榮連氣同根發　繼往開來一脈
傳　幾見虎狼甘自食　何堪萁豆苦相煎　中華道統弘仁愛　絜矩宜從孝悌先

尚立志—鐵杵成針志意堅　微言早悟李青蓮　心精既沛宜涵養　力果方盈莫棄
捐　天地中和歸至德　聖賢學術在陳編　民胞物與元同命　好啓昇平億萬年

士當以爲天地立心爲生民立命爲往聖繼絶學爲萬世開太平爲一生志業詩旨本此心
精力果皆言志氣

主內省—一三其過孰能賢　頹惰自甘猶倒懸　不信藐躬何以立　無謀冥索亦堪
憐　欲祛叢悔勤修飭　好本誠中定後先　調適以時惟反省　莫教兀兀渡窮年

知畏敬—精勤惕勵尊天命　孝悌元爲樹德基　屈志老成心有守　束身聖道念無
私　踐仁盡己源誠敬　由義方人賴護持　任是知仁宜奮迅　秉斯三畏佐三思

語云君子有三畏畏天命畏大人畏聖人之言知所畏敬方能臨深履薄戒愼恐懼而不致
於毫無忌憚爲所欲爲

辨義利—義利相妨豈謂然　要當明辨別機先　澤須普及無私惠　行而得宜多善緣　樹立勳關天下計　謀爲總以衆生前　修成物我偕忘境　聖域難期亦大賢

義利相妨僅指私利而言若公利即義也實相成而不相妨故曰求利當求天下利即此意也

行忠恕—智術難周唯盡己　原情度理遠仇讎　射能正鵠宜無忝　漁止臨淵豈善謀　鐵網羅珊猶有得　精禽填海竟誰儔　萬殊一貫歸明德　舒卷由心但自求

秉剛毅—巧佞陰柔皆賊德　祛邪嫉惡去豪梁　勝天有術唯堅定　媚世無功但速亡　爲者終成行者至　橫流必決活流長　強能不暴斯爲美　願力貞堅護鼎常

巧佞陰柔即鄉愿之本質鄉愿德之賊也宜克之以剛毅而溫柔敦厚堅韌不移　亦強者之優美形象

知遜讓—益謙損滿原天道　保泰持盈守達尊　與世無爭寰宇闊　持躬有守友情溫　名繮既脫龍歸海　利鎖難羈鶴遠樊　唯有當仁應不讓　先憂後樂赤心存

事有可讓有不可讓者可讓而不讓過也不可讓而讓亦過也明乎此可謂知遜讓矣

尚榮譽—外加令譽非榮寵　自足於心德化淳　樸質無私基信實　高華有守見清眞　親仁愛衆能成務　愼獨存誠迥出塵　暗室不欺嚴取予　矜尊肅穆副忠純

重操守—守正不阿端細行　廉頑立懦作新民　從風法治咸平等　潔己心防是大鈞　物誘易袪緣卓識　利侵可禦遠迷津　去奢崇儉成貞幹　善自操持與德鄰

求新知—日知所缺月無忘　剖析窮探守典常　溫故研精尋逆境　求新務本發潛藏　書城坐擁專馳騁　學府優游任扢揚　科技突飛兼猛晉　不容固步日徜徉

葆天爵—個性尊嚴宜善葆　應知威重本相生　豈容人格遭輕侮　莫爲流言毀厥成　唯有勤修能止謗　何須矯飾壯虛聲　求榮反辱尋常見　不自揚波尚獨清

所謂天爵猶今之基本人權與個性尊嚴無論貧富貴賤其秉受於天者皆相同故宜以自愛重不容輕侮楚辭漁父有衆人皆濁何不淈其泥而揚其波句此反諷語元非直道不可從也故結句及之

詩謨

弘文以明道統

弘文明道在行仁　統緒攸尊德日新　奮勵圖強須智勇　精誠團結重彝倫　鋤經續火勤書史　窮理探微敬鬼神　宗海萬流元一貫　繩繩相繼亦相因

鬼爲祖先神爲眞理亦今之所謂自然律也

中興以恢法統

久體毋忘在莒意　同心協力贊中興　能容乃大斯無外　積健爲雄信有徵　自是
殷憂常啓聖　元知和氣可消冰　斷金力與成城志　法統恢宏已足憑

善政以養衆民

玉律金科大禹謨　德惟善政展雄圖　厚生利用成三事　六府勤修見遠模　建設
已看稱十大　藎籌尤待奮前途　養民志業多璀璨　海上蓬瀛道不孤

弼教以厲多士

濟濟欣看國士多　更宜弘教廣包羅　身修節厲皆華袞　志決行堅即太阿　績學
求盈歸質樸　守誠務篤豈嚴苛　席珍合是廟堂器　璞玉還須費琢磨

舉賢以進人才

愛衆親仁在舉賢　勤修吏治爲民先　掄才考政歸嚴謹　育德風規重勉旃　平日
留心多訪察　長時經意莫情牽　須知一票眞神聖　守正祛邪惡自蠲

厚祿以勸百工

仰事非艱畜不難　多從厚祿羨危冠　優遊有待聞雞舞　肉食無須抱鋏彈　衰病
未嫌衾枕冷　妻孥幾見灶煙寒　百工激勸皆安善　生計云誰薄一官

仁德以徠遠人

近悅還當恤遠人 方新善政樂行仁 宏開廣廈容寒士 好拓修衢結德鄰 願乞一壥元沐化 可因隆譽得交親 歸心每自向心始 恰似繁星拱北辰

敦睦以修邦誼

輯睦萬邦臻協和 好教玉帛代干戈 行人聘問輶軒騄 貨殖貿遷帆艦過 宣慰僑情多樸茂 交流文物廣包羅 漢唐威德遺風在 四海同心合詠歌

從善以開言路

聖德何曾薄楚狂 齊威戰勝在朝堂 輿情俯順應從善 暴力宜祛合挽強 篤信集思方廣益 能容異見始難量 川流不塞開言路 近悅遠來成大匡

明刑以肅奸宄

奸宄猶如附骨疽 因循姑息總難祛 居心旨要期仁厚 怙惡橫行污里閭 成化元須弘教澤 立威信必絕苞苴 明刑還爲安和計 黃老眞詮道豈虛

肅戎以弭禍患

英發豪雄我武揚 佇看虎躍更龍驤 興仁自古皆無敵 伐暴異時元有常 牧野收功成偉業 孟津奏凱殪紅羊 肅戎早慕軍容壯 鐵骨梅花蔚國光

蘇息以拯元元

截岸煙雲肅列屯　好期展旆拯元元　樓船破浪橫東海　鼓角喧天震赤閽　爲解倒懸符物望　更求蘇息遍荒村　卅年已盡遺民淚　喜見仁師返國門

詩策 有序

爲響應以三民主義統一中國之號召而作

中華民國憲法第一條開宗明義釐定中華民國基於三民主義爲民有民治民享之民主共和國憲法爲國家根本大法故凡我國民均有服膺與實行三民主義之義務亦惟有三民主義方能統一中國自爲不刊之論邇來以三民主義統一中國之號召已如怒濤巨浪衝擊中國大陸引起極大之震撼與回響茲特標舉其主要目標與方策願我同胞口誦心維各獻心智努力以赴以期必勝必成萬勿自外於此一極具歷史意義之盛舉也

復興中華文化

執中立信與行仁　務本存誠德日新　道統綿延流萬世　禮文成化燦千春　復興創建原一貫　恢廓傳承亦有因　心法薪傳追往聖　繩繩相繼萃三民

加強民族精神

能容深蘊廣包羅　勇毅清剛鎮不磨　族性貞強基禮義　民心淳樸見謳歌　歐風美雨多漓薄　正德厚生求至和　衆志成城堅信守　長教玉帛代干戈

貫徹民主憲政

原知儒術尊民主　憲政經邦重自由　智任縱橫恢德業　功宏參與著謨猷　權均
律法無私惠　事本公忠見藎籌　風肅刑清成郅治　大匡盛世尚宗周

促進政治建設

戰勝朝廷史實傳　匡扶輔弼得人先　八方集義欣成事　四野騰歡頌舉賢　以德
爲尊宜在位　唯民是尚即應天　興亡自古基仁暴　厚載方舟任仔肩

開拓經濟發展

六府惟修爲養民　奔泉渴驥絕前塵　起飛科技追先進　度越常規在出陳　樂利
安和源至德　精勤純粹本興仁　能循洪範隆生計　匡濟功深去棘榛

詩經大禹謨德惟善政政在養民水火金木土穀惟修正德利用厚生惟和經濟理論精警無倫而心物並重尤爲特色所謂六府即水火金木土穀也以今義言之即水利能源礦產森林土地農業也

提昇生活品質

衣食住行兼育樂　不宜奢侈但求精　高華典雅新風格　由義居仁舊鑑衡　充沛
靈修除俗障　厚滋福慧洽群情　生生取足賅心物　活計提昇德自明

強化組織機體

心之使臂緣機體　指臂相因始克成　強化基層元固本　恢弘主義自修明　大公無外宏參與　縝密能周重結盟　載道行仁嚴軌範　從知衆志即長城

實踐三民主義之各階層組織均須策劃縝密組織嚴整凡所舉措咸循軌範以求有利於中興大業發揮精誠團結之力量方可計時程功也

激勵犧牲奉獻

犧牲享受袪私念　無欲則剛行大仁　睿智尤宜多奉獻　雄才豈復久沉淪　扶危起敝尊先覺　守死匡時恥後人　攬轡澄清原夙願　不教禹甸更揚塵

結合全民心智

百工士庶盡中堅　竭智攄忠即俊賢　言路廣開能集義　斯文不廢可勝天　九衢馳騁紓籌策　大衆播傳匯巨川　輔益多師千慮後　何須得失計矜全

維護全民利益

求利當求天下利　出民水火義爲先　早知大陸如洪獄　敢以鯤瀛擬洞天　善政已看興百廢　西征猶待著長鞭　人權維護崇生事　好拯元元解倒懸

鞏固領導中心

元首明哉黨國瞻　股肱良輔智能兼　藎籌淑世滋芳草　治術周身守聖奩　領導作風勤可則　恢弘法統固斯嚴　天心儒道惟貞一　佇看飛龍出隱潛

易乾文言曰飛龍在天上治也又曰飛龍在天乃位乎天德均謂乾至九五其能力完全發揮達於最高境界能以三民主義統一中國必臻盛治也

充實復國戰力

利用厚生資養衛　精神武器佐雄兵　卌年薪膽期光復　曠代規模賴衆擎　周誓鷹揚思牧野　湯銘德溥頌收京　艨艟渡海重光日　善戰功成永太平

清除共產遺毒

流毒深如疽附骨　赤氛貽禍久塵污　詖辭邪說宜先祓　秕政暴行殊可誅　欲挽銀河清積穢　待新禹甸去艱虞　青天白日揚徽際　肯信王師定沼吳

重建安和社會

饑驅力役兼威鎮　骨嶽血淵深恨俱　顧我神州淪浩劫　及時霖雨爲昭蘇　自由民主均無寡　輯睦熙寧德不孤　富足安和多樂利　治平遺教有宏模

邁向大同理想

大道之行進至公　無私忘我與同功　篤行踐履原能達　精進探求未可窮　懸鵠知方非鶩遠　循聲加疾合從風　過猶不及毋偏激　統一中華要執中

八德歌

為國家盡大忠

處世持躬但率眞　至誠不僞遠迷津　力行盡己宜由義　奮進超群善體仁　好爲全民謀福祉　莫緣私利蔽輿薪　紓忠事事先邦國　成敗無關德日新

為民族盡大孝

精勤惕勵恢先德　繼述心殷志自明　肅愼謙恭期不辱　寬仁篤實得敷榮　修齊遠略歸群己　事畜彝倫晉治平　光我中華綿族性　從知忠孝本相成

體天心行大仁

至道天人元合一　守身立極在行仁　先憂志事除凶暴　後樂心期去棘榛　紅禍宜袪民已瘁　神州未復草無春　同深饑溺如傷意　早沛恩施靖劫塵

為民物紓博愛

視人猶己同胞與　推己情殷見至誠　自重自尊還自律　相親相愛更相生　立言垂教敷恩遠　樹德呈功沐化宏　物我能兼流惠澤　深滋厚潤頌河清

為社稷昭大信

足食足兵兼立信　聖人明訓重千秋　休因豪語成輕諾　且以殷憂釀遠謀　復國貞強誠可必　踐言篤實志終酬　人生除僞皆非病　盟誓能堅即壯猷

為民心樹正義

居仁由義本行方　耿介貞純重守常　循理緣情皆可合　得宜無物不恢張　衡權秖許謀公利　持正還須勵自強　水火猶深傷禹甸　早期攬轡事收疆

為群流致中和

恢奇拔俗軼倫材　偶失驕狂即可哀　羑里勳名垂典則　淮陰志業沒蒿萊　溫良克讓風徽竣　儉約謙恭義利該　信是中和稱至德　匡扶還仗出群才

為法紀肅正平

緣情循理弘公德　法紀如繩肅直平　以正祛邪敦美俗　執中務本弭私爭　和均蒞衆宜無怨　謙抑由衷信有成　不事嚴苛修治術　安瀾猶似在山清

詩銓

諸葛武侯所著便宜十六策於經世治術發其旨要言簡意賅有裨治道即令處今民主開放之世亦多切當可行因師其意隱括成詩為之銓釋而資惕勵

治國第一

郅治千秋貴守常　君臣台輔式元良　北辰高拱宜居正　列宿星羅亦有方　脫序喧囂生禍患　違規錯繆益乖張　乾坤定位惟中道　遠害圖成重憲章

武侯云天失其常有逆氣地失其常有枯敗人失其常有患害可知守常執中乃治國之大本詩中所言北辰指國家元首台輔指輔佐大僚列宿群星指官吏人民皆須守常不變不可脫序失常

主從第二　原爲君臣依民主政治體制改爲一般主從關係

今將主從代君臣　勸政宜先勸事新　私不亂公循治道　邪難干正遠迷津　堅貞篤信功名立　行健紓忠志業伸　元首股肱相輔益　情殷盛世可忘身

武侯云君勸其政臣勸其事則功名之道俱立矣又云私不亂公邪不干正此治國之道備矣

視聽第三

天將耳目託生民　多見多聞睿智神　進善能容忠者信　怨聲既蔽枉難伸　辨奸宜自祛邪始　去僞還從養性醇　聖以人心爲鏡鑑　視微聽細得純眞

武侯云多見爲智多聞爲神又云怨聲不聞則枉者不得伸進善不納則忠者不得信邪者容其姦又云聖人無常心以百姓爲心書云天視自我民視天聽自我民聽詩旨本此

納言第四

逆美將衰順惡亡　忍教奸佞扼忠良　巧言令色言偏遜　危行彌艱行益強　下說上聞緣有道　貢諛獻媚失宏綱　齊威戰勝朝廷事　一語興邦信史彰

武侯云惡不可順美不可逆順惡逆美其國必危又云有道之國危言危行無道之國危行言順上無所聞下無所說故孔子不恥下問

察疑第五

朱雖紫奪非難辨　定事成功應去疑　察往知來觀進退　聲哀形懼審舒遲　下瞻盜視情多怯　腹計沉吟蔓已滋　朗月清風言合度　旁窺易見所安時

武侯云計疑無定事事疑無成功又云不虛不匿不枉不弊觀其往來察其進退聽其聲響瞻其看視孔子曰視其所以觀其所由察其所安人焉廋哉

治人第六

化育攸尊德義興　善陳好惡欲難勝　物稀爲貴滋生盜　才適方求守準繩　節用謹身多蓄積　承先啓後少驕矜　去奢崇儉凶年足　戒愼憂勤若履冰

武侯云陳之以德義而民興行示之以好惡而民知禁又云不貴難得之貨使民不為盜不貴無用之物使民不亂各理其職

舉措第七

治道宜公重舉賢　勿容冗濫務矜全　玄纁幽隱斯良輔　備位駑才出市廛　聘士倘能殷禮敬　歸心誰復計豐鐲　不仁者遠寧邦國　長亨昇平大有年

武侯云治國之道務在舉賢又云懸賞以待功設位以待士不曠庶官闢四門以興治務玄纁以聘幽隱天下歸心而不仁者遠矣又云國危不治民不安居此失賢之道也又云為人擇官者亂為官擇人者治以聘士其國乃寧知乎此凡所舉措可不慎哉

考黜第八

遷善宜從考黜嚴　進賢退惡智能兼　阿私利己元難恕　賞重罰輕非遠嫌　妄罪直言忠自去　不除巧佞患深潛　懲貪崇法休寬假　務本還當在養廉

武侯云遷善黜惡而惡有五曰一因公為私二過重罰輕法令不均三妄罪正吏害告訴之人四長吏數易守宰兼佐為政阿私五賞罰之際利人之事民失其職

治軍第九

謀猷先定軍容壯　明道知人進退宜　兵革既精嚴賞罰　契機方順任驅馳　攻堅主客占情勢　守險安危計信疑　士衆從風能用命　圖成熟慮死生時

武侯云用兵之道先定其謀然後乃施其事審天地之道察衆人之心習兵革之器明賞罰之理勸敵衆之謀視道路之險別安危之處占主客之情知進退之宜順機會之時設守禦之備強征伐之勢揚士卒之能圖成敗之計慮生死之事然後乃可出軍任將張擒敵之勢此爲軍之大略也又云智者先勝而後求戰闇者先戰而後求勝故善治軍者必須無恃敵之不至恃吾之不可擊也

賞罰第十

持平賞罰以興功　罰惡禁姦見至公　直士心丹無怨懟　勞臣績著合尊崇　虛施惠澤辜恩似　妄事誅求背義同　必殺可生生可殺　去私窒忿教和中

武侯云賞善罰惡又云賞以興功罰以禁姦又云賞不可不平罰不可不均又云賞不可虛施罰不可妄加賞虛施則勞臣怨罰妄加則直士恨又云國之五危曰必生可殺必殺可生忿怒不詳賞罰不明教令不常以私爲公

喜怒第十一

悅不喜兮憂不懼　桓桓君子肅丰儀　機先猛進非關怒　樂後襟期豈曲隨　刑罰宜中諸惡理　姦邪未塞大邦危　千秋成敗基仁暴　威武攸加可忿時

武侯云君子威而不猛忿而不怒憂而不懼悅而不喜遇可忿之事然後加之威武威武加則刑罰施刑罰施則衆姦塞不加威武則刑罰不中刑罰不中則衆惡不理其國亡

治亂第十二

纖纖不伐成妖孽　不絕綿綿亂結時　立紀振綱明先後　去文就質識機宜　罰行遠近緣嚴令　身敬伸通爲中規　內外兼修窮大小　袪邪守正作人師

武侯云省官并職去文就質又云綿綿不絕必有亂結纖纖不伐必成妖孽又云夫三綱不正大紀不理則大亂生矣又云先理綱後理紀先理令後理罰先理近後理遠先理內後理外先理本後理末先理強後理弱先理大後理小先理上後理下先理身後理人是以理綱則紀張理令則罰行理近則遠安理內則外端理本則末通理強則弱伸理大則小行理上則下正理身則人敬此乃理亂之道也

教令第十三

正己教人爲順政　法言崇道莫紆行　輕佻背亂多貽誤　侮慢相欺總盜名　宜惜羽毛嚴動念　好循義理律心兵　日新恆識盤銘誡　化育功深德自明

武侯云正己教人是謂順政又云非法不言非道不行而教令之法有七曰盜輕慢欺背亂誤嚴予教令不可一犯

斬斷第十四

明斷果行能弭患　嚴分敵我莫相輕　每因背勢招傷折　總爲欺心事力征　慢令營爲多坐誤　急功貪盜或相生　亂源既塞威方立　武德光如日月明

武侯云當斷不斷必受其亂言決策必須果斷強毅方不致因循姑息貽患無窮前項教令所誡者犯之者立須斬斷所以弭亂於未形也

思慮第十五

人無遠慮憂將近　知著多緣善察微　利害相生明治亂　存亡互動繫安危古通微
始終一貫關成敗　禍福乘除辨是非　博識深思能實踐　春風長拂白雲扉

武侯云思慮者思近慮遠也語云人無遠慮必有近憂故欲思其利必慮其害欲思其成必慮其敗而危生於安亡生於存害生於利亂生於治吾子視微知著見始知終禍無從起以其均係互動相生因果循環也謀國者可不深思熟慮乎

陰察第十六

文武兼資崇五德　賞賢罰罪致清平　安仁旨要歸和衆　禁暴宏標在止兵　豐撓
拒讒須上智　虛衷納諫樹華旌　保人元是呈功事　察察爲明斗柄橫

武侯云禁暴止兵賞賢罰罪安仁和衆保人定功豐撓拒讒此之謂五德兼此五德而出之以大公至誠則天下事不足爲也

梅花詩卷

梅花詩卷

國花頌 代序

我國以梅花爲國花久已爲國人所認定誠以梅花凌寒耐雪冠冕群芳其堅貞剛潔之概至足爲國人獨立自由精神之矜式其以三蕾連枝取喻三民主義花開五瓣用象五族共和與五權憲法之政體取義尤深選爲國花至爲切當方今中興啓運之會瞻念我中華歷史之悠久幅員之廣袤文物之繁富國格之崇高江山之秀美人物之傑特與夫目前社會之安定政治之清明經濟之繁榮益以一片中興氣象宜當有頌以祝我國運昌隆國力精實國富充盈國威丕振使反共復國大業必勝必成一如梅花之凌寒擢秀也

傲雪凌霜質性同 冰心鐵骨見沉雄 抗懷高潔追千古 拔俗巍然君子風 三蕾民心徵主義 五瓣權衡造化工 倘若將花比國本 貞強屹立亞洲東 立國精神長不朽 五族共和契深衷 問年豈祇溯三代 天香早溢蕊珠宮 化及四夷多德澤 綿綿道統信無窮 歲寒花發先春候 氤氳和氣滿寰中 啓運太平期萬世 澹蕩方知孕育功 總爲孤高成特立 盛節堅貞友竹松 後凋先發皆傑特 端凝標格釀春濃 經寒愈見丰神旺 虬榦撐天欲化龍 拏空作勢瀰勁氣 任他萬里層冰封 歲序四時來復往 不知人世幾秋冬 願得國花長不謝 隴頭插遍覓詩筇

但求此生修得到　無視王侯與萬鐘　移根早許梅臺樹　此身願作蔣山農　翹望中原青一髮　征衫時拂花影重　我愛梅花花愛我　清姿逸氣以時雍　沾溉源頭多活水　挹注大河與長江　中華文物稱繁富　源遠流長聲淙淙　一樹南軒靜相對　長教破寂伴書窗　忽憶汀郊梅林晚　斜月朦朧株成椿　林間上下鳴翠羽　鳴聲清越影成雙　山川清氣襲衣袂　見自瑤臺心已降　會須殷勤長護惜　案頭爲掬紫泉釭　雍容自是高華甚　南面推尊馭萬邦　雲作車兮風爲馬　霧節初還隱翠幢　艨艟渡海歸航日　花溪同泛木蘭艭　廣平作賦心如鐵　坡翁傾倒少游詩　逋仙韻事傳千古　放翁豪邁格尤奇　前賢絕塵成逸響　我今作頌笑已遲　雅頌風騷源忠愛　一片丹心花應知　天涯久客人將老　冰雪沍寒志不移　偶借酒兵攻愁壘　不教愁泛軟金卮　嚴冬已盡春不遠　流澤汪汪萬頃陂　蘇息播傳昭蘇意　先是南枝後北枝　雪重霜嚴冰未泮　但憑正氣護靈姿　一朝陽和迎瑞靄　花光人意兩相宜　右文淑世多勝概　鈿車連騎滿郊畿　但有暗香飄逸致　不因清瘦羨輕肥　疏花澹影無顏色　點透天心入翠微　淑氣總隨和氣動　春風先至野人扉　巡簷偶見瓊枝茁　貼地爭看歸燕飛　不與群芳鬥新艷　好向家山挹晴暉　任是故山多風雨　肯緣出處少依違　明時凍雀猶奮迅　夷齊枉自歌采薇　期多樹立應行健　宜把彩旛作雲旂　世事渾如花經眼　好從今是認昨非　江山信美皆吾土　榛莽宜芟蔓宜鋤　痛念神州沉淪久　億兆民如涸轍魚　血淵骨獄

無噍類　敲骨吸髓肆侵漁　薰蕕同器皆腥污　然諾宣言盡子虛　托鉢焉知調羹
事　摳衣誰下雨後車　爲憐西園生叢棘　從知蓬島是仙居　寒士無須歌長鋏
素女何妨曳修裾　萬樹萃成香雪海　繁櫻不及玉梅疏　願更多植千葉品　綠陰
長護舊城闉　頻年常對遙山望　最憶衝寒一枝初　花小深心含蘊大　欲從道貫
別萬殊　嫩條新葉茁花後　點綴乾坤瑞色敷　我欲買山郊坰外　遍種梅花千萬
株　近悅安和見熙攘　徠遠輻輳達天衢　疏影橫斜各有致　暗香浮動慰情愉　吟
健欣看翁未老　探深偶喜得靈珠　教養以時憐稚子　事畜常不負壯夫　育樂滋
榮臻五福　天心著意善匡扶　莫使橫流成巨浸　忍教冠冕坐泥塗　大同盛治原
可及　冰心亦足啓雄圖　會當詩書養心志　合將禮樂作長堤　澄清瑩徹明如玉
煦育太和德已齊　璀璨風華歸善政　孤吹聲影不自迷　序譜宗邦宜追遠　擷英
郅治任品題　雪盡春回歌緩緩　傷心人滯板橋西　挺秀故新多俊彥　賢能進退
判雲泥　燕剪頡頏爭上下　蛛絲結網任高低　生向岩阿根自固　繽紛不到武陵
溪　安能斂影同飛絮　豈肯飄茵逐馬蹄　此心一片清如水　時趁初陽吐虹霓
利用厚生基正德　晴固安和雨亦佳　六府宏開民樂業　四靈懋美信允懷　地利
天時人事盡　壯盛富強衆克諧　敷榮端賴成城志　月是精神玉作骸　風貌不嫌
癯仙瘦　崇儉方爲進德階　門外雖無餓死骨　應憐折戟尙沉埋　去奢習勞非自
苦　移風莫使物情乖　貿遷貨殖務稼穡　善事勤工愼安排　雪重花繁皆瑞應　早

除霧露掃雲霾　故山倘有好風日　補天何必待神媧　龍飛早兆中興象　貞下啓
元淑氣回　蓬勃生機興復計　艱難運會匡濟才　賢能在位昭勤愼　獻替莫甘作
廢材　三軍用命皆貞幹　蹙敵聲威震風雷　海上長城控金馬　自由燈塔是三臺
自古興衰留史鑑　此心似鏡無塵埃　我是梅花舊知己　違難乘桴浮海來　卅年
俊發千家樹　一卷琳琅萬本梅　我頌國花爲國壽　好占春先景運開　佇看萬馬
收京日　紫金山上倚雲栽

梅花百詠

古梅

鐵骨虬枝出秀峰　冰心綠髮玉爲容　凝妝曾對先秦月　論歲能追五代松　自在仙山忘甲子　不從人世紀秋冬　著花依舊丰神旺　稜角還教碧蘚封

早梅

風雨吟情不放閑　綺窗忽訝點朱殷　詩腸未肯因人熱　歸夢何曾逐歲慳　秋葉春花同過眼　冰魂玉魄亦歡顏　微陽烘得南枝醒　疑是天心勗早還

苔梅

翠繞瓊枝玉作圍　勤加圈處密猶稀　經宵露浥孤莖潤　初日晴烘虬榦肥　輕軟何曾妨鐵骨　綠茸端爲護瑤璣　珍禽私語如相識　疑是青娥舊舞衣

臘梅

檀痕淺砑護初心　長是連床憶故林　凍蝶衣黃嫌粉重　迷香意遠訝春深　蕊珠色共羈人老　鄉訊聲隨雁影沉　夢繞天涯吾未倦　漫將消息付沉吟

杏梅

絕代風華衆妙該　臨流顧影倚雲栽　凝妝每趁添香後　問字常從罷繡來　薄袂輕衫春正好　圓襟翠領樣新裁　沾衣雨潤晴暄媚　虹彩波光對鏡開

竹梅

勁節冬心兩可師　清才貞幹重當時　檀欒綠簇留雲影　嫵媚暄分鬥雪姿　裂地龍孫思脫穎　臨風玉蕊正飄絲　歲寒將盡芳春近　賦得天聲壯鼓旗

雪梅

六出飛瓊五瓣開　輕盈巧倩化工裁　翻風舞袖飄香去　詠絮芳心鬥句來　瑩徹渾然忘骨相　空明何處有塵埃　大千幻作琉璃界　著我詩翁亦快哉

月梅

陌上行歌緩緩歸　閑拖杖影意依依　循香漫步疏林晚　聞笛還驚過客稀　瀲灩銀光浮弱片　迷濛清露濕羅衣　小樓近日無風雨　卻見流光接翠微

風梅

月暈潮高欲曉天　冷香搖動小樓前　舞腰婀娜輸垂柳　花氣氤氳化碧煙　傲骨宜難隨俯仰　岩阿應許獨暄妍　臨池忽見驚魚散　知是瓊英點水圓

煙梅

疏林杖履任歌呼　曉霧輕綃有若無　最是情深多隱約　偏教思苦竟模糊　詩魂久已凝香魄　倩影曾經入畫圖　看不分明疑是夢　何須的的計榮枯

孤梅

忽看春色到東籬　溟漠群芳意尚迷　寂寞小園誰可語　荒蕪三徑菊乖離　捉藏繞走群兒笑　顧盼環飛凍雀疑　別有幽香能指引　宵深花下立多時

老梅

一樹婆娑對撫琴　高山流水感知音　疏花零葉蕭閑意　鐵骨虬枝坦蕩心　歲月蹉跎來復去　風霜閱歷古猶今　黃金休買相如賦　怕聽人間白首吟

新梅

慧業靈根孕玉胎　此身原是住蓬萊　青條茁發皆新秀　綠葉紛披蔚達才　軟雨潤滋看益壯　和風煦育喜初開　蘭成蕭瑟江關老　詞賦聲華祗自哀

矮梅

風飄裙角挂輕綃　俯撥青條帶笑饒　結子不須傷老大　生香無計避塵囂　低飛雙燕嫌相礙　起舞垂楊每自驕　坐對微吟新句久　恐將頻折沈郎腰

遠梅

隔水香飄帶雨枝 臨窗吟望起相思 放舟半渡驚流激 佇立中宵覺露滋 遙想嶺南春到日 生憐海上夢歸時 空郵若得含情寄 勝似傳心急就詩

落梅

遲日晴暄促放齊 畫堂東畔竹亭西 安能斂影同飛絮 豈肯飄茵逐馬蹄 玉屑隨風來小閣 蛟冰和淚湧前溪 捲簾爲囑啣春燕 莫把瓊英化作泥

瘦梅

攀附時猶感不勝 危崖斷岸勢崚增 已看愁損如枯竹 更覺清癯似老僧 歸夢未成人亦苦 禪心入定我何曾 相攜猿鶴應長在 好浥甘泉伴古籐

寒梅

爐紅酒熟又經年 凍合彤雲欲雪天 綠萼坼殷侵曉發 南枝鬱勃得春先 噓寒臘鼓催人急 問煖椒香獻歲前 寄語花神勤護惜 蕊珠光已十分圓

紅梅

小試新妝與願違 施朱偶亦鬥芳菲 翠禽欲下頻斜睨 粉蝶迷香竟奮飛 序譜老聃慚李誤 重來崔護怨桃緋 風華怕爲天人妬 薄霧輕籠月滿衣

粉梅

雅澹為留新畫本　天然標格壓群芳　迎暄可有微嚏意　入夜頻添月色涼　素淨原來根慧性　空明卻合貯詩囊　從知玉質欺霜雪　姹女頻翻巧樣妝

庭梅

偶拈芳譜入詞牌　曉角霜鐘漾玉階　小立中宵將影伴　每依曲檻與人偕　短扉靜掩閑情晚　冷月光凝淑氣佳　我自巡簷成獨笑　倩擎清露洗天街

官梅

嶙嶒傲骨傍庭槐　慣聽晨衙畫鼓催　琴鶴雍容成雅伴　簿書叢脞蠹清才　此心似水原無忝　宦境如花祗浪猜　辜負名山春自好　一枝卻喜近相陪

江梅

臨水橫梢繫溟茫　灘聲入夢尚湯湯　淵深合有魚龍睡　風緊寧無紙帳張　薄霧輕雲籠翠袖　煙蓑雨笠綴幽香　蘋洲寂寞漁樵侶　不羨前汀鷗鷺行

溪梅

小澗奔流匯碧灣　嗚湍澌語鳥關關　春山點點如螺髻　玉蕊琮琮似佩環　霜後跨驢入畫去　風前弄影覓詩還　舟人指引雲深處　香雪光凝暮靄間

嶺梅

陽和初動醸春融　玉潔冰清林下風　總爲孤高成特立　卻甘寂寞得清空　晨興
笑受群山拜　夜望周旋列宿中　過眼煙雲多變幻　一生修到信非窮

野梅

餘韻飄風潤玉簫　春明十里送蘭橈　呼群雛鷲浮田圳　叱犢村童過小橋　折得
嫩條傷牧豕　簪來臏蕊學垂髫　心知遲日花朝近　卻愛前村月色饒

宮梅

移來善葆綠苔青　不失欺霜舊性靈　高置偏教鄰寶鴨　深藏兀自近雲屏　金鋪
迤邐長年閉　合殿堂皇鎮日扃　何似故家多瑞露　夢回猶枕一溪星

簷梅

高花一樹壓簷低　冷艷孤芳孰與齊　鐵馬宵深猶細語　冰魂冬暖可同棲　樓東
掩映寒燈徹　檻外依稀凍雀啼　曙色漸開殘月在　數枝疏影上玻璃

盆梅

華堂明鏡曲欄風　倒映斜陽素袂紅　處困徒然高位置　出塵長記在山中　丰姿
婀娜凝妝曼　神韻嵚奇曲折工　但願移根歸嶺表　重尋松竹伴疏叢

憶梅

擁衾不寐夜方闌　將息今宵起坐難　故國雲深無雁到　西園花好有誰看　疏籬
解事分春色　紙帳多情護曉寒　記取琵琶絃上語　爲君小謫下青鸞

夢梅

小閣迎風錦帳開　畫堂鸚鵡誑春回　思心惝恍衣香近　醉眼惺忪翠羽來　野店
分明聞軟語　角巾隱約染蒼苔　羅浮此去無多路　疑幻疑眞總浪猜

尋梅

獨倚天南第一峰　不隨春訊跡芳蹤　路非漁父經行處　家是逋仙去後封　茅店
竹簷開自好　小橋流水笑相逢　西洲溟漠無消息　吟望故山煙水重

問梅

幾人世路識迷津　疑是疑非幻亦眞　堆玉作花看似霧　噴香吐艷笑含顰　凍雲
舒卷千層障　活水潺湲一帶春　可許移根歸禹甸　華巖崖下認前身

探梅

雨後千山樹樹新　任他楡柳逞輕勻　青條抽後紅應瘦　瑞葉陰時夢亦頻　檢點
不煩勞素手　撫扳欲代浣征塵　但教小苑春長在　標格天然妙入神

索梅

風送微波月影生　一杯爲勸解初酲　消愁何必嚴茶壘　祛恨還須藉酒兵　索笑味酸能濺齒　從知心苦可調羹　啄餘衆喙休貽我　揀盡高枝意豈輕

觀梅

秀色能餐快朶頤　沾衣不計雨絲絲　銜寒最喜風前影　惹袖偏憐雪後姿　淨到無塵光可裛　情如解語意還痴　撫琴應許長相對　莫讓蝍春寶馬窺

賞梅

酒兵詩檄鎮相催　結伴名山覓句來　卓特巖阿皆上品　淺深茗碗盡青醅　猩氈猶擁庵前雪　鶴膝頻侵月下苔　賣賦題橋成底事　賞心人在子陵臺

友梅

歲寒三友喜相從　傲骨冰心見肅雍　君子偶然驚鶴夢　大夫何竟受秦封　孤標元不同流俗　雅抱還應重有容　一笑衆芳搖落後　尙攜猿鶴向群峰

寄梅

浪跡天涯逸興闌　可堪風雨阻歸鞍　江淹賦罷魂銷慣　何遜詩成淚已乾　驛使當年曾遠寄　畫圖此日許重看　幾人省識春風意　容易離時見始難

評梅

不緣富貴高華甚　魏紫姚黃夢未曾　幽谷素蘭差可擬　天香國色最堪稱　平章早具花魁品　節概恆兼四子能　欲論精神誰得似　千秋妙筆總難勝

歌梅

堯章餘韻流風在　倩與紅粧細細吹　疏影婆娑皆入譜　暗香澹蕩亦生姿　舞筵且莫輕檀板　羌管猶傷折柳枝　唱徹江城人已老　銷魂況是未歸時

別梅

紛披瓊蕊密猶疏　伴我文窗夜著書　十載宵燈勞慰望　一朝行色欲何如　離筵合爲歌金縷　別緒長教繫草廬　歸日先春宜少待　好傾綠螘酌屠蘇

惜梅

一掬瓊英付逝波　清芬原未得春多　催晴簾捲西山雨　鎖夢樓扃錦帳羅　愁損玉顏花外月　撐殘密篠霰中柯　何當午夜籠燈起　虔祝青陽爲養和

折梅

無風頻顫手微披　墜蕊猶嗔怨別離　祗爲情深勞遠思　恐因愁重壓高枝　膽瓶乍束和香捧　翠袖輕籠帶笑吹　但願東皇能解意　長教冷艷傍疏籬

剪梅

雨潤蒼苔濕草鞵　杖頭并剪早安排　凝神目注繁枝久　著手心憐虬榦乖　豈爲愛花輕折取　肯因寄遠付塵埋　攜回小閣攤書對　伴我長吟慰我懷

浴梅

淨原無垢何須浴　自是瞿曇現此身　臘日戒香祛俗障　瑤臺寶露濕雲巾　生來玉潔冰清質　慣處巖寒水暖辰　洗盡煩襟消盡慮　花光微泫月精神

浸梅

故家宜在白雲鄉　流出空山水亦香　宿潤猶看留蠟蒂　研痕合爲點晨妝　輕搖雪骨澄潭淨　護取冰心月浦芳　應是愁多人易老　又新春草舊池塘

簪梅

輕搖翠鈿髻盤鴉　微步閑拈紫玉芽　林下高風看自好　鬢邊綠萼韻尤佳　搔頭情怯飄香墜　對鏡心憐弄影斜　掬雪妝成添嫵媚　泥人問字誤烹茶

妝梅

凍蜂兀自撲簾鈎　雲鬢初團鏡未收　見說舊妝多點額　卻貪新樣巧梳頭　風情莫讓高華減　標格還從雅澹求　雪是精神人似玉　花如解語月含羞

蟠梅

籬角垣東的皪香　不無惆悵也清狂　迎風猶怯花千笑　向日生憎酒一觴　收拾寸衷歸澹定　凝成寶相合端莊　禪心悟得華嚴旨　斂盡機鋒學面牆

接梅

漫笑看朱成碧易　剪霞掬雪手親嵌　紉紅欲爲加緋服　裁素還教固玉函　靜遣詩心參造化　默從世味識酸鹹　炎涼原不關濃淡　一樣清芬舊品銜

譜梅

一派宗支衍嶺南　偶然寄藉百花潭　淡雲細雨輕煙潤　曉日薄寒微雪湛　膝上操琴孤鶴伴　林間吹笛晚霞酣　依稀猶記吳門事　身世徒教誤老聃

句中「淡雲」「細雨」「輕煙」「曉日」「薄寒」「微雪」與「膝上操琴」「孤鶴」「林間吹笛」「晚霞」等皆爲梅譜名

移梅

水際山阿處處開　嵌冰積雪絕塵埃　披根護取和雲種　扶葉輕綃帶露栽　珍重頻看憐似玉　殷勤細撫惜如孩　祇緣本是瑤臺品　遷謫人間小隱來

疏梅

鷺痴鷗懶我疏狂　落落情懷似已忘　可有盛名歸白下　幾曾身價重河陽　枉教

多子調羹用　祇合平生櫝玉藏　醉夢人皆嗤獨醒　任他語燕集華堂

咀梅

不辭清瘦厭肥甘　風味曾聞尚未諳　也擬淺嘗如雪藕　豈眞細嚼向書庵　餐霜
遮莫成饕餮　齧雪爭能縱笑談　總覺前人多耳食　飲和飽德有餘酣

嗔梅

愛花太甚惹花嗔　底事詞章傳寫頻　處士多情原自作　先生無句可敷陳　閑來
坐對渾忘我　將去依違莫泥人　但得心胸歸澹定　乾坤何處不宜春

笑梅

騷人宜許稱知己　但有淸才是故人　傲骨天生徒自苦　高風絕俗孰相親　江南
江北空吟望　山後山前悵比鄰　遙想珮環歸月下　靈根何處證前身

禮梅

冰綃一幅爲傳眞　豈祇風華似洛神　寶相莊嚴凝玉雪　芳心寂定淨煙塵　書窗
供奉開明慧　長案皈依養雅馴　曾未焚香勤頂禮　但從機趣識迷津

千葉梅

每因狂瘦悵春賒　新綠頻添映碧紗　應惜廉纖留倩影　不嫌濃蔭護清華　靈根
自汲甘泉水　小徑仍迴油壁車　等是痴肥誰可比　丰神依舊見橫斜

鴛鴦梅

紅豆相思點鬢青　雙棲聊復慰伶俜　霜鐘歸鶴孤山夢　玉殿飛仙雪海銘　瑞葉新添披翠錦　清泉初注浥修翎　生生同命成連理　環碧長教共一庭

綠萼梅

獨倚溪山偎碧亭　遙峰嵐翠染苔青　鉛華洗盡晨妝淡　紅暈銷殘宿醉醒　新蕊漸衝寒意發　冷香不共艷心扃　秖緣自好輕顏色　但與詩魂守素馨

胭脂梅

風景寰中竟不殊　兒時長記小西湖　白楊堤畔先春發　冷雨橋邊夾道腴　漫念夭桃何灼灼　空勞素女望喁喁　冰心底事因人熱　紅淚凝香貯玉壺

西湖梅

四圍山色映清妍　一舸輕搖入鏡天　瀲灩波光迷柳眼　氤氳花氣化晴煙　杜陵西去宜無分　白傅東來信有緣　疑是雲林留粉本　冷香和夢到吟邊

清江梅

瓊枝斷岸正敷榮　沙淨船橫素影輕　殘月朦朧溫舊夢　清漣灩漾寫幽情　出山雲氣縈心澹　浴日晴波耀眼明　最是靜中多妙趣　疏花忽趁早潮生

東閣梅

平生未敢以詩豪　詠得天香韻自高　傾蓋當年思水部　揚芬此日仗詞曹　歸來
城郭應非舊　老去情懷不入騷　聲價何須論得失　知音一字即榮褒

孤山梅

肯信山孤道不孤　疏林猿鶴任傳呼　春風詞筆千秋重　明月襟期曠代無　雪緊
霜嚴橋未斷　香凝粉褪草方蘇　詩人衹合西湖老　俯仰乾坤一故吾

羅浮梅

誰道江風有石尤　旅人歸夢正悠悠　神山不似蓬山遠　香雪長因瑞雪留　翠袖
翩翩疑舊識　芳心可可證前修　師雄原是多情種　更作南天物外遊

漢宮梅

西京舊事久侵尋　消息曾傳到上林　虞令官書詳紫葉　文園妙筆證同心　長門
有恨春猶鎖　冷月無聲夜自臨　經眼繁華元一夢　虛堂何處獨鳴琴

廨舍梅

作吏何須事典墳　煩襟無計避層氛　機心動倩幽香滌　塵慮還從積翠分　一樹
當軒銷俗障　數花墜硯有餘芬　卅年宦味清如水　偶注沉檀帶月焚

書窗梅

願得軒楹養晦龕　未曾西定況圖南　空群馳騁羞騏驥　支拄撐持愧杞楠　五瓣光分雲五色　初心香送月初三　芸窗疏影橫斜處　物我偕忘萬象涵

琴屋梅

韶華漸覺老青氈　一榻爐香坐夜禪　最是靜中多逸韻　偶因愁重託輕絃　低枝咿啞如相和　疏影婆娑任自便　攜月窺窗知有意　使君心曲可先傳

碁墅梅

何曾賭墅誤蒼生　祇爲心閑試一枰　得勢且宜因勢止　先春原未與春爭　最難寧定開新局　卻喜祥和致太平　世事由來都似此　臨軒老榦亦縱橫

釣灣梅

自知不是垂綸手　愛聽鳴湍對激流　戲浪無心看睡鷺　喋波何意笑浮鷗　風飄弱片成微暈　手折殘枝繫釣鉤　冷侵繁星漁火近　五湖歸夢漾輕舟

樵徑梅

四山無處不堆鹽　雲海波濤悵久淹　肯信冰魂凝曉月　尚疑飛絮舞茅簷　萬家煙火知誰待　千仞籐蘿忍更添　一斧請先天下動　莫因刈藿始腰鐮

僧舍梅

占得名山寶刹開 冰心原自屬靈臺 菩提樹以因緣種 舍利衣從善果裁 珠雨
含煙凝上慧 國香和露釀清才 須彌芥子渾難辨 一例虛無出碧埃

道院梅

新月鶴衣相映明 銀芽初趁嫩寒生 丹成宜逐飛仙去 緣熟還教掃徑迎 方外
神遊千里近 宇中身寄一塵輕 最難物我皆忘處 道是無情卻有情

岸上梅

清波瀲灩濯橫枝 掩映疏花出短籬 衰柳長堤縈舊夢 斜風細雨誤歸時 影移
忽覺江村動 香遠還攜玉笛吹 汀草新緣春水煖 好將擊楫代敲詩

蔬圃梅

籬角涓涓來活水 數枝早傍草堂花 書窗淡影圓月暈 浮硯幽香映日華 曲徑
苔青添傴仄 風簷霜重出橫斜 牽蘿無補勞心眼 故國雲深望裏賒

藥畦梅

空畦未種忘憂草 尋夢猶須藉早眠 但有清修娛晚歲 豈真靈藥得延年 愁雲
早逐初心遠 俗味還隨世事蠲 欲倩玉梅祛百病 花成深喜對晴暄

前村梅

雞犬相聞滯往還　祗緣一水隔潺湲　野容舒整炊煙近　花氣氤氳日色殷　偶傍溪橋憐顧影　每依茅舍學偷閑　循香欲覓曾遊處　合在迴峰疊嶂間

照水梅

不信臨淵祗羡魚　清波合爲滌修裾　流光盪月搖清影　碎浪翻風漲綠渠　溪澗細長能宛轉　江河壯闊總舒徐　冰心似水原無忝　物理天然足起余

山中梅

歸時猿鳥兩忘機　邀我結廬鄰翠微　漸澹名心如斂蕊　初酣詩興似含緋　萬花夜共星辰發　千樹晨依雪海飛　日夕嵐光多變幻　何須更買玉田肥

傳訊梅

陽和未動寒冰固　臘鼓頻年寂九州　歸棹江關長有願　繫書鴻雁悵無由　天心一點傳消息　綠萼初新破旅愁　但笑群芳猶夢夢　南枝先放海東頭

水竹梅

行吟扶杖過江村　煙霧迷濛意態溫　舒榦不教妨鳳尾　披根尤喜得龍孫　瓊枝影共流波動　浣女聲從隔岸喧　靜倚琅玕勤覓句　未成一字已忘言

水月梅

沉璧無聲縠有痕　分身尤喜近川源　素魂合共澄波靜　玉魄翻從紫氣軒　篩碎
銀光浮瀲灩　飄殘寒翠濕黃昏　虛涵意態隨心得　一鏡空明萬象存

擔上梅

江北江南種滿城　幾曾聽喚賣花聲　纍垂一束和香送　秀出繁枝帶露擎　淨几
移瓶勤供奉　堆冰砌玉費經營　誰知淺壓雙肩重　多少遺珠淚化成

杖頭梅

行歌緩緩和幽禽　回響但聆空谷音　徙倚孤亭人寂寂　斜依霜鬢影森森　青蚨
此處宜無用　玉蕊歸時尚可簪　回首煙雲生足下　相攜更欲上高峰

隔簾梅

燈影朦朧月影侵　不因冷暖改初心　膽瓶香共篆煙淡　曲檻寒分雪意深　銀蒜
頻遮光熠熠　玉鉤慵掛夢沉沉　天涯咫尺原無礙　底事疏筠助苦吟

照鏡梅

物象常從意象生　白雲蒼狗最分明　後先宜可推賓主　眞幻誰能辨弟兄　拈笑
聲容原了了　含嗔心眼亦營營　人間多少懸疑事　水月空濛與此并

十月梅

如花秋葉惜新凋　卻喜先春暖意調　霜後雪前開正好　夢回酒醒望方遙　相期
冷艷甘餘歲　自殿群芳待遠韶　一幅冰綃留畫稿　夜窗長至伴清寥

二月梅

群芳競艷已春遲　玉蕊高枝見尚疑　可是衝寒留逋客　或因戀舊誤歸期　聲歌
乍聽黃鶯語　色笑還驚舞蝶痴　但有素心酬宿願　湖山雪後亦清奇

未開梅

不施鉛粉不施朱　在握靈明秉智珠　消息謾傳宜少待　夢魂甫轉未全蘇　曉霜
摶就初陽化　殘月圓成倩影無　鬟葉中藏含妙諦　天心深蘊有良圖

乍開梅

天眞未鑿本無邪　端爲溫辭一吐葩　釀雪欺霜期小試　近暄問暖厭雄誇　冰條
搖曳翻新樣　玉蕊晶瑩破碧紗　恰喜先傳春訊早　最憐紅蕚擅風華

半開梅

凍雲欲雪壓天低　成列仙班久未齊　鐵骨不花原拒北　丹心有檄應傳西　陽和
既動南枝發　華屋還邀社燕棲　餘地能留衡宇闊　莫教春老悵香泥

全開梅

最難盡分得天全　卻喜冰梢點點圓　十斛珍珠寧有價　一泓潭水豈無緣　同擎寶盞盛甘露　合舉明璫引醴泉　恰似心花今怒放　紛飛玉屑亦欣然

水墨梅

曾同成竹在胸中　妙筆欣看奪化工　尺幅宜能容萬象　一枝聊可補天功　圓拖冷暈神彌旺　韻寫橫斜氣益充　自有古香添本色　分圈尤喜得清空

畫紅梅

縱無鐵網可羅珊　描向冰綃仔細看　夙願已隨霞影淡　此心猶似萬花丹　待挑明燭消長夜　爲注沉香護曉寒　筆意淋漓情未盡　醉濡餘瀋入毫端

玉笛梅

繞梁餘韻尙悠然　又聽疏林一曲傳　時難賡歌傷白傅　清平雅唱悵青蓮　空花想像聲香裏　倩影迴旋色笑邊　零玉倘能生意界　歸時何用買山錢

紙帳梅

書城坐倦守吟窩　裊裊爐煙繞碧蘿　冷艷偏宜溫醉夢　流香猶可慰蹉跎　角聲午夜高城咽　燈影南窗凍筆呵　描得輕姿橫錦障　濃薰淡漾總清和

玉壺梅

畫屛長案得清娛 幾許幽香貯玉壺 緘默無言羞媚世 持躬有則守廉隅 隔簾
明月低徊久 拂面和風冷暖殊 一片冰心誰解得 不教霧露涴今吾

和歷代名家詠梅詩

梅花用羅隱韻

山村漸覺新寒重　五出花疏六出繁　香澹風清如有意　鶴歸鐘定欲無言　覓痕
且復尋幽夢　試味何妨對酒樽　可奈天涯長作客　一溪煙雨滌黃昏

梅花用韓偓韻

心魂珍重惜流光　衝曉凝神獨向陽　豈為浮華銷傲骨　卻甘寂寞怯新妝　空靈
至竟非無相　澹定依然尚有香　冬固崢嶸春亦好　不須惆悵負年芳

早梅用李義山韻

誰教歸夢隔橫塘　懊惱詩心與酒腸　已覺侵窗非作態　從知鬥雪益生香　光臨
古渡迷津曉　獨對清江冷月黃　自是傳春消息早　丰神猶擅少年場

梅花寄所親用李建勳韻

鄉訊深沉孰可知　中宵月色伴孤吹　追懷往事縈幽夢　經眼繁華異昔時　澹宕
襟期如玉蕊　蕭疏志意似瓊枝　和春寄與思心遠　衹為思深未有詩

山中梅花用殷堯藩韻

觀雲時復得忘情　尤喜懸泉肘下生　穿壁新枝多屈曲　臨崖虬榦任縱橫　峰回
愈覺塵囂遠　月淡方知玉色清　千載唯容高士臥　不聞畫角挾潮聲

野梅用陸龜蒙韻

閑步郊坰訪野梅　一番瞻顧一低徊　青枝鬱勃先春茁　紅蕚葳蕤鬥雪開　飄逸
端宜迎鶴使　高華何必引龍媒　最難樸拙雍容甚　疑是伊人月下來

梅花用林逋韻 八律

蓬瀛物候四時妍　荷夏菊秋同滿園　不與群芳歸冷落　獨留清影向黃昏　臨流
波定明心眼　抱月雲深守夢魂　長憶玉闌雙倚處　歲寒猶共對吟樽

晴暄曉日露初乾　峻潔丰神畫最難　消受陽和新送暖　曾經高處十分寒　夢回
消息應先得　雪霽溪橋許獨看　長憶小西湖上路　宵深猶自駐吟鞍

倘吾胸次存丘壑　開闢先栽萬本梅　傲骨盤枝撐月冷　冰心吐蕊綻春回　二三
知己賡酬唱　千億化身時去來　俯仰乾坤皆自得　吟成花發笑啣杯

團圞猶是未歸時　爲愛天香輒有詩　國色偏多霜後蕊　丰神最是雪中枝　相憐
應許長相守　自重非關近自私　牢落高山流水意　新腔譜就付孤吹

何遜天涯已白頭　頻年吟望幾時休　微寒輒念新花未　細雨翻因結子愁　糧少
應無饑鶴舞　宅荒空有暮雲留　家山風雪今猶緊　野鳥還須善養羞

湖山晴雨兩淒迷　何事香清悵䨮膌　每為霜嚴催蕊放　豈因雪重壓枝低　心魂相守空憐惜　消息頻傳祗浪題　自有天然標格在　不教誤入武陵溪

臘鼓聲催歲已殘　番風第一釀春寒　珮環月下聞私語　圖畫燈前忍自看　客夢總嫌歸夢短　酒痕合共墨痕乾　寄書怕說思鄉苦　祇道宵深尚倚闌

道上見梅花用東坡韻

鐵骨何妨處棘荊　任他風雨與愁幷　揚芬豈肯輕隨俗　激濁方知可獨清　衆卉凋殘寧自棄　初心瑩徹信多情　不須含笑三春裏　但遣騷人伴玉英

紅梅用東坡韻

不避嚴霜冷雨摧　冬心兀自問寒梅　溪頭雲重宜將息　亭角風輕喜正開　去日煩憂隨逝水　頻年客思逐飛灰　行行漸入湖山障　恍若濤翻雪海堆

睡眼猶酣日已遲　豈緣隨俗趁芳時　偶因情怯添微暈　卻為思深損素姿　玉潔宜慚桃杏色　風華不減雪霜肌　坡翁佳句眞名世　可許和春剪一枝

梅花用晁端有韻

風雨宵分殢客情　慰情聊復對瓊英　搴簾疏影籠燈瘦　拂檻浮香入夢清　爆竹初喧知歲晚　新機微契待春明　中興吟望頻延佇　善政揚庥沐化成

梅花用梅堯臣韻 二律

暝晦神州悲永夜 海疆固此舊根株 花疏不礙留枝葉 春好無煩鬌雪鬚 虬榦任舒元未折 靈源長汲豈曾枯 故山猶在雲深處 爲問南窗著蕊無

望中一髮湖山杳 月下瓊簫憶小紅 歲晚遙傳新訊息 宵深悄倚舊簾櫳 案頭清供銷長夜 林外吟聲引鶴童 萬籟深寥添逸趣 仙儔誰復識冰蟲

詠梅用王安石韻 三律

幾度霜風冷雨催 天將鐵骨付寒梅 丰神艷發千堆雪 玉露勻分萬點杯 馱得歸雲鶴未倦 吟成新句我重來 山中甲子誰能記 泉自潺湲月自回

歲寒先放物華新 羯鼓頻催報好春 瑞氣蒸騰根慧性 生機鬱勃得天眞 崢嶸夢綻知非遠 雅淡花成信可親 任是廣平心鐵石 難禁淺笑與深顰

不爭魏紫與姚黃 冬後春前鎮未央 總爲孤高尊國色 翻因雅澹頌天香 逋仙秀句眞名世 坡老豪情亦擅場 願得還鄉長作伴 逍遙林下倚霞裳

雪中梅用鄭獬韻

玉屑紛披淨不塵 無庸懊惱可憐春 高寒誰復思飛燕 神韻何須擬太眞 踏損蒼苔容後約 知從明月認前身 冰清合住琉璃界 原是瓊樓夢裏人

梅花用張宛邱韻

著意栽培仗昊蒼　憑將冷艷領群芳　略同松竹三分傲　卻勝芝蘭一段香　但向湖山翻舊譜　豈緣時俗競新粧　行人若問前溪路　不是桃源是故鄉

梅花用晁補之韻 二律

得氣先春蕊已開　憐他凡卉尚枯荄　村前步月隨緣去　雪後披裘幾度來　疏影橫斜元自適　翠禽上下不相猜　何須惆悵知音少　且與寒花盡一杯

欣看結子已離離　一樹葳蕤綠滿枝　初放緋桃還自笑　雙飛翠羽漫相窺　渾圓卻想調羹後　苦澀翻宜酒醒時　華實陳陳應並茂　訪尋來歲莫遲遲

梅花用六一居士韻

何須臘盡悵華年　坐對南軒一樹妍　此日樓臺心似水　舊時池館事如煙　倘眞解語宜相慰　元不低頭莫自憐　幸有孤山林處士　暗香疏影至今傳

小梅漸開用楊萬里韻 六律

丁壯離鄉老未回　華年似水鎮相催　親栽客舍南窗早　忽見新枝嫩蕊開　數點萌青吹欲去　幾番浮白醉還來　崢嶸頭角欣初綻　長憶家山雪海堆

生小猶知戀舊林　向陽每繫故園心　北枝不似南枝發　疏影難從夢影尋　卻喜

初花如綴玉　還憐淺萼若浮金　主人自笑多情甚　裁就雲牋取次吟

不解杖頭簇錦團　但凝瑞氣上毫端　翻因情怯憐嬌小　豈爲冬深畏沍寒　客館他時須自惜　故山異日願同看　未知可有和羹意　也作攢眉澀齒酸

詩心一點報春回　嫩蕊瓊葩次第開　正憶搖金籬下菊　忽看吐玉閣東梅　冰肌鐵骨寧堪折　國色天香不待催　佇望中興恢景運　好憑凱奏爲傳杯

丰神磊落自高華　物象常因雅淡加　凝秀無心原宿慧　凌寒不畏每先花　晴波寄意詩懷遠　粉壁傳眞日影斜　求缺求全皆至善　總緣長欠一些些

曾文正公自謂福緣太好自顏其齋曰求缺

點綴風華倩薄霜　欲教雨雪助嚴粧　漸知愁重添新瘦　也解思深釀暗香　海上羈人歸夢遠　山中野鶴唳聲長　不須惆悵詩情減　總爲癯仙老更狂

梅花用陸放翁韻 八律

幽谷新開報歲蘭　天教付與伴高寒　空潭星月長相照　百仞藤蘿半已殘　驛館傳心愁裏寄　松陰負手醉中看　三山隱約千峰外　誰護前庵舊玉欄

南窗幾見著花時　最惜風前鬥雪姿　瘦影伶俜非偃蹇　丰神生小尚嬌痴　緇塵紫陌行歌緩　曲澗清流小語嘶　歸鶴霜鐘憐夜永　天心解凍已先知

冷豔幽香信不群　但邀松竹與同存　秦關漢苑空惆悵　白石青溪欲斷魂　細雨新來添綠徑　春風何止駐朱門　巡簷夜起籠燈看　晝閣宵深淑氣溫
頗欲遙峰駐錦鞍　卻攜長策倚江干　瓊枝冷對澄波碧　雪海香籠翠袖寒　獨抱冰心凝瑞葉　肯垂綠髮護雕欄　吟鞭漸逐寒雲遠　莫更推移殢世端
微陽烘蒂鬱詩腸　醞釀西園樹樹芳　晴日暄和生薄媚　輕煙清遠散幽香　當階疏影臨窗淡　對鏡新妝點額黃　欲效袁安乞一席　草廬高臥水雲鄉
溪橋霧重曉凝霜　非復江潭老樹芳　漢苑螢飛紅燭暗　秦關雪擁馬蹄荒　大夫應愧榮封厚　君子還驚桃李僵　何似山中忘甲子　孤擎綠萼綻春陽
密篠青條拂角巾　喜看眉樣又翻新　卿同處士原知己　我與花魁亦故人　小苑昔曾傳玉管　名園春好溢珠塵　縱然海嶠棲遲久　猶似師雄入夢眞
膽瓶一束笑緣慳　醉夢依稀到故山　短幅生綃新畫稿　十分鉛淚舊朱顏　問心不許吟情澹　按手寧教凍筆閑　願寫梅花詩百首　爲傳春訊滿人間

梅花用曾幾韻

蓬瀛歲晚無風雪　衆卉依然待早春　先放多緣爭祛舊　獨妍原不爲迎新　臥薪志事殷歸夢　浮海生涯倦旅人　酒熟天寒詩未就　一枝挺秀見丰神

紅梅用毛滂韻

清影蕭疏傍小池 臨窗掩映未芟枝 縱橫意態聽舒放 隱約情懷總自持 小試新妝迷曉霧 偶驚冷豔誤痴兒 風華元不同桃李 豈爲蜂媒釀蜜脾

紅梅用方惟深韻

慧質靈根氣自奇 偶然隨俗亦相宜 心丹未解頻傅粉 腸熱非因殢宿脂 殊異休嫌桃杏色 高華獨愛雪霜時 倘如開向春風裏 一樣冰清信可知

前村梅用朱晦翁韻

曳杖徜徉寂寞濱 夕曛淡遠杳煙塵 雲行遙挈投林鳥 庬吠方驚覓句人 擁鼻何須愁日暮 賞心底事逐芳春 小橋流水橫塘路 一樹瓊花入眼新

早梅用朱晦翁韻

小春初過發年芳 消息宜當問鶴郎 未飲椒盤春社酒 先聞東閣玉梅香 寒輕幾識彌天雪 愁重翻添兩鬢霜 嬾近高樓還獨倚 蒼松巖下竹軒旁

不見梅用朱晦翁韻

攜杖披雲踏雪來 一宵玉屑竟成堆 從知慣向春前發 翻笑常逢夢後開 水涘山岬空徙倚 亭陰籬角獨徘徊 瓊枝鐵骨宜難畫 最是丰神費剪裁

遲梅用范成大韻

避世多因迴出塵　居然寂寞竟無濱　闌干拍遍原多事　葭管吹灰過小春　拂檻
煙迷期遠訊　飄萍雨細祗微皴　南枝喜見迎初日　一點天心爲養眞

紅梅用范成大韻

一夜輕寒小苑風　搏霞和雪見天工　原非高舉成孤傲　豈必因時別異同　質性
堅貞能執著　丰標傑特亦交融　不須隨俗譏桃杏　濃醉今看誤淺紅

瓶中梅用范成大韻

含煙帶露浥輕塵　驛使傳來竟未皴　總爲凌寒存骨相　多因鬥雪見精神　不嫌
小頸盤枝老　卻喜書窗寫意新　清供歲朝添逸趣　風華絕似席珍陳

梅花用尤袤韻 三律

無視霜風兼冷雨　凌寒擢秀自靈根　寺鐘擾夢虛長夜　牧笛迎喧醒曉村　鬱勃
生機撐傲骨　氤氳花氣釀詩魂　愴懷久客英雄老　何事煩君煮酒論
孤標原不重橫斜　最喜萌青茁玉芽　禁雨凝霜能奮發　衝寒綻雪已先花　遊心
化境宜難盡　軫念浮生信有涯　自古榮枯都一例　忘憂無慮即仙家
霧露崇朝縱不禁　向陽和氣總駸駸　恍同飄渺遊仙夢　恰擬純眞赤子心　養目
疏林宜小坐　騁懷短笛伴高吟　去來無礙長相守　潭水何如此意深

落梅用尤袞韻

花近高樓曲澗東 星辰入夜耀晴空 繁華經眼行歌裏 慧業縈心一夢中 準擬辭枝原小別 還期抱月與長終 浮萍化蝶都非計 善葆貞強國士風

入春半月未有梅花用尤袞韻

已看新綠漲陂池 照影清波僅有枝 青鳥誤傳春消息 曆書未載舊干支 催花羯鼓聲長歇 送夢瓊簫奏亦遲 小睡易醒妨薄醉 鋪牋爲寫晚粧詩

紅梅用韓元吉韻

萌青欑翠趁年芳 心暖何曾怯久霜 質樸由來輕習尚 風華至竟少嚴妝 偶然隨俗親脂色 依舊逢辰釀暗香 開不因人惟自喜 禁寒冷艷韻偏長

梅花用韓元吉韻

葭管飛花過小春 生機已沛遠愁濱 平添客意殘臘近 點染芳華物候新 繡幕臨風覘倩影 銀瓶向日浥香塵 護根偶至南窗下 侵曉霜枝倍有神

飲梅花下用韓元吉韻

攜罇步月我重來 閑倚溪山一樹梅 對影成三非獨酌 尋詩得句即傾杯 忘情燕亦花前舞 解意鶴應雲外徊 最是崢嶸虬榦健 釀春不必倩蜂媒

梅花用戴復古韻

和香琢玉綴奇葩　慧性靈根氣自華　雅淡不爭尊上品　清芬卻喜在山家　貞強
雪後猶凝秀　勇毅春先已著花　一自西州無淨土　但從雲水作生涯

山中梅用戴復古韻

久處巖阿寂寞濱　雲深幾見往來人　靈根長汲源頭水　瓊蕊圓成海宇春　翠柏
貞松堪作伴　寸綃尺幅亦傳神　瑤編早有藏山願　寫到清姿跡已陳

梅花用張道治韻 四律

偏愛晴暄雪亦奇　不須摛藻已成詩　長懷客館聯吟日　猶記家山夜話時　舊事
瞢騰初放蕊　新機鬱勃已抽枝　炎涼不識人間味　冷暖由來祇自知
慧質長如水月清　玉壺久貯是心冰　高懷恰擬沖霄鶴　悟性差同入定僧　情重
交深翰墨友　盟堅緣契歲寒朋　此身原是蓬萊客　知在瑤臺第幾層
生成淨業本無塵　動見風華靜有神　貞榦崢嶸同國士　丰姿端肅擬天人　經心
興發迎嘉日　著意敷榮待好春　寄語瀛寰勤護惜　從知明月是前身
冰玉精神質亦同　此身長在畫圖中　騷人高詠榮褒意　彩筆紛傳雅澹風　寧靜
應臨香雪海　雍容合住蕊珠宮　會心默契宜無語　恰擬靈犀一點通

催梅用林景曦韻

素牋一紙寫相思　底事春先竟後期　縱未傳呼鳴翠羽　也應消息到南枝　晨興吟望霜風早　夜定徘徊冷月遲　莫自深藏增悵惘　心知雪海本無涯

賞梅用黃庭堅韻

愛臨粉本對東牆　疏影靈姿綻瑞光　勁健青枝同傲骨　峥嶸虬榦壓群芳　清圓玉蕊明珠翠　樸茂新花作淡粧　和衆超凡皆不俗　最難飄逸是幽香

白梅用陳師道韻

短笛孤吹一樹芳　交輝雪月映祥光　臨窗淺萼疑無影　撲鼻霜風竟有香　玉潔冰清原本色　煙輕雲淡亦新粧　詩心縱未甘塵俗　不慕仙鄉慕故鄉

梅花用沈與求韻

梅臺長坐若羹牆　嫩蕊疏花綻瑞芳　德業千秋垂惠澤　勳名萬古浥清香　攸承道統標新格　啓迪諸昆發舊藏　倘以瓊葩方國本　仁民志事尙如傷

綠萼梅用岳珂韻

萼綠年華元似水　小園乍見一枝梅　陽和先已遲春至　鶴訊新來逐夢回　畫意端宜留素絹　詩痕長自翳蒼苔　慧心淑氣凝珠蕊　待向吟邊次第開

綠萼梅用謝宗可韻

膽瓶供奉近華堂 擷自南園一樹芳 掩映珠簾添逸韻 氤氳寶鴨浥清香 銀缸
暈畫溪山夢曉鏡朦朧雅澹粧 遙想凌寒風雪裏 交深松竹尚蒼蒼

紅梅用謝宗可韻

可堪風雨繼晨昏 已洗嚴妝滯宿痕 肯信嫣紅非本色 翻疑薄醉釀詩魂 豈眞
情怯容先頳 總爲心丹貌亦溫 悵望長帘何處有 行人莫謾過前村

鴛鴦梅用謝宗可韻

連枝並蒂鬱新機 玉色光同日色輝 莫爲輕粧嗤燕瘦 還從瑞雪想環肥 芳徽
雍睦疑仙侶 質性高華夢綠衣 月下歸來長結伴 雙溪掠影羨雙飛

官園探梅用元遺山韻

未知寂寞近吟邊 積牘方清日已偏 綠萼凝春看正發 枯荄繞砌信堪憐 名園
一樹傳芳訊 曲檻疏花隱昔年 月擁雲鬟成舊夢 小軒閑寫遺懷篇

燈夕觀梅用薩都剌韻

元夜追歡過小園 端從玉蕊一傾樽 竹多奇節松多古 花有清芬月有痕 對影
朦朧疑夢遠 籠燈掩映覺情溫 年年此夕心偏苦 翹首神州野色昏

移梅用薩都剌韻

瑤臺昔日曾相見　恰擬重逢是故人　立命元須尋樂土　來歸何事待新春　植根已許尊同德　顧影還應近喜神　從此文窗多雅伴　書香夜夜浥芳塵

江邊梅用劉秉忠韻

縈迴遠浦入幽叢　一葉飄然出畫中　水映山光波瀲灩　月浮花氣玉玲瓏　雁回霞嶺三春夢　笛送江城五月風　岸柳依依應解意　相期早日繫歸驄

疊葉梅用吳澄韻

向陽凝翠託迷蹤　桃杏難從雪後逢　芳訊有心尋夢遠　清姿無意釀春濃　風前半掩手神隔　簾底全飄倩影重　莫爲先花愁寂寞　扶持倍自見雍容

梅花用高季迪韻 九律

玉柯瓊蕊出瑤臺　移向雲根巖上栽　高士宜從花下醉　美人合是月中來　嫩條固瘦凝冰屑　老榦憎肥笑綠苔　準擬詩傳春訊早　南枝爲我已先開

一杖擔雲臥隴頭　先春急景望中收　東籬已老凝霜菊　古港初回載雪舟　疏影臨流應自喜　暗香籠袖竟添愁　江關寂寞餘殘夢　聊復清溪汗漫遊

飄香素袂裊留仙　點額壽陽元夙緣　清淺西溪籠曉霧　迷離舊夢化輕煙　最憐經雪凝妝後　卻喜披襟對鏡前　我自詩成添悵惘　多情人惱有情天

清圓不是舊啼痕　裊裊茶煙酒尚溫　踏雪侵晨循仄徑　扶筇步月過前村　向陽
靜聽霜禽語　倚檻渾疑倩女魂　小立閑庭誰解意　昨宵有夢到吳門

平章合住蕊珠宮　春訊先從一點通　鸚鵡難言香稻好　鳳凰悵望碧梧空　數枝
寄意千山外　黃絹傳神小幅中　自有清芬留筆底　不須爭發逐芳叢

冰雪精神不染塵　落花疑是墜樓人　蘭成惆悵江南日　漢使棲遲塞上春　呼夢
角聲嗚咽甚　啣愁燕子往來頻　水鄉五月風猶緊　珍重吟懷寫意眞

嬌癡生小去何依　林外峰青掛夕暉　歌管樓臺憐夜短　江天雨雪接雲飛　禪心
已共澄潭靜　詞意漸隨疏影稀　消息遲遲無夢到　山中明月盼人歸

沍寒冰泮動初陽　蕚綠華年憶故鄉　可有溫情能慰我　更無好句爲憐香　東風
十里珠塵滿　冷雨千家野徑荒　都道客懷消減盡　新來點鬢已凝霜

一點天心早已知　向陽先發最繁枝　丰神俊逸太虛賦　標格清新和靖詩　豈似
棠梨輕宿約　不隨桃杏趁芳時　嘶春驕騎喧闐日　別有靈芬慰所思

移梅用蒼雪大師韻

靈芬兀自見清奇　任是南枝與北枝　仁里名高香更遠　故山霧重夢應知　雲根
釣雪今垂老　湖畔跨驢信可期　縱使忘情林處士　何堪坐月聽孤吹

梅花用徐州來韻 四律

不依籬角遠堂隅　水涘山畈矗幾株　瑞雪偶疏青箬笠　春風未染白髭鬚　深知漁父醒猶醉　結想逋仙老更癯　吹皺一池干底事　莫教辜負好頭顱

食少還愁缺鶴糧　朝餐秀色夜聞香　不須凍蝶環枝舞　豈爲痴人壓線忙　廊廟縈心唯社稷　山林有夢到虞唐　春風解凍收京日　喜見源頭活水長

浮香雪海釀晴暄　應笑詩人獨閉門　水自長流山自笑　花能解語鳥能言　心閑不競非孤癖　影淡常清亦碩繁　午倦南軒宜小睡　抛書尤喜夢無痕

入畫丰神更入詩　清新最是淡妝時　雅能和衆宜同樂　高不凌人衹自知　骨傲方深寒氣重　情深贏得一生癡　向陽默契天心早　消息先傳到玉枝

梅花用金俊明韻

先開已報物華新　曾記冰綃爲寫眞　彷彿丰神元舊識　依稀倩影是伊人　凌寒早解傳天意　擢秀深知與德鄰　北望中原猶暝晦　爲誰遙寄一枝春

觀梅值雪用李東陽韻 二律

小樓西畔畫闌東　漫步林園逸興同　疏影循流迴曲檻　暗香引我入幽叢　凝神忽覺新寒重　綻蕊方知造化功　玉琢粉粧如幻境　卻看客館一燈紅

鐵骨虬枝玉作花 祇應長伴逋仙家 從知雪釀香翻釃 不爲風嚴影更斜 總以情深添蘊藉 豈因寒重失高華 溪山美景眞如畫 尺幅手神已足誇

湖上觀梅用金侃韻

頻年有夢歸湖上 美景長懷曲水灣 幾樹疏花醮倒影 數行白鷺綴青山 日高雲淡人方起 晝靜林深鶴未還 結想何時同夜泛 爲君一笑展酡顏

紅梅用舒位韻

先春送暖到柴門 玉色香清月色昏 紅燭高燒寧有夢 宿酲未解豈無痕 不勞飛騎奔前驛 還爲尋詩過後村 同頌中興宜作賦 桃源舊事許重溫

梅花用張問陶韻 八律

空山寂寂伴煙霞 抱膝長吟興未賒 最喜雪中疏蕊放 偏憐竹外一枝斜 釀春和氣先春至 點鬢繁霜入鬢華 赤祓終銷明皦日 還當歸看故園花

塵俗休教誤此生 出山仍似在山清 冰心鐵骨輕顏色 逸氣霜姿重性靈 定靜從知能解語 眞空始悟厭浮名 撫琴每傍疏林坐 總覺無聲勝有聲

滄江歸訊悵遲遲 心苦情殷祇夢知 霜雪難侵緣傲骨 肝腸能熱爲沉思 十分清瘦寒煙月 一片清芬帶雨枝 莫問林園春幾許 孤標原不合時宜

攜月歸來過水村　獨邀寒艷對深樽　波停雲影橫吹笛　院鎖吟聲正閉門　瀛海風和春有訊　故山雪重夢無痕　西洲溟漠繁華老　辜負天心浩蕩恩

家山雲物舊因緣　重誤歸期又十年　香嫩手神猶靜女　骨清宿願逐飛仙　此身不壞成空想　花史長留絕可憐　亂我鄉愁知幾許　清標合倩畫圖傳

千峰萬壑託迷蹤　猶隔雲山第幾重　記向瑤臺月下見　還從雪海夢中逢　沖霄絕意隨靈鶴　守拙初衷擬古松　玉潔冰清原冷落　未曾惆悵望春濃

旅思蕭疏倚錦團　有琴久已不曾彈　後凋松護貞姿易　能舞鶴膺狂客難　靜極無言惟立品　時窮有守自禁寒　悠然千載繁華事　都作南柯一局看

喜見先春第一枝　噓寒問暖本無私　天心坦蕩原如此　慧業微茫未可知　忠愛旨歸香草句　殷勤我寫國花詩　來年更作中興賦　爲報收京奏凱時

梅花用曾祖訓韻

久勞倦眼望中原　餞歲花前酒尚溫　池館當年縈客夢　林亭盛會擾詩魂　喧騰爆竹迎春曉　斷續雞聲起遠村　元日賡歌新景運　劇憐故土日長昏

梅花用沈曾植韻 三律

和風玉露潤瓊枝　步月來尋信已遲　尺幅寸綃留倩影　吉光片羽託幽思　籠燈猶記初花日　攜子無忘結子時　最是情深深幾許　素心唯有故人知

杖藜先倚隴頭春　灑落凝香滿袖塵　乍現新花非幻影　初圓明月即前身　常教玉色勞心眼　可許瓊漿潤齒唇　世味辛酸情味澀　忘情未必是高人

黃梅半爲鳥啣殘　時雨番風夜尚寒　行陌輕歌方緩緩　侵階碧蘚已斑斑　靈明心似澄潭水　綿渺緣如鐵網珊　結想清芬猶昨日　丰姿來歲待重看

早梅用張麟書韻

方冬已茁雪霜姿　初蕊凝寒惹夢思　宿葉未凋他日願　新花多發隔年枝　待呼雲鶴傳芳訊　擬倩癯仙示舊知　自是蓬瀛風日好　晴暄長似小春時

梅花用馬維翰韻

巖汀舊事待重溫　雪後春前第幾番　望裏川連雲外路　吟邊花映水中村　攜樽同坐疏林晚　對影遙探曉月痕　卅載家山縈客夢　神州暝晦欲無言

梅花用姚湘韻

危灘滌盡舊詩痕　唱和喧歡夢尚溫　每自臨流窺素影　也曾策杖過前村　託懷冰雪凝忠悃　寄意聲歌壯國魂　佇望新機酬宿願　收京結伴返都門

梅花用石濤韻 八律有序

過紐約博物館喜見石濤精品墨梅八幅筆意清絕詩亦激越奇雋低徊久之不忍遽去歸而賦此以誌勝緣第念前代貞珉流傳異域又爲棖觸萬端百感交集

南枝疏拓似遺民　一樹一花若故人　縱未飄香添綽約　依然欺雪足精神　蒼松
翠柏宜貞固　玉蕊冰心任屈伸　天爲歲寒留畏友　文窗月色倍清新

初傳春訊到梅梢　驢背長辜舊板橋　寒夜荒雞終唱曉　清江一棹敢辭遙　疏花
卻比繁花好　詩意多因畫意饒　爲問幾生修得到　鐘聲鶴夢伴深寥

絕色何須作態妍　迎春詩已不新鮮　機心摒盡明風骨　消息傳來見性天　九畹
蕙蘭猶可託　成蹊桃李總堪憐　樓臺處處縈歸夢　江上峰青罥夕煙

思歸未辦買山錢　吟望時親鷗夢邊　翠羽徒勞漁唱晚　鹿車還待凱歌旋　閑庭
呼伴依疏影　小徑尋詩憶昔年　春好晴暄香更遠　神遊故國任流連

春到蓬瀛道亦東　心知善始必能終　總因骨傲成孤特　翻爲神清得素空　開向
簾前風露裏　歌從竹外雪霜中　人間縱有調羹手　不及青蒼造化工

水畔岩阿跡已陳　風華猶記故園春　嫩條東閣抽思早　綠萼南窗入夢新　玉笛
能傳非隱逸　彩毫難寫是精神　虬枝莫謾嗔疏放　祇合將花照古人

匆匆花事爲誰忙　至竟山中歲月長　甲子周期渾不覺　晦明變化總無妨　凌寒
帶雪葩猶綻　破凍沖霄鶴亦翔　我欲振衣岡上立　波濤雲外渺扶桑

長夜將終欲曙天　回春消息喜先傳　生香合爲催詩就　顧影欣看綻蕊圓　莫待
桃紅添俗障　可因泉洌得深妍　人間勝境清如許　雲水千秋不計年

梅花用宋匡業韻

欲傾芳酒祀花神　點染河山處處新　倦鳥應知憐倦客　歸帆願早渡歸人　光浮雪海元非幻　香溢疏林本是眞　佇望收京留老眼　回春佳訊趁先春

珠梅用曾福謙韻

靈姿慧業願同修　初蕊渾圓意已稠　瑩潔深宜藏櫝隱　清輝恰喜與香浮　相期合浦偕還去　幾見危灘獨濺流　迸玉奔泉隨地出　爲君一滌客塵愁

盆梅用陳長生韻

一炷心香爇玉爐　錦屛紙帳護瓊株　卅年應未鄉音改　千里寧知鶴夢無　宜笑多情添白髮　劇憐善感換清癯　盤根兀自橫疏影　和月同堪入畫圖

蠟梅用朱意珠韻

記從點額別根殊　韻事含章信不孤　儘有清芬凝玉盞　依然慧質在冰壺　霜前宿葉留痕淺　臘後新枝帶雪臞　寄語花神勤護惜　倩粧猶識壽陽無

梅花用釋德元韻

一徑雲深獨杖藜　蕊珠和露濕青畦　總緣喜雨親檐雀　偶以聽泉近小溪　俯瞰橫塘疏影淡　低吟驢背板橋西　引人圖畫清如許　逸韻丰神費品題

梅花用釋德暉韻

臘近寒嚴鎖雨村　清芬處處潤詩痕　峥嵘頭角舒青眼　秀發靈姿壯國魂　龍起繁興宜有作　鶴歸相對欲無言　陽和已報先春兆　待下吳門到白門

梅花用釋律然韻

盤枝虬幹若龍紋　上品清新久已聞　瑩徹應憐湖上月　恢奇空笑隴頭雲　輕寒凝碧泉初活　薄霧籠紗日尚曛　誰謂靈芬皆寂寞　林間雨雪又紛紛

落梅用黃景仁韻

結子心殷斂倦容　淡妝猶帶露華濃　夜燈靜對新枝影　曉夢初回遠寺鐘　少許閑愁兼悵惘　兩分清逸一疏慵　來年雪釀瓊花日　知隔雲山第幾重

黑龍潭古梅用阮元韻

曾聞奇拙矗龍潭　代遠年湮跡亦南　遺事漸忘餘斷碣　高懷猶壯護孤龕　疏花虬幹宜難見　勁節清標信可探　倘使士風如此樹　興亡不復誤清談

梅花用陳撰韻 三律

鶴糧雖少不嫌貧　總爲高華守此身　長日晴暄添壯采　經宵寒重見丰神　冰河已解陽和動　春訊方傳客夢頻　自有清芬凝素質　何須點鬢入時新

任是南強與北強　凌寒傲骨耐嚴霜　川源滌盪修容澹　松竹相依點鬢蒼　初雪凝芳花已放　新枝挺秀日方將　蓬瀛自是長春島　猶見蘭馨與菊黃

雲冪煙籠罥曉林　星空無處別商參　靈源水活流猶淺　村舍人稀誼益深　野老相逢欣問訊　牧童結伴喜難禁　倘教香雪眞成海　消暑長歡夏木陰

梅花用秋樵韻 四律

凌寒擢秀欣先發　深蘊生機趁小春　獨醒元應憐處士　群咻合共禮花神　清徽雅潔尊斯世　國色雍容副碩人　不以孤芳形傑特　好修惟自以時新

雨霽循香谷口尋　披雲荷杖入疏林　超群標格銷塵俗　絕代風華出素心　藏葉元宜相掩映　飄英未肯共浮沉　奚囊得句貽同好　傳寫聊堪助雅吟

晴川雪海波濤湧　逸韻丰神徹骨清　花氣氤氳和氣暢　物華炳耀露華明　貞堅雅淡高標格　質樸貞純重性情　我欲化身千萬樹　還山宿願以詩成

喜傳春訊到吟邊　江上峰青樹外煙　嵐翠朦朧凝曉色　波光瀲灩漾晴川　高華有守非孤癖　寧靜無爭見性天　不事雄誇唯自笑　對花無語已陶然

紅梅用受谷韻 二律

不以心丹損素姿　縱難脫俗亦何辭　或因薄醉銷初困　偶作新粧見妙思　物我能忘空色相　冰霜久歷藉根枝　莫輕月旦任評騭　桃杏何堪共一時

庭隅籬角綴年芳　素質何妨作倩裝　逞艷無心驚凍蝶　炫奇何幸近文房　華燈初上留疏影　錦幕方深漾暗香　幾識人間輕冷暖　妄將顏色別炎涼

梅花用奇麗川韻 二律

山畈水畔覓詩痕　五福花成淑氣溫　巖壑雲深多逸趣　川源流淨遠煙村　東都際會興新運　故國冰霜繫夢魂　指顧王師橫渡日　還鄉莫再閉柴門

祗應長住蕊珠宮　消息靈犀一點通　凝氣蒸騰凝錦幕　花光璀璨耀晴空　新機已動陽和裏　景運方新曉翠中　寰宇心同如萬樹　蔚成雪海與芳叢

憶梅用陳岸亭韻

名園夜坐記年時　松竹嬋娟盡舊知　袖海樓高堪獨倚　藏山軒靜任孤吹　數枝寒艷情偏重　尺幅蠻牋意亦遲　最是暗香浮動處　不成好夢已成詩

春日訪鄭王梅用賴惠川韻

南都勝地喜重過　祠廟莊嚴淑氣和　上國衣冠綿典制　遺民世界壯山河　蓬瀛日暖春常在　禹甸霜寒劫正多　異代敷榮瀰勁節　沉吟兀自久摩挲

梅花用張純漚韻 十律

憑將鐵骨護書城　得句還傾竹葉甖　虬幹頻鉤歸夢遠　流光映帶小樓明　雲深望斷將穿眼　霧重情傷未弭兵　謾遣幽香舒我臆　疏枝淡影入簾清

衡寒傲骨逞孤芳　冷艷還宜雅淡妝　自是冰心甘寂寞　偏多繁蕊綴琳瑯　生來
錯節揚奇氣　賦與清芬釀古香　縱使孤山無處士　也應長伴水仙王

疏叢偶亦雜荊榛　循分隨緣或有因　出水芙蓉原不染　生香玉色本無塵　後凋
節概同貞柏　先發冬心勝好春　一水雲封迷去住　莫教漁父誤前津

老幹如龍品亦奇　天風海雨塑靈姿　弄寒雪意凝瓊蕊　解凍冰澌潤玉枝　萬物
深藏能自得　天心仰體即無私　不爭固已清芬甚　何用催花枉費詞

紙帳籠香擁月眠　銅瓶解凍晚晴天　有方淑世閑弘景　無計忘情老謫仙　微雨
新來雙社燕　扁舟空負五湖煙　客中歲月成虛度　西望家山又一年

平林日影臥幢幢　並立寒柯翠羽雙　脆響飄風聞墜蕊　幽香漲綠溢清江　淺嘗
濺齒同書味　薄醉扶頭對夜窗　一自耽梅成癖後　揉將鐵石作新腔

黑龍潭水虬龍分　卅載猶深蔽日雲　野寺何從尋舊夢　斷碑誰復認苔文　移根
無計壅培苦　勒石空憐護惜勤　封豕長蛇流毒久　遙傷鶴煮又琴焚

籜冠籐杖水雲居　俯仰乾坤一草廬　樵徑擔霞歌緩緩　漁竿釣雨坐如如　高年
杜老詩猶健　歸日蘇仙願豈虛　自笑吟懷渾未減　毿毿白髮已蕭疏

紛爭蝸角等蟲沙　坐看虛窗一幹斜　縱得遊心超物外　何堪垂老滯天涯　回春
但願開新局　結伴相期返故家　最喜早梅知我意　未成歸夢已先花

高標逸趣靜中尋　好倩幽香滌俗襟　每爲思鄉嫌夢短　常因覓句坐宵深　宜同
冰雪堅清操　合與芝蘭契素心　養此浩然干氣象　扶筇長嘯作龍吟

梅傳春訊到人間　八律

此花長應住蓬萊　卻向塵寰冷處栽　寒水籠煙舟隱去　曦陽破曙鶴歸來　情殷
有跡窺紅萼　骨傲無痕襯綠苔　自是冰心甘寂寞　清芬不逐衆芳開

仙山瓊島蕊珠宮　人境蜃樓元可通　竹外橫斜看更好　水邊掩映本非空　風華
澹定溶詩內　骨相莊嚴入畫中　爭羨幾生修得到　天香雪海遠芳叢

高華自覺凌寒易　傑特方知隨俗難　遙想臨窗花應發　相期倚檻月同看　回甘
孰念調羹苦　逃世多因結子酸　不待春風噓冷暖　但憑冰雪釀清歡

縱然結子待成陰　依舊孤山曲徑深　誰解敷榮期後約　不教媚世負初心　嬌鶯
巧囀鳴新調　瑞鶴棲枝戀故林　危石唯容高士臥　風松澗竹盡清音

抱道情殷似素梅　瓊英但向雪中開　孤山明月消塵障　曲水清芬滌酒杯　香雪
無須天作岸　雲羅何事錦成堆　冰心會得春將近　消息先傳不待催

晴亦非凡雨亦奇　朦朧瑞靄四山垂　寒煙縈繞噙香蕊　玉色輕飈帶雪枝　嵐氣
漸消明醒眼　曉妝卻待洗凝脂　一泓碧水清如鏡　盡得靈芬雅淡姿

遲暮休驚點鬢霜　且留疏影映書堂　洞蕭嘹亮催瓊蕊　夜月清圓伴素粧　恩重
年年頒玉色　思深瓣瓣爇心香　春前雪後開偏好　不爲敷榮羨衆芳
銀河欲挽滌乾坤　造化功深見玉痕　鐵幹恢張凝正氣　詩心奮勵振黃魂　丰神
澹宕瀰香徑　逸韻輕颺隔水村　一自夢中驚翠羽　爲誰林下立黃昏

梅傳春訊遍人間 八律

望切居恆撐倦眼　思深輒亂覆階霜　挑燈坐久詩方就　對話情酣茗迭涼　都道
名花能解語　不須紅袖爲添香　遊心物外書城擁　肯信溫柔是此鄉
小院幽香傍短籬　窺窗最喜茁新枝　額黃嬾作春山畫　萼綠偏煩玉笛吹　三弄
頻翻皆舊譜　一川搖漾益多姿　淡妝兀自高華甚　卻道超凡不入時
幾度巡簷霧露中　縈紆苔徑小樓東　閑情鬱勃敲窗雨　豪氣飛揚擘岸風　破曙
已分軒紙白　深宵猶伴一燈紅　今生緣重應相守　家國新機喜正隆
輕風細雨塵氛淨　浴日爭看雪後姿　鐵骨崢嶸宜獨立　珍禽上下任相窺　抱香
斂蕊方凝慧　侵曉衝寒正及時　知己無多猶自喜　酬恩長頌逋仙詩
曲欄檻外竹樓東　幾許繁英翠靄中　簷下蛛絲縈宿露　林間雀噪迓春風　崇朝
萬樹明鮮綠　一闋新詞倩小紅　開謝榮枯皆近道　愼期樂始遠圖終

俯仰乾坤皆自得　疊經風露與嚴霜　不緣先發誇新秀　還爲遲開惜衆芳　堊壁無心留倩影　近簷尤厭作穠妝　凝神內斂元謙抑　忍道清芬是暗香

峥嶸虬幹眞如鐵　玉潔冰清不染塵　冷艷風華元可喜　貞堅質性最堪珍　花能養眼宜多福　韻更含情妙入神　相對無言添根觸　傷心同是未歸人

生憐寂寂江心月　不愛翩翩舞袖風　莫近樓高傷子美　豈緣才盡惱文通　飄然自道平生願　卓爾能參色相空　此意幾人深解悟　癯仙志事最堪崇

梅傳春訊滿人間 八律

臘近天涯長憶舊　春回生事喜迎新　謾將衷曲煩詞客　懶以丹忱託美人　掩卷常憐香草句　談經尤愧宰官身　壅培莫使橫流決　忍見遺英臥逸民

久歷嚴寒翻樸茂　多因和月益清香　不辭邃谷塵囂遠　喜接幽林雅士旁　霖雨蒼生元宿願　春風消息飫詩腸　神州暝晦荆榛滿　衍澤還期及萬方

綠竹蒼松共履霜　歲寒三友得和光　虛心虬幹生機沛　玉蕊瓊枝淑氣強　節勁窮荒猶樂土　根深雪谷亦仙鄉　敷榮待到回春日　其命維新及故疆

縱不登樓亦倚闌　初晴兀自怯餘寒　新枝綠葉冬將盡　一髮青山夢未殘　樂歲硯田宜可守　明時筆陣豈能干　香留東閣縈懷抱　猶憶籠燈雪裏看

冬去春來正及時　幽香徐倩暖風吹　成陰蒼翠神瀰旺　結子豐腴韻未衰　輟俸
襟期良有以　和羹志事或窺之　石庭合是虬龍宅　玉骨苔鬚綠滿枝
馨風引我入深林　澤畔巖阿取次尋　不忌路遙叢棘撓　但愁澗曲暮雲侵　肯容
放詠舒長嘯　可免焚香坐鼓琴　遺世幾人能獨立　且聽流水作清吟
先憂志意欲回天　激濁揚清色態妍　不以花稀閑曲徑　總緣幹老得遐年　丰標
爭羨癯仙瘦　雅韻深含哲理玄　最喜月明鐘定夜　耽詩擁枕北窗眠
玉笛聲悠夜未央　歸來燈下整詩囊　江山無恙銷兵氣　花月留痕肅鬢霜　瑞應
凝和歸至善　春容合德羨周行　梅魂長與黃魂並　不以孤高傲衆芳

一腔忠愛託梅花

一腔忠愛託梅花　攬轡澄清願未賒　霜雪能禁緣骨傲　貞元繼起自亨嘉　長年
籌策開新局　卅載韜光守冷衙　結伴還鄉知有日　暗香疏影任橫斜
百劫弭平回景運　一腔忠愛託梅花　三綱丕振恢隆治　六府攸興鬯物華　綠萼
凝香元有待　瓊枝挺秀信無加　河清海晏昇平日　萬樹先春渡水涯
神藏形現幻龍蛇　弘道心殷重觸邪　千載興亡期國士　一腔忠愛託梅花　凌寒
擢秀行瀰健　傲雪揚芬氣自華　深蘊元思宏化育　遍傳春訊到人家

力學求精未厭奢　縱多建樹不雄誇　霜嚴斂蕊神彌旺　雪重飄香韻益加　萬里風雲思故土　一腔忠愛託梅花　蓬瀛活水勤沾溉　佇望摳衣雨後車

閒聽野老話桑麻　樂利安和燦彩霞　純樸虔心金可擬　晶瑩素質玉無瑕　承先啓後新民命　杜漸防微慎鼠牙　直筆丹忱攄積思　一腔忠愛託梅花

耕雲心影

耕雲心影

春望八律師杜少陵詩旨

微風細雨養花天 吟望家山百感牽 好夢漸隨歸夢滅 閑愁還逐旅愁遷 飛鴻泥爪知何止 倦客情懷劇可憐 怕向華堂邀舊燕 故園處處有啼鵑

方壺圓嶠路難通 久苦神州血染紅 四野燒空張赤幟 八荒撲地泣哀鴻 從知和訊無青鳥 總以遂非由白宮 聚鐵六洲多鑄錯 射潮誰爲早彎弓

一局危棋尙未殘 翻雲覆雨忍重看 羞因弭禍爭趨福 恥爲圖存竟苟安 横決逆流傷獨木 燎原野火嘆輕紈 今朝人物知何似 定論還須待蓋棺

遙傷杜若老芳洲 昔夢猶酣忽白頭 精衛長虛啣石願 祖生合作濟川舟 奮揚每念還鄉日 乾惕無忘在莒秋 湖海元龍豪語壯 收京韜劍一登樓

夢裏雲山望裏遙 故園春黯雨瀟瀟 千村灶冷灰同燼 百姓身捐腹亦枵 自是腥羶招蟻聚 何堪權虜肆鴟囂 傷心引虎驅狼策 趨蹌徒煩媚赤朝

滄江歸訊悵遲遲 莫戀蓬瀛物候宜 忠愛謾吟香草句 辛勤長誦古豳詩 移山智叟空凝佇 說夢癡人枉費辭 何似激流同擊楫 乘風破浪不須疑

庭花馥郁筆花香　忍把他鄉作故鄉　撼峽怒濤呑落日　搖天疊浪起沉疆　先鞭爭渡笳聲壯　鳴鼓同揮劍氣長　爲頌中興宜作賦　玉峰雲水鬱蒼蒼

輕塵卅載浣征袍　萬里關山望眼勞　處處樓臺縈醉夢　沉沉煙靄沒蓬蒿　星辰雨露歸耆宿　龍虎風雲起俊髦　結伴還鄉知有日　杜陵野老豈閑曹

夢影心聲

失怙長悲始齔年　書香流澤感深延　機聲燈影慈恩重　貞柏蒼松世德堅　初拜記從迎櫬後　瞻依早在受經前　迭從遺篋搜殘稿　華國文章淑世篇　幼悲失怙

一樹林蘭蔭故居　母兼父職式鄉閭　庇身僅有三椽屋　種德惟存四壁書　生計瓶罍傾易盡　封塵甑甕顧頻虛　長年鞠育深周護　辜負慈恩愧朽樗　永懷慈恩

的皪荊花映水澂　友于情重亦師承　發蒙啓智諄諄誘　呵護疏頑細細繩　成誦書猶侵曉讀　未濃墨尚向燈憑　最難浮海辭家去　生事艱虞已早膺　友于情篤

語默言談一座春　鰲峰精舍鬱荃蘅　殷勤噓拂緣弘道　辛苦栽培爲樹人　澤及孤寒多樂育　恩深江海著賢聲　三山猶在煙氛裏　蓬島棲遲豈避秦　師恩如山

畫閣攤書疑雨夜　小西湖上木蘭橈　論文識辯才閎肆　鬥句詞工意遠超　高誼人爭誇北海　丰儀誰解擬松喬　危樓拍遍闌干處　豪氣丹心壯九霄　死生知己

特識恩深宦海波　未曾彈鋏作長歌　移家聊契乘桴意　題壁應羞換字鵝　山外煙氛銷戰壘　夢中明月憶東坡　已無負累惟詩債　倘許身兼吏隱過　宦海波清

漁歌帆影兩迷離　未放吟情久客疲　欹石閑眠聽汐語　與鷗同坐看雲移　風濤已靖兵初動　饑溺方深慮恐遲　起敝振衰鄉國事　長留舊夢繫遐思　東山鷗夢

歸來萬劫嘆餘生　猶向艱危肆力行　黌府長年堪養智　滄波何日快屠鯨　菁莪與共絃歌樂　桃李同欣雨露榮　百仞宮牆稱富美　鷺門流澤久相縈　黌府潛修

爲問幾生修得到　勝緣佳侶憩梅庵　冰心早許人如玉　諫果從知苦亦甘　雪壓瓊枝花更好　影留東閣月初探　從來麗質多明慧　鐵骨何須愧杞楠　修到梅花

肯信夫妻爲敵體　剛柔互濟得交親　忠言逆耳回甘果　生事違心結援人　殊好偏能多節約　守成尤喜少趨新　璇閨舉案相莊意　諍侶長溫一室春　閨中諍侶

繞膝何曾肆笑號　提攜褓抱總劬勞　尙文偶亦親針線　崇儉尤知惜羽毛　力學因勤加穎異　角才屢試得榮褒　穉兒未解艱難事　爲字能誠義自高　繞膝兒女

小閣寒燈夜已闌　朱文墨瀋潤柔翰　青氈坐敝欣高擁　絳帳長披喜少安　心事傳經期白首　華年似水付鳴湍　成蹊桃李殷勤甚　相祝雲鵬萬里摶　學府春秋

閫疆鎖鑰固金扉　嵐影雲根久已違　入夜濤聲連角動　初明營火映星稀　軍容海上長城壯　士氣天南一幟威　維護自由尊鐵堡　行看故土騁征騑　戰地春夢

閩園養晦肅潛修　西望神京指顧收　籌策雍容須創見　規模宏遠貴旁搜　披圖經始恆心得　攬轡澄清一笑酬　誰謂冷官甘棄置　鋤奸同欲快仇讎 中興籌策

學承道統匯中西　平治功從一室齊　作育期成天下士　奮登欲上最高梯　黌宮歲月長絃誦　文苑聲華任品題　欲得專精宜積力　止於至善待攀躋 黌府絃歌

述懷 十二律

霜鬢雖新志未磨　不緣隨俗作長歌　溫柔性本承詩教　寂定心原近佛陀　偶向庭花噓冷暖　也因好月舞婆娑　此身莫謾蓬瀛老　撫髀時猶羨伏波

小醉蓬瀛亦快哉　天心或也寵庸才　卅年俊發千家士　一卷琳瑯萬本梅　狷介此身餘傲骨　忠愚滿腹祗沉哀　劍南志事稼軒句　時挾濤聲入夢來

神州久未靖烽煙　媧石難尋孰補天　蒿目時艱餘痛淚　傷心叢棘近衰年　自甘白首窮經史　誰爲蒼生富簡編　任是故山多霧露　歲寒松柏本貞堅

酣嬉鼓腹忍優遊　饑溺應分禹稷憂　擊楫乘風衝巨浪　抽刀斷水決橫流　管寧海外頭先白　庾信江南夢亦愁　老驥何須傷伏櫪　中興善政喜揚庥

蓮幕雍容遠市朝　閩園小住厭塵囂　書城長擁輕高蹈　筆陣常圓重久要　肯信

浮名兼吏隱 祇緣華胄亦天驕 軒軒意氣今猶昔 貞幹蒼蒼總後凋

虛矯宜祛善葆眞 陳陳榮辱本相因 養成中道方佳士 摒卻機心即吉人 豈爲痴頑長守拙 也憑忠恕勉行仁 自知不合漁樵老 乾惕還須潤此身

黛色無煩染二毛 嶙嶙風骨自蕭騷 清標早與寒梅共 儒素長修一德高 莫以拘迂譏我輩 還將經史勉兒曹 豪情未逐詩情減 燈下時猶撫寶刀

此心如秤貴無偏 抱道純眞見性天 藜藿自甘輕苦樂 艱危頻試任熬煎 大公始可忘人我 慧矩方能燭醜妍 雖已行年登耳順 思齊猶切慕前賢

天涯有夢祇家山 南浦春深綠一灣 他日修盟休後至 頻年私誓欲生還 赤氛雖熾非難靖 羽檄爭傳合早頒 自愧儒冠長誤我 樗材何以補時艱

登臨欲上最高峰 五嶽三山入眼中 雲海波濤資嘯傲 江河懷抱見淵沖 摳衣久沐隨車雨 振袂長乘破浪風 極目蒼茫吟望處 不堪歲歲送賓鴻

酒痕漸減墨痕多 鎭日書空奈若何 偶以春慵荒筆壘 不憑獺祭釀詩魔 憂勤志欲先天下 恬淡心宜養至和 西望九州民亦苦 收京早爲滌煩苛

禹甸沉淪道已東 不緣成敗計窮通 揮戈定有回天日 破釜寧無命世雄 嫵媚青山新積翠 闌珊春意掃殘紅 興亡自古基仁暴 翹首何須問碧穹

上巳華岡雅集分韻得亦字

久作蓬瀛客 心慚爲形役 人多苦思家 我苦思鄉亦 倦眼幾經春 忽驚雙鬢白 駕言思遠遊 輕塵浥芳陌 韻事紀流觴 詩盟證泉石 嘉會集華岡 追陪忝吟席 奉手有文宗 聯袂多詞伯 逸興更遄飛 揮灑成雲弈 壯志付長歌 莫傷駒過隙 若得老名山 不惜良辰擲

友漁詞丈賜和華岡雅集拙作疊韻賦謝

同是天涯客 神形久于役 孰爲致安和 各效先憂亦 相看多黃髮 何傷斑鬢白 但願早還鄉 緩緩歌芳陌 松風篩月影 奔流漱砥石 清徽仰老成 高標肅議席 欬唾盡珠璣 文苑宗詩伯 善政慶中興 故山開竹弈 林下足優游 歸隱樂餘隙 杖履喜追隨 良辰莫輕擲

華岡修禊分韻得今字

蓬瀛春尚好 勝景綴華林 名山忘歲月 水雲無古今 嵐影琴書靜 溪聲入夢深 出塵原不俗 何慮世網侵 顧此雖云樂 神州尚陸沉 遙峰多溟漠 濃霧接層陰 悠悠千載上 韻事杳難尋 豈徒耽逸趣 摛藻嗣元音 修禊成嘉會 倚檻續高吟 莫作新亭泣 但攄忠愛忱 崇樓風雨意 萬里故園心

奉賀文化學院大夏館光華樓落成 八首

行仁衛道久居諸　締造維艱信不虛　臨事清剛兼勇毅　華岡志業邁橫渠
煦育潤滋森萬木　渠渠廣廈見閎深　新知舊學相涵泳　此是乾坤造化心
心靜思深得至和　喜聞佳士出殊科　淵淵道統源洙泗　一脈流長沃溉多
月斧雲斤哲匠能　敷施教澤日薰蒸　虔心欲沐光華永　更上崇樓第一層
熙熙多士上春臺　任使還期得達材　襟抱應隨衡宇闊　從知圖畫是天開
淑世休言避世端　英髦亙古嘆才難　人師亦自經師出　雨露恩波溥杏壇
遙接華岡氣勢雄　儘多英物出囊中　優遊琴劍絃歌永　復旦卿雲縵大風
生涯經史樂從遊　風雨難忘共此舟　坐敵青氈猶未倦　名山事業足千秋

奉和白翎詞長憶江南元玉

吟望天涯一水藍　依稀舊事夢猶酣　還當共勵澄清志　豪氣凌霄貫斗南

奉和白翎詞長舞劍元玉

劍氣猶間氣　浩然貫斗牛　寒光流動處　快意泯仇讎

敬步絜生詩家落花原玉 十首

歸燕翻飛剪錦霞
循牆爲剪病杈枒
新枝元自饒生意
閑倚雕闌數落花

春遊自笑我來遲
結子花成已可期
莫爲繽紛添悵惘
數榮長是隔年枝

休憑開謝計華年
好夢依稀去似煙
秋實春榮都一例
靈修長護不須憐

浮硯飛簾意已親
苔遮泥污亦全眞
能知糞壤栽培力
始信墜樓誠可人

能語偏憐喚不譍
慣將心事儲壺冰
因風不逐飄蓬轉
散作香塵遍綠塍

百樣嬌癡記尙存
飛英猶自勸開樽
紛紛細雨清明後
且爲行人慰斷魂

斜日空枝映酒杯
餘香未散玉爐灰
榮枯開謝尋常事
知是人間第幾回

不因春好誤歸期
宿葉曦陽露已晞
但願故山銷赤霧
浣花溪上浣征衣

紅瘦生憐劫罅看
狂生歌哭豈無端
畫樑猶有忘歸燕
辛苦啣泥掠翠寒

色態高華句自妍
江郎才調勝當年
美人風韻荃蘭氣
彌合詩心照大千

疊韻奉酬絜生詞丈

魚喋蘋翻水面霞
燕啣不上舊杈枒
東風昨夜狂如虎
惆悵來看雨後花

廿四番風數已遲
紅愁紫怨誤春期
綠陰池館當年夢
辛苦護根來歲枝

飄殘紅萼逐華年
風信蹉跎又化煙
歌管樓臺歸斷夢
辭枝草草總堪憐

嫣紅姹紫舊曾親
欲借輕綃爲寫眞
莫近高樓傷客意
不堪折贈未歸人

鸚鵡多言喚不譍
玉壺紅淚已成冰
杜鵑啼損芳叢碧
紫陌翻疑近馬塍

彩幡油幕解溫存　莫把春心託酒尊　十萬金鈴勤護惜　抱香亦有望歸魂

別院飛英入酒杯　留春心字未成灰　奈何枝上無啼鳥　喚取人間墜夢回

頻頻後約欲先期　爲恐思深願易晞　未得還鄉寧不放　莫教濺淚濕征衣

夜靜挑燈不忍看　但期養艷入毫端　經宵風雨終須旦　好擁清芬伴曉寒

生滅無關色相妍　花開花謝自年年　多經世變優曇幻　億萬化身盈大千

奉和申鳳老感懷元玉

隨俗緣情是亦非　但從物外覓天機　翻風痴燕窺殘稿　帶雨蛛絲綰蝶衣　胞與情懷歸澹定　親疏恩怨記依稀　的然一事縈心久　惟願收京得早歸

過林家花園感作

亭臺如畫柳如煙　經眼物華心惘然　樑燕歸來非舊識　庭花落去入新篇　林園寂寞封苔蘚　池館凄清隔俗緣　聞道故家賢子弟　回春消息已先傳

華岡夜課歸途口占

曲路旋峰轉　寒燈潑樹青　冥搜千仞壑　冷浸一池星　雲氣關晴雨　山家隱晦暝　遊仙方入夢　忽以市囂醒

總統蔣公輓辭 六律

木壞山頹沉巨曜　天崩地坼起驚雷　終宵雨泣千家慟　拂曉風傳舉世哀　瀛海恩波成痛淚　澄江流澤淨浮埃　鼎湖龍暫慈湖隱　誓會昆陽靖草萊

斬棘披荊歷世艱　繩繩踵武繼中山　鋤茅宇內修盟至　傳檄遐方振旅還　苦恨飾非多大憝　偏憐濟惡昧神姦　征誅揖讓欽仁智　正氣長留在兩間

雍雍偉抱肅孤忠　淑世匡時一聖雄　牧野風雲方起敝　昆陽雷雨望收功　片言爲返扶桑日　密約徒肥北極熊　書有白皮邦又瘁　寒盟誰復鑑初衷

賡歌元首亦良師　化雨春風渥惠慈　實踐黌宮開後起　力行哲學式先知　兩篇育樂添新境　一貫心傳拓舊規　飲水思源慚莫報　名山松柏鬱深悲

立命居心在至誠　天人境界孰能名　悲因淚盡矜心喪　德自哀深見聖明　小我應捐成大我　永生已始續長生　連朝雨洗千家慟　化作中興百萬兵

慈湖紫翠耀榮光　千頃平陂惠澤長　遺訓金聲堅百忍　嘉言玉振誡毋荒　銜哀奮勵承餘烈　茹苦圖成得永昌　佇望收京昭告日　謁靈恰在蔣山陽

慈湖謁靈 二律

層巒疊翠接平蕪　傾淚沉哀大漢枯大漢溪名　龍逝滄波歸海嶠　鶴來靈境擬方壺　敷榮寸草思盈谷　長在春暉澤滿湖　早願中興告廟日　王師先已定三吳

嵐影溪聲漲綠蕪　萬民涕淚大江枯　賓天龍馭歸員嶠　捲土丹心在玉壺　巨壑

今當尊孝谷　恩波久已湧慈湖　奉安早盼還都日　爲告王師已沼吳

恭讀蔣院長經國先生守父靈一月記深覺一片精忠純孝之心溢於字裏行間眞乃以血淚書之者讀竟不禁涕淚滿衣裳矣

母親節感作

始齔生憐失怙時　慈恩深重母兼師　書聲琅琅機聲急　燈影熒熒淚影悲　課子情殷嚴近忍　哺兒心苦飽猶饑　及今差可添豐煖　少盡烏私未有期

詩人節感作

年年角黍裹新茸　五月榴花著雨穠　蒲劍及鋒當小試　艾旗初展亦從容　哀時詞客天難問　惜誓丹心墨尚濃　衆濁獨清雖不幸　靈均亙古是人龍

秋宵感舊

滄江秋始一浮鷗　月浸寒波靜不流　每憶小西湖上路　歸期重誤怯登樓

七夕

機絲織得人間巧　稼穡難兼六府成　靈鵲有知應解慰　雙星卻幸不多情

奉和叔達主試長闈中閱卷詩用王荆公韻 二律

總期出語可驚人　體例雖殊各有神　持論不宜多立異　逞才尤忌好標新　陳辭

樸茂先祛僞 析理精嚴貴守眞 月斧雲斤刪削處 從知文命不相因
役句工詞作主人 還從節概見精神 溯源探本知能固 化腐推陳意始新 淑世
文風宜去僞 匡時讜論貴存眞 闡揚分析惟循理 得失升沉信有因

秋吟 六首

西山嵐氣映斜暉 一片空濛接翠微 莫笑投林喧倦鳥 呼群馱得彩雲歸
非關病酒中懷惡 覓句何心到夜分 一樣清愁無可擬 山間明月水邊雲
幸有詩書慰寂寥 年年空望白雲遙 賓鴻歸燕東籬菊 莫悵去來如汐潮
醉夢微酣客夢悠 菊窗又已十分秋 蘆汀旅雁驚飛處 隔浦人歸月下舟
清輝瑩徹一塵無 翠靄迷濛遠岫孤 池苑荷翻風正細 疏星如夢露如珠
遠山如畫碧天長 小院風清送晚涼 入夜西樓新月上 秋聲和夢擾詩腸

秋月

蓬瀛秋與春長好 蟾魄晶瑩桂子香 碧海平添新境界 素娥未減舊容光 身如
不老當奔月 事若能憑早返鄉 一自太空人去後 廣寒逸韻惱詩腸

秋興和杜

波濤日夕撼長林 太武嵯峨草木森 水繞金城瀰劍氣 山環鐵堡接層陰 沉潛

嘗膽沼吳意 寧定安瀾復漢心 冷月中宵風正肅 祇聞畫角不聞砧
拍遍闌干樹影斜 二陵風雨望京華 長年已盡遺民淚 何日重歸漢使槎 絕巘
楓丹傷赤祓 高城霜緊鬱清笳 宵深起坐籠燈看 不照簷花照劍花
千峰積翠擁朝暉 吟望三臺遠紫微 崩社鼠狐猶竊據 刺天鴻鵠待雄飛 揚鞭
先渡心長壯 攬轡澄清願尚違 合爲中興同奮勵 空群文馬亦秋肥
柯爛深山世局棋 因循死勢一何悲 養癰日久終貽害 縱敵憂深每失時 籌策
早宜征旆展 合圍尤切羽書馳 興仁除暴尊青史 湯誓周盟發我思
書窗鎮日對文山 正氣浩然盈兩間 聞有秋潮傾左海 竟無雁訊出元關 長吟
梁父非祛恨 一頌中興爲解顏 但願收京留老眼 不須扶杖立朝班
海上管寧驚白頭 壯懷猶繫玉關秋 縱無金粉凝深怨 豈有明湖號莫愁 投筆
已慚成舊夢 歸年也擬訪盟鷗 中原劫燒縈心眼 誰挽天河洗九州
同心復國急收功 好拯群黎水火中 莫爲寒盟虛指日 自須破浪駕長風 曙前
夜色原沉黑 霜後秋林祇強紅 私誓生還知不遠 謁靈愧我已成翁
歸飛雲路尚逶迤 最愛家山積翠陂 驥老原當甘下廄 鵬摶何事戀高枝 登樓
王粲思難抑 賭墅謝安心未移 他日騎驢湖上去 兩隅新柳向人垂

高考闈中感作二律

清秋佳氣鬱蓬萊　玉尺衡量慎取才　成敗原非關定數　浮沉未許費疑猜　良材
每後艱虞得　文運常先郅治開　棘院風和人意好　四圍山色入簾來
幸從文字識長才　筆致淋漓挾迅雷　典重每能含遠大　清新更不著塵埃　恢宏
最喜匡時策　沉毅常爲淑世材　橫海鱗多生巨壑　中興隆運是天開

秋旅紀遊詩二十律

欲爲名園作壟丁　勝遊秋旅到鯤溟　遙峰車奮鵬摶計　平野聲揚驥騁鈴　迎客
椰風銷倦意　洗塵蕉雨滴餘青　行囊自笑無何物　畫意詩情未可扃壟丁公園
花樹能留不老春　靈芬穠艷釀香塵　團成錦簇蜂衙鬧　園就藍屏蝶影新　蹀躞
應無求利客　流連儘有望歸人　最難一片清和景　但見繁枝絕棘榛花樹長春
行臨寶穴卻逡巡　自愛探奇類避秦　福地洞天多定靜　巉岩石筍亦嶙峋　光幽
不用挑燈入　隧仄差容強項伸　空手歸來成一笑　鐵肩依舊託吟身石筍寶穴
千古潮音元寂寞　何時重返洞中仙　宛然似在壺天裏　隱約如臨蓬海邊　漁父
不來花亦好　劉郎歸去月仍圓　人間底事添惆悵　可許餐霞寶鼎前仙洞通幽
望海臺高可十尋　扶闌欲上費沉吟　思心隔水凝歸夢　弱葦憑誰作指鍼　嵐影
浮雲光掩映　風帆落日氣蕭森　祖生宗少俱難老　強渡眞堪爍古今望海臺高

洞邃銀龍睡未醒　空濛此地似曾經　噓雲合爲施霖雨　戲水今猶響玉鈴　破壁
縈迴盤老榦　拏雲鬱勃入幽溟　吟聲時趁風聲作　可許驚雷獨夜聽　銀龍洞邃

崖阿叢翠峙崇樓　潮湧濤翻萬頃秋　信是能容成巨壑　總緣源遠始長流　孤帆
淡入鷗波杳　一髮青隨雁影遙　徙倚危欄空悵望　頻年客夢繞神州　觀海樓敞

絕壁攀猿應迅捷　不如心意兩危微　漸開山勢圍虛谷　平削崖阿映夕暉　巫峽
昔曾縈夢寐　蓬瀛今尚苦依違　賓鴻歲歲無消息　願借長風破浪歸　棲猿崖陡

縋幽攬勝到垂榕　雲鎖苔遮碧蘚籠　濃蔭扶疏篩日影　虬枝掩抑掛殘虹　嶂迎
當路疑難越　林迴成圍信可通　失喜人間有此境　不須泥爪悵飛鴻　狹谷垂榕

密林濃綠號迷宮　積葉斜坡處處同　青紫隨緣皆可拾　縱橫曲徙亦難窮　天然
位置誰爲主　刻意經營是化工　世路紛歧殊不計　祗因身在畫圖中　密林迷宮

美如西子字澄清　九曲橋涵一鏡平　風定絲綸雲可釣　水經淺罅石能鳴　一舟
橫放中流靜　老樹斜欹倒影明　靜洗塵囂歸去好　夜窗坐對月初生　澄清湖畔

浮屠嘉錫矗中興　日腳雲根瑞氣蒸　暫憩且依修岸影　放吟欲上最高層　闌前
細聽風鈴語　檻外頻看翠靄升　民主自由尊堡壘　擎天一柱喜崚嶒　登中興塔

四山深秀浥平湖　樓檻軒窗入畫圖　此境天開新世界　異時人說舊蓬壺　忘機

是處多鷗鷺　尋夢依誰識道途　我欲飽餐頻徙倚　卻煩翠竹笑相扶　倚攬秀樓

一生仁德沐慈暉　祀此崇樓拱翠微　聖善長留賢母範　溫恭永式古人徽　辜恩
深愧登臨意　斂篋猶存補綴衣　但得澄清如宿願　收京家祭告榮歸　謁慈暉樓

一島嘉名稱富國　此中深意已微諳　欲宏拓殖先求庶　爲減虛糜應去貪　要術
齊民惟善養　仁心理政貴勤探　濬源固本祛情僞　德政多從育樂涵　富國寶島

瀛西勝境九秋天　渺渺風帆淡淡煙　潮汐去來原有汎　水雲高下總相連　兒童
撲浪喧呼處　鷗鷺窺魚寂寞邊　屋角初張新補網　老翁圍坐話當年　瀛西勝境

安步徜徉日已遲　披襟相對坐西堤　霞鑲遠嶼雲林畫　浪湧兼天子美詩　璀璨
元應歸淡定　激揚且復見清姿　波濤亙古無情甚　宜惜斜暉尚好時　西嶼晚霞

林園花謝坐聽濤　此地當年信不毛　史有將軍稱大樹　今看長碣紀人豪　青山
幸作英雄塚　白浪翻成巨海鰲　向晚車亭煙靄重　棘藩猶憶古琉刀　林投公園

大榕其祀逾三百　久歷星辰蘊日華　虬榦縈紆凝古貌　盤根屈曲似靈蛇　覆陰
常護群兒戲　勝境時來長者車　海上風和薰午夢　納涼還爲剖新瓜　通樑大榕

濤翻浪挾漾晴虹　車走輕雷迤邐通　誰遣精禽來浴海　謾誇石柱欲排空　人天
能定宜相勝　心物協和進郅隆　西嶼彩霞漁唱晚　幽思綿邈入蒼穹　跨海大橋

蓬瀛勝境旅遊詩 乘花蓮輪朝發基隆

右看疊嶂左長天　秋水微波坐畫船　逐浪頻驚痴鷺夢　臨淵恐擾玉龍眠　瀉銀綻碧凝青處　捲雪迸珠映日邊　經眼豪華成一笑　群鷗相引入花蓮

花蓮港埠中秋望月

書劍天涯枉自豪　蓬瀛無計避塵勞　海門潮湧歸心亟　鄉訊聲傳雁陣高　沉璧流光魚潑剌　村家社酒語嗷嘈　客中佳節思親甚　醒眼何曾對濁醪

太魯閣峽谷九曲洞

奔車卻曲擾詩腸　隱隱輕雷習習涼　削壁排空天作界　鑿空連徑石爲梁　穿巖但覺時明晦　繞峽焉知路短長　一水潺湲溪自語　洞深疑是白雲鄉

長春祠弔工程人員

羊腸鳥道貫西東　經始終成百代功　信是神工開境界　疑憑鬼斧闢鴻濛　名師手筆聲華永　大匠胸襟氣象雄　等是疆場能效死　長新祠廟祀精忠

燕子口佇望燕歸來

分明巖壑綴星窩　道是當年燕子窠　疑聽呼雛傳軟語　未看拂影掠輕波　銜泥有待歸華屋　結綺無妨託碧蘿　惆悵家山消息斷　舊時門巷竟如何

小憩天祥謁文山像

路轉峰回九曲腸　輕車忽報入天祥　旌忠正氣歌猶壯　樹德豐碑石亦香　信國
嘉名光勝地　延平遺澤被殊方　丹心千古昭青史　永式雄風日月長

慈母橋上吟望蘭亭

一笑餘生經虎口（虎口石隧名）居然勝景契蘭亭　長橋臥影恩波遠　危石臨淵惠澤
渟　曲澗猶流慈母淚　巉巖時送蕙風馨（是地盛產名蘭多被移植）憑欄凝望休惆悵
列岫常因醒眼青

崩石阻道困坐戲作

忽至幽叢原未約　山靈速客亦豪雄　潺湲溪奏迎賓曲　璀璨巖懸送雨虹　解慍
先教風落帽　當車卻遣石如熊　感君殷摯攀轅意　少睡何妨效醉翁

神木挺秀依然碧綠

虬枝挺秀出塵埃　幽谷深藏莫自哀　鬱勃新機猶茁壯　葱龍古貌未摧頹　風霜
久歷輕斤斧　興廢多經善草萊　嘯傲煙霞三百紀　祗緣不作棟樑材

豁然亭遙望大禹嶺

攢翠千峰拄笏來　嶺雲遙貢禹王臺　孤亭兀立蒼茫際　疊嶂迴旋錦繡堆　總以
文章生意象　始知圖畫是天開　雖因此地高寒甚　未得披襟亦快哉

暮靄沉沉車奔梨山

竟日奔勞力已殫　此身權擬據吟鞍　窺人高月車窗近　拂面天風翠壑寒　山以
朦朧添嫵媚　水因瀲灩見迴瀾　寒雲舒卷饒詩趣　倦眼猶貪坐臥看

梨山賓館不寐感作

行館莊嚴矗一方　夜深燈火耀蘭堂　峰巒歷落浮雲海　台陛依稀近帝鄉　高拱
星辰懷盛德　長相左右望羹牆　中宵風雨催歸意　破賊還期漢幟張

風姨催歸整装言旋

迭驚肆虐怨封姨　去後殘痕尚可窺　忽又姍姍來寶島　恐將緩緩誤歸期　修裾
迤邐添秋意　斷梗飄零繫夢思　還爲中興同鼓吹　神州盡掃赤氛時

達見水壩錫名德基

侵晨風雨尚車馳　霧湧雲蒸積翠陂　入眼都成君壁畫　經心深會輞川詩　最難
渠道穿山出　卻喜田疇得水滋　以德爲基思禹貢　恩波沾溉感明時

車出谷關長繫遊思

水繞峰迴出谷關　崇朝彷彿坐雲間　吟情暢似溫泉湧　遊興嗟如倦鳥還　宜擘
彩牋留畫稿　好搜佳句副名山　蓬瀛長在春風裏　肯信詩囊老未慳

惟有仁人善讀書有序

國父嘗云革命事業基於高深學問之上因悟惟仁智者能以天下爲己任爰師此意成詩五章用轆轤體

惟有仁人善讀書　書能活讀意如如　隆中早定三分策　垓下方知一念疏　磨劍十年成底事　臨流五柳蔭深居　挑燈坐擁縹緗看　尙友前賢日卷舒

縱然食古多難化　惟有仁人善讀書　淑世元須修德業　養身亦可代魚蔬　蕭曹孰意嗤無術　莽操何心畏朽樗　天柱地維根道義　兩間正氣以時攄

盡信相從計總迂　服行力學別賢愚　元無俗子能忘我　惟有仁人善讀書　取義臨危知授命　守誠抱道可捐軀　倘循成敗論功過　史筆緣何重董狐

元知開卷非無益　爲破痴頑學蠹魚　腹笥難焚存古道　天機易悟得眞如　幾聞草莽能成事　惟有仁人善讀書　范老胸中兵十萬　不容文物少淪胥

罅漏還當待補苴　宜從智慮定盈虛　尊榮久炫貧三徑　缾甕雖空富五車　積學多能爲世用　勤修亦可擬雲舒　硯田自古皆無稅　惟有仁人善讀書

誡兒弱冠逢吉成人書以勉之

能承奕代書香業　誠篤心殷起俊賢　弱穉欣知尊大孝　冠裳忽已屆丁年　逢辰早喜謀猷定　吉士還宜禮意虔　成德勤修期博雅　人天道協得兼全

山居偶作

吟身喜向畫圖行　靈境幽深足慰情　小住仙源溫蝶夢　閑隨野老結鷗盟　晴嵐翠黛遙峰近　遠浦輕煙曲水橫　管領雲山千萬頃　不須蝸角日紛爭

子波兄繪贈紅梅墨梅各一幀神韻夐絕喜而賦謝

忽傳芳訊到柴門　疏影霜姿帶醉痕　彷彿餐霞迷古渡　依稀踏雪過前村　不因夢老吟懷冷　卻感緣新尺幅溫　爲愛巢林雙畫本　一燈相對立黃昏

重九登高

華岡靈秀浥朝暉　吹帽風高一振衣　菊盛南山先有約　萸香東閣喜無違　賓鴻又挈詩情遠　嘉會多因久客稀　此日憑闌吟望處　鄉心遙逐海雲飛

溪頭晨步口占二首

月落山空曙色侵　層巒如熨貼高岑　曦陽初識閑雲意　霖雨蒼生出岫心

松間曉月接朝暉　濃黛輕綃掩翠微　人靜林空聞鳥語　此心已逐白雲飛

歲暮遣懷

文字交深自笑迂　不教腦滿損清癯　撚髭欲得稱心句　遮眼頻煩養性書　事但由衷能免俗　人多媚世總堪虞　天寒歲晚星如月　可許長歌過九衢

晚晴冬煖兩陶然　淑氣陽和覺已旋　旅況偏宜新入夢　客身如在遠行船　迢遙
一水眞千里　辜負蒼生又十年　咫尺家山勞望眼　祭詩未敢慕前賢
詩債雖多未算貧　此中況味自津津　才如上水船初發　句似疏梅意更親　但爲
蹉跎傷老至　不緣遲暮忌年新　羨魚莫作臨淵客　儘有殷勤結網人
緣會今生數不奇　彈冠猶似少年時　僧將退院身方定　雲自離山遇亦宜　成敗
相因皆可適　古今一例復何疑　耆賢許我周旋久　卻喜心閑筆未疲
生涯自笑負林丘　辜負華年忽白頭　映雪殘燈分歲夜　疑雲細雨讀書樓注　捲簾
迎得清芬聚　閉戶還教瑞靄留　爆竹聲喧人意好　新機啓運定揚庥

昔年遊學上庠所居宿舍余爲命名曰映雪齋而少年讀書處則爲疑雲樓

生朝詠懷

已無親養不言貧　避地情如物外人　投老眞成霜後菊　撝謙欲效雨中筠　自期
明月同懷抱　都道梅花是化身　深喜朋簪多愛我　好從冰雪見精神

憑闌偶得 二首

梅綻天香歲臘時　醉人常笑醒人痴　繁華經眼元如夢　世局縈心本似棋　一片
三處畢吉畫　滿空吟愛放翁詩　中興作賦還鄉日　彩筆干霄正未遲

憑闌遙對數峰青　叢翠邀人立小庭　滄影輕搖描字竹　中懷坦蕩寫心經　山容忽動因雲出　溪唱頻傳帶雨聽　逸趣偶從閑處得　宵深曉月入疏櫺

奉題高拜石先生金石印譜

高才藝苑早名家　懶劚煙嵐剜錦霞　雲篆龍文皆樸拙　師先啓後盡精華　金緣典重歸鍾鼎　石以嶔奇萃筆花　印證天心成慧業　譜存秘笈漬丹砂

丙辰上巳 五首

花罥晴絲燕剪斜　倦遊猶殢已巾車　相逢不問踏青未　祗憶依山近水家

春衫屢換尚征衣　卅載棲遲舊夢稀　猶記綠深紅淺後　燕啣泥絮逐花飛

蝶舞蜂忙靜不譁　閑階佇看蟻移家　衆生擾攘原如此　華屋何堪矗淺沙

養花細雨濕蛛絲　誤了浮觴曲水時　一夢還鄉新睡覺　卻聽啼鳥怨歸遲

蘭亭修禊望年年　分韻詩成尚惘然　水漲煙橫迷遠夢　何時歸拾舊珠鈿

丙辰清明 五首

綠漲前村花滿溪　曉林宿露濕羅衣　一篙春水無深淺　祗爲思鄉亦向西

語笑聲喧翠靄中　朝來微雨晚來風　餞春莫待清明後　一徑斜暉送落紅

思心和夢入遙天　坐誤歸期又一年　等是池塘春草綠　吟情猶似翠微煙

心未成灰鬢已絲　一燈空對夜窗時　新篇略欲紓忠愛　卻爲閑愁未有詩

一春愁重誤花朝　煙景情多著意招　拂岸柳絲看又少　不堪惆悵立溪橋

涵碧樓遠眺

當年攬轡澄清意　此日來登涵碧樓　勝國山川收眼底　何時歸泛五湖舟

總統蔣公崩逝周年謁靈感賦 二首

青嶂連峰迤邐開　萬民結隊謁靈來　千林滴翠隨車雨　禹甸初傳撼地雷 天安門事件爲反共抗暴新機初綻春雷　涵泳恩波春浩蕩　式憑靈爽嶽崔嵬　移根早許梅臺樹　還向紫金山下栽

長相左右望羹牆　遺訓攸遵未怠荒　奮勵經年多創建　銜哀庶事得恢張　行仁執義期祛暴　處變貞強在守常　三度謁靈惟默禱　奉安夾道盡壺漿

丙辰端午

蒲劍艾旗驚客心　堂堂筆陣亦宏深　千秋志事惟忠愛　一代風騷撼古今　故國煙塵傷未靖　天涯桴鼓意難禁　相將競渡還鄉去　好爲神州起陸沉

賀文大家政畢業同學

文質彬彬氣韻充　化承五育在持躬　家齊國治開隆運　政美人和示潔衷　畢事已完須[illegible]治　業求至善定知終　同心合爲中興計　學用常[illegible]言不窮

賀實踐家專畢業同學

實緣華美益光輝 踐義行仁應體微 家以安和資富厚 專須定一莫依違 畢從新始宜爭發 業自方興正旨歸 同德同心同努力 學成奮翮作雄飛

祝三藩市建市二百周年

夙聞仙境在人寰 雲路非遙一日還 車馬喧闐稱巨埠 顧名原字舊金山 二世紀中滄海變 華人猶是漢衣冠 回思來啓山林日 叢莽蠻荒不自安 披荆斬棘多艱建 慘淡經營力幾殫 先之勞之無怨怒 但悲竄逐等夷蠻 種族歧視良可憾 惟憑仁勇挽狂瀾 莫謂天心長憒憒 開濟孰如天地寬 震災地坼廬舍燼 華埠重興豈等閑 十里珠簾迷海市 瓊樓迤邐白雲間 漢俗唐音隨處接 鄉愁客思一時刪 嗟我炎黃衍遺胄 異域同守此心丹 金門高拱呑蜃氣 艨艟來集萬國讙 輯熙雍睦各相契 紛陳玉帛無刀鐶 休疑身在桃源境 歷劫應知締造艱 今聞馬侯多仁德 宏施美政去榛菅 建市欣逢二百載 欲新華埠樹賢關 治術莫如袪民瘼 豈祗寒士盡歡顏 會看海上添新地 翠柏蒼松繞碧灣 馨香遙祝千秋業 此心悠悠逐白鷴

奉和大荒詞長金山擊鼓歌

壯舉百年幸偶逢 炎黃華裔氣如虹 雷鳴鼉鼓金山動 赤焰煙銷鱷潛蹤 恢張

正氣祛殘暴　維護人權籲白宮　摳衣莫後隨車雨　攘臂宜先破浪風　謀皮原是痴人夢　食髓應知大憝凶　民主陣容嚴固守　自由燈塔世所崇　中美邦交寧可背　盛業還當本大公　樹幟彌高貴實踐　切莫食言違初衷　六街千撾雷門鼓　風虎雲龍氣類從　直諒諍言非激越　但期安和樂無窮

美國二百周年紀念賦賀 二首

美意天涯信比鄰　國魂相與契三民注　兩間正氣須維繫　百世雄圖應可申　周道西行宜睠顧　年華未暮莫逡巡　紀從獨立宣言後　念古衡今合抗秦

美總統林肯有民有民治民享之說與國父之民族民權民生宏論心神相契

美緣充實見光輝　國有禎祥可與歸　二事收功資富厚　百工集效進精微　周行大道趨平等　年祚方新起壯飛　紀慶應從登月後　念茲永式自由徽

亂山迎客不知名 有序

山居漫步憶船山亂山迎客不知名句喜其雋妙渾成因以爲題用連環格

亂山迎客不知名　偏向雲深僻處行　倚杖敲詩無好句　祗緣圖畫本天成

祗緣圖畫本天成　千嶂流霞織錦明　白鳥低飛穿淺澗　留將長唳助秋聲

留將長唳助秋聲　數點相思雁影輕　雲淡風高煙靄重　隔村燈火樹間明

隔村燈火樹間明　歸路溪橋喜晚晴　小閣推窗凝望處　亂山迎客不知名

老猶得見未嫌遲 有序

丙辰小春移家中央新村山容嫵媚潭影積翠花木扶疏清致可喜未及一一奉告諸吟友重勞關注爰用古人名句爲題連環成詩五首以謝

老猶得見未嫌遲　媚我山容映翠陂　雲本無心偏作態　天風解意爲催詩

天風解意爲催詩　先放霜前雪後枝　紅葉滿村皆好句　元來無處不相思

元來無處不相思　水面文章絕妙辭　澹影幻成千萬我　任教人笑是書痴

任教人笑是書痴　坐對雲山信可師　動定陰晴皆有得　吾生適意即相宜

吾生適意即相宜　願早還鄉慰所思　門外青山籬下菊　老猶得見未嫌遲

奉賀子中先生書法展覽

子山藻思鍾王筆　中道方圓曠世才　先以神行皆鐵劃　生成意境亦天開

書深寢饋碑林重　法盡剛柔藝事該　展示眞傳弘國粹　覽餘斂手此徘徊

送大荒詞長即用倚裝元韻

豪情未減鬢如銀　惜別吟樽酒幾巡　好向神州期後會　翻從翰墨續前因　身雖去國仍存漢　志切收京豈避秦　語摯心殷詩雅健　倚裝深意足風人

奉和仁老見示書懷元玉 四律

碩德勳華仰老成　最難本色尚書生　鯤鵬早奮摶風志　耄耋同參衛道盟　豈有人龍甘久蟄　寧無匣劍作宵鳴　森嚴筆陣弘詩教　猶可摧堅事力征

抱道弘文總未貧　緣從翰墨見情親　與人爲善多行恕　養性能平在率眞　飄逸常邀雲作伴　清新恰與月相鄰　崎嶇久歷人間路　淑世心殷倍苦辛

入座春風到上庠　青山綠水任徜徉　清醇自覺唯書味　安樂何曾是醉鄉　細字猶能隨意寫　閑身卻愛爲花忙　成蹊桃李芬芳甚　作育英才願已償

純一中和見性全　舌耕久喜代歸田　寬仁集祜多餘慶　文字交親總善緣　松以貞堅經歲永　梅因樸拙得春先　撐天恰有虛衷竹　疏影書窗月正圓

留園喬遷嘉日勝會賦此申賀誌盛 二律

可堪兀兀度窮年　喜報嚶鳴出谷遷　莫謂長安居不易　常關人境笑依然　神翺書史崇樓靜　心繫鄉關客夢旋　最羨比鄰多俊彥　好修翰墨舊因緣

留園勝會正春回　得句驚傳獨占魁　詞客春容尊大雅　主人蜜意溢香醅　如山氣尚憑闌望　似水心還對鏡開　結想明年重聚日　故鄉嵐翠入簾來

次和甄陶詞丈落花 十律

結伴遲遲未賞花　吟身久已在天涯　爲憐茵溷皆成夢　卻笑喧䖟到冷衙　根老
且宜留宿蘊　枝空聊復補晴霞　戀巢雙燕多情甚　猶坐斜暉話舊家
飄絮凌空舞更狂　百無聊賴柳絲長　漢宮傳燭唯餘恨　上苑飛螢亦可傷　縱是
繁榮多慧業　寧從寂寞定閑忙　西園鎮日繽紛甚　留得高枝掛夕陽
造化功深信可師　敷榮如畫謝如詩　開猶濺淚心何苦　落似墜樓人太痴　綺麗
年華疑昨夢　淒迷翠黛悵芳時　吟情恰似閑情懶　但向家山約後期
鶯囀鴉翻燕太誇　迎風掠影任欹斜　莫傷雨妒群芳減　卻嘆苔遮玉屑加　豈是
天心甘澹定　可因倦客厭穠華　祗緣歸夢無消息　負盡名園歲歲花
雨風僝僽劇堪憐　惆悵芳菲欲化煙　燕翦綺霞人寂寂　雲封古洞水涓涓　漁郎
去後迷津渡　詞客來時憶昔年　委地倘無乾淨土　返魂隔歲尚依然
尋春自笑總遲遲　忽又煙雲靉靉時　倚枕曹騰疑曉夢　臨流綽約記手姿　閑庭
雨霽聞啼鳥　小苑塵香惜玉肌　莫爲憐花空悵望　敷榮長是隔年枝
高掛簷牙送雨虹　鷓鴣聲歇夕陽中　晴絲偶罥飛英淚　柳線輕颺舞絮風　掃徑
苔深餘淺碧　循溪流急漾殘紅　鵑痴鶯喚皆隨分　小住閻浮色即空
水面成文八尺瀾　綠章未奏已春殘　鴨頭久試江波暖　婪尾初觴夜雨寒　媧石
補天仍有罅　冤禽填海豈無端　蜜脾任割還多事　誰向香泥拾墜歡

池館春深幾醉醒　番風廿四記曾經　雲羅枉自含愁看　金縷何堪帶雨聽　歸騎欣宜嘶紫陌　彩幡敝已啞銅鈴　頻年辜負還鄉約　佇望賓鴻入杳冥

抱香元不乞人憐　未解沾泥以化煙　蘋末風來雖細細　源頭水活總涓涓　辭枝莫作凋零想　結子偏多煥彩年　會得盛衰興廢理　榮枯歷劫總依然

奉酬雪齋教授見示元玉

鬢毛笑共歲華新　長在韶光不老春　早有文章能淑世　夙欽德範足風人　遂初合為藏山計　避地時親一卷陳　石髓瓊漿應可得　江山靈秀萃吟身

冰光姪女石刻義展即席賀勉

冰心凝慧著聰明　光被風斤四座驚　石作峥嶸同節概　刻工瑩璠見廉貞　精勤有得酬宏願　品鑑無私樹義聲　義賣所得捐充冬令救濟　展對渾然忘物我　覽餘觀止歎平生

次和張鏡老落花十二律

如虎東風夜未收　闌珊春色似新秋　綠深狂客疏青眼　紅瘦征人歎白頭　影伴空枝增悵望　觴憐婪尾滌清愁　蕭蕭忍聽蕉窗雨　幾許飛英逐水流

金鈴十萬負花魂　掃徑焚香自掩門　潭水幾曾收壯采　名山何處託靈根　情深

應悔飄茵夢 枝老翻疑射影樽 薄霧濃雲春晝永 不堪徙倚對黃昏 結子
秀色靈芬信可餐 雨風無賴百花殘 不搴翠幕留香久 枉乞朱旛護影難
心期眞憒憒 返魂消息總漫漫 離筵紅燭高燒夜 零亂低枝不忍看
匆匆逝水損年芳 美景良辰總不常 霧縠紛披皆錦繡 雲羅盪漾亦文章 釀寒
細雨驚心瘦 烘日輕塵作意香 開到蘼蕪春事了 更誰剪翠倚新粧
二分惆悵一淒迷 籬角坡心翠幃西 初日還驚鳩婦雨 崇朝已和燕巢泥 撲簾
蝶怨猶狂舞 泣血鵑痴祗浪啼 十里軟紅湖上路 何時歸聽玉驄嘶
莫逐楊花作陣飛 畫堂春夢尚依依 玉壺久貯皆紅淚 錦幃方新入翠微 去日
樓臺醒亦醉 來時津渡是耶非 頻年未遂還鄉願 不語相看涕已欷
鳧浮魚喋滿池塘 偶掛蛛絲困玉廂 杳杳家山歸客夢 匆匆風信負春陽 花如
解語應相憶 月本多情自可望 人壽恰宜留老眼 鄉園歲歲賞群芳
踏盡紅泥黱碧苔 漸深綠蔭鎖林隈 偏憐絕色危樓墜 誰遣靈姿驟雨開 黯淡
芳魂銷霧露 蒸騰雲氣鬱風雷 上林春老梁園冷 荆棘銅駝兩可哀
綠漲紅稀隔水村 燕啣鶯蹴落英繁 西塘已換新荷蓋 野徑空留舊轍痕 昔日
風華歸想像 異時靈氣尚絪緼 榮枯本是尋常事 何用搔頭叩帝閽

雨檐溪唱兩潺潺　倚檻愁看綠一彎　買棹有心花事盡　還山無計夙緣慳　高樓寒重歸雲嬾　畫閣香溫白日閑　青鳥不來春又去　人間何處覓雙鬟

嘉會相期月下逢　也曾夢入蕊珠宮　嫣紅姹紫多明艷　盡態呈妍出化工　醉眼看花元草草　優曇幻景本匆匆　驚心忽復聞啼鳥　始信生香色亦空

堯封此日盡蒿萊　泥污苔遮實可哀　風雨收場應有恨　陰晴韜晦豈無才　啣春燕未隨春去　委土魂宜淨土來　輪轉因循休上下　傷心莫再近樓臺

奉題今日生活創刊十年紀念特刊

今是昨非緣猛晉　日新其德爲求全　生機鬱勃開生面　活計充盈引活泉　創見多聞能淑世　刊言不朽蔚名賢　十番風雨歸寧靜　年事方殷月正圓

明潭口占

濃淡相宜點綴工　明潭風物畫圖中　四時花簇迎春錦　始見天心化育功

范園焱震憾歌

范園焱義士駕機來歸喜訊播傳中外震動時論謂爲范園焱震撼歌以壯之

天外忽聞來飛將　奔如迅電震如雷　振翮刺天抒孤憤　御風避地挾沉哀　竹幕深垂廿八載　萬里雲霾一掃開　首言大陸民太苦　我今祗爲自由來　控馭既嚴

飛不易 八年深計幾枉裁 天心終不辜人望 沖霄破壁絕塵埃 華堂此日欣相見 豪情坦率色如孩 屢述頻年大陸事 血淵煉獄骨生苔 凍少衣兮饑少食 遑論人權與貨財 渠酋元是一丘貉 狗苟蠅營相疑猜 滿城狐鼠恣狂虐 恐怖生涯等死灰 民多時日偕亡誓 生機一線繫三臺 暴政已成強弩末 威伸大計信可摧 重言願效驅馳意 反共陣營永崔嵬 若問新生如隔世 昔同煉獄今蓬萊 彼美彼美何憒憒 正常關係實虺隤 人權公理寧可棄 底事歧途久徘徊 欲託宗親拯妻子 義士深心亦快哉 有此當頭一棒喝 長夜應終曙色催 柔遠敷仁申大信 八方豪勇各呈材 人心歷久長思漢 朝野還期無棄才 指顧揮師西指日 樓船滿載虎賁回 重光禹甸方春曉 與君同賞故山梅

未有神仙不讀書

未有神仙不讀書 蓬萊未必是仙居 雲煙澹蕩宜歌嘯 山水清奇好結廬 一卷沉吟忘我在 半軒叢脞帶經鋤 塵氛已定塵囂靜 坐擁縹緗意自如

遊心物外絕情虞 未有神仙不讀書 呑吐大荒超萬象 吸呼千古樂三餘 往來師友多通籍 俯仰人天小泰墟 歷落星辰歸眼底 清剛行健集中虛

棄智無爲原上慧 營營誰復識乘除 縱多狷客能逃世 未有神仙不讀書 至德中和歸定靜 靈明純一出謙虛 溪山作債宜孤往 手卷閑隨踏雪驢

天君自泰身長健 術德兼修道凜如 小我充盈歸大我 群居澹定亦深居 元無
藥石能延壽 未有神仙不讀書 洞察機微緣特識 知魚樂者本非魚
暇日喜參無盡藏 靈山秀水樂居諸 忘機鷗鷺成良伴 馳意雲霾作路車 宇外
蓬壺歸想像 人中麟鳳亦清虛 德言淑世斯能久 未有神仙不讀書

歲時感懷 用放翁神州未復士堪羞警語領句

神州未復士堪羞 莫謾嗟貧嘆白頭 宗少乘風長破浪 祖生擊楫快仇讎 奮揚
宜共聞雞起 惕勵應慚首鼠求 可許從天酬宿願 起元貞下抉橫流
莫笑江風有石尤 神州未復士堪羞 鴟梟骨肉悲洪獄 蜂蟻君臣恥濁流 玉帛
原難饜餒虎 干戈豈得拄危樓 濟川同切投鞭願 一髮中原眼底收
長街嗚柝劍鳴鞲 胞與思深各一陬 黎庶倒懸天亦怒 神州未復士堪羞 愁邊
有夢縈諸弟 海上何人識故侯 借坡翁句 直欲幽燕期痛飲 同摩醉眼看吳鈎
久敝天涯季子裘 長思范蠡五湖舟 安和冬暖蓬瀛月 肅殺春生故國秋 歸訊
無憑身在遠 神州未復士堪羞 卅年薪膽圖強意 猶待堅貞事藎籌
長城海上不沉舟 千里樓船截岸浮 掩靉陣雲迷遠樹 鬱騰敵愾起同仇 枯木
應切來蘇望 荒壘難聞擊壤謳 水火猶深民亦苦 神州未復士堪羞

梅亭迎曦

臘盡春回客夢新　瓊枝玉蕊最宜人　初陽宿露香猶潤　雙倚紅欄意倍親

上元慈湖謁靈

鬱蒼環翠浥慈湖　流澤膏滋與化俱　每對羹牆思聖德　時親典訓式雄圖　總緣恩在春長在　信是山孤道不孤蘇軾望湖亭詩暮靄一山孤　展謁人當知惕勵　收京望切濟川桴

敬和企師丁巳戊午換歲詩元玉 二律

駒隙長蛇止夜征　壯懷已老尚崢嶸　識途好遂康莊願　解意宜奔萬里程　隨俗桃符迎福到　醒人爆紙與階平　椒盤瑞獻中興頌　佇聽晨雞第一聲

破寒先歲已春明今年立春在去臘二七日　起蟄非遙夢不驚　盛治安和如雨沛　適時泰柄若雲行　履端嘉會雄心發　貞下起元佳氣生　指顧樓船西渡日　猶堪攬轡事澄清

石門攬勝

速賓花笑鳥歡呼　薄霧輕煙有若無　合爲幽林留粉本　莫將蓬島作方壺　壯懷直欲干雲漢　健筆眞堪運斗樞　風日薰人休自醉　好憑勝概啓雄圖

碧潭修禊 六首

峰青一角記紅樓　禊集無觴亦勝遊　花氣潤牋催好句　煙波可許爲春留

絡繹香車白袷衣　春深潭水覺紅稀　蘭亭韻事賡歡會　日麗風和逸興飛

塵襟少滌尙懷憂　幸未登臨太白樓　拍遍闌干誰解意　欲迴天地入扁舟

花月春三尙未遲　名潭如畫景如詩　剪紅刻翠渾閑事　鬱勃生機綠滿枝

鬥句尋詩年復年　江山依舊景依然　搖天一舫高吟處　深入遙汀鷗夢邊

綠深紅淺竟春遲　燕剪鶯梭織柳絲　語笑聲喧雲外樹　畫中人又入新詩

詩學研究所成立十周年

文物華旍與道東　承先啓後信無窮　溫柔敦厚弘詩教　雅健清剛正厥躬　鼓吹中興期淑世　匡扶末俗忍矜功　十年風雨雞鳴意　觴詠從容憶謝公

恭賀經國先生當選第六任總統

心如日月氣如虹　布政優優本大公　庶事繁榮歸郅治　軍容壯盛勵精忠　龍飛已兆中興象　馬到駸成復國功　法統攸尊恢道統　萬民擁戴頌岐豐

恭賀東閔先生當選第六任副總統

致用黌宮尊實踐　嘉名公廨錫中興　小康已遂祛貧策　大計先申弭亂繩　開濟仁風思召杜　恢張德意起廉能　廟堂揖讓雍容甚　元輔賡歌倚股肱

書感 五首

引吭時猶發浩歌　壯心未老鬢先皤　霓旌待展兵方盛　羽檄宜頒劍正磨　詩思每緣歸思熾　酒痕漸減墨痕多　昨宵夢繞家山近　喜報前鋒已渡河

恢弘法統護彝常　善政方新正未央　且欲浮槎清左海　更須展旆靖西疆　慰情喜誦平戎策　鑄句多求淑世方　偉業中興期指顧　風雲雷雨望昆陽

莽莽神州賸劫灰　生苔白骨竟成堆　幕經長夜寒如鐵　蚊作群飛響似雷　軒冕泥塗驚世變　煙塵澒轍望春回　雄心欲挽天河水　淨洗妖氛潤草萊

因人成事總尋常　得失何須計短長　休爲廢才甘自恕　願期遲死早還鄉　蠹書未飽神仙字　籌策難撐吏隱腸　一卷南華能解慍　心無咎戾即康強

雄誇苦語皆辭費　質樸貞純見淑均　世固難量宜守拙　天如可問應除嗔　未知隨俗童昏似　漸覺忘機鷗鷺親　不厭陳編銷永晝　初三眉月入時新

實踐家專二十周年誌慶

實碩花繁是處春　踐形篤義護彝倫　家爲國本資長慶　專乃心精出至純　二字相期惟孝悌　十宜循守尚寬仁　周行示我弘名教　年育菁莪惠澤勻

奉賀周樹老蟬聯文聯會會長

文章載道晉昇平　藝事恢張德教行　丕振天聲規後起　扢揚風雅仗先生　成城衆志堯封固　砥柱横流海宇清　管領騷壇尊祭酒　中興有頌契詩盟

奉和蒓老所長移居元玉

與德爲鄰擇里時　撐天大廈喜新移　齋幽仍庋縹湘富　市遠猶攜松柏隨　淑世謀猷欽壯節　出塵風範肅清姿　扢揚騷雅尊宗主　萬象因緣盡入詩

奉和蒓老九三生日偶成元玉

風肅柏臺崇碩望　直言讜論壓寒虀　發聾啓瞶金聲振　立懦廉頑嶽岱齊　稽古傳經追伏勝　中興有疏憶梁溪　奉觴爲晉長生酒　谷口蒲輪信可傒

樹老會長九十大慶

樹德蜚聲物望崇　老成淑世並言功　會多碩彥香山輩　長有岐陽太古風　九畹滋蘭欽勝概　十思陳議契深衷　大年矍鑠緣仁厚　慶溢蓬瀛獻壽同

世界詩歌節

群峰環翠玉山皤　肝膽輪囷志未磨　叱咤風雲堅筆陣　陶鎔金鐵入長歌　八方俊乂推尊久　萬象嘉賓炳曜多　華夏昌詩開世運　冬前秋後釀春和

讀總裁箚記恭錄

手澤長隨德澤留　連天濁浪一方舟　憂時雄抱維公理　淑世深心見藎籌　四海
從風終復漢　萬邦爲憲尚宗周　卅年生聚圖強意　定洗腥羶淨九州

慎獨軒同門書法展

愼持心志守其中　獨運浩然元氣充　軒舉鴻飛難遠跡　同文虎踞見沉雄　門羅
四裔深堂奧　書溯二王師化工　法以精嚴存古樸　展從藻鑑式高風

玉峰法師蘭竹畫展

玉鏤詩心見化光　峰開筆陣亦堂堂　法承與可元無礙　師繼所南寧有疆　蘭雨
浣香醒蝶夢　竹風移月入書窗　畫來神貌皆君子　展對高標墨色莊

千聯齋珍藏法書展

千尺修廊鬱古香　聯楹墨影燦文光　齋幽廣集名賢字　珍雅宜浮曲水觴　藏櫝
明珠寧有價　法天碩德信無疆　書屏列軸低徊久　展對渾忘晷刻長

次和似老感秋元玉

無賴棠花著意紅　長憐故土劫灰中　連宵淅瀝敲窗雨　異代蕭條擘岸風　解事
楓殘猶靦覥　凌霜菊瘦尚沉雄　滌愁悵對清溪月　聒碎鄉心幾處同

次和似老重感秋元玉

蚊聚群飛竟似雷　狂瀾力挽勢終迴　盤盂忍背初盟意　堂坳難浮既覆杯　末世人情傷赤祓　寥空天意付寒梅　雨暘晞露冰霜後　心事回春總未灰

實踐歌

卡特愚行已使美國蒙羞吾人唯當益勵堅貞團結奮鬥力行實踐以衝破橫逆為國家開創新局今逢歲首爰作短歌與國人共勉之

昔曾誣我白皮書　今又背盟入舛殊　毀約斷交無信義　敵友不分抑何愚　亞太和平誰可保　維護人權賴吾徒　會當振臂事匡復　各盡所能即雄圖　砥行勤修勵士節　胼手胝足耕新畬　巧奪天工精製作　貨殖貿遷濟有無　士農工商皆貞幹　義理為主利為奴　士節不虧貴有守　有為端不隱情虞　創建動關天下計　清剛貞毅作師模　力田原是男兒事　生生之道世所須　家給戶足成繁庶　雞犬聲聞樂桑榆　物力維艱應節用　毋事淫巧恣歡娛　合將奇技制天命　能教貧瘠臻華腴　弦卜心期宜可式　陶猗事業亦良謨　求利當求天下利　不須營營較錙銖　力爭上游歸至善　篤實踐履達康衢　更須有勇祛私念　誠正修齊亦征誅　善持厥躬養正氣　庶幾不負七尺軀　崇文弘道揚詩教　心雄寸管敵萬夫　我作短歌勸實踐　惟有自強是坦途

奉和愛老九三生日書懷元玉 四首

高年頤養樂三餘　猶似寒梅破凍初　鐵骨崢嶸太史筆　胸襟澹蕩子陵居　暗香引夢頻頻到　寸管攄懷細細書　忠愛滿腔仁者壽　易堂詩國羨如如

林下時迴長者車　安和翕樂足魚蔬　游心今古無牽掛　放眼乾坤得靜虛　書味釃茶原未澹　詩情玉蕊不嫌疏　康彊定可期頤卜　盛業中興肯忽諸

橐筆天涯硯未荒　文心常逐激流長　停雲索賦情彌摯　曲水浮觴會亦忙　得句偶驚窺枕月　懷人每亂覆階霜　秋庭夜色清如許　籬菊扶疏桂子香

故園水賸復山殘　鄉夢頻驚總不完　軼事易堂深嚮往　轉蓬世局敢偷安　浮槎隔海歸無計　兩鬢凝霜悵未還（拙作有頻年私誓欲生還句）　指顧收京酬宿願　重光瑞應喜同看

中國當代名家畫展

中州文物集蓬萊　國粹恢張生面開　當以丹青留盛節　代將肝膽入新裁　名流匯聚宏宗派　家數攸分見異才　畫裏乾坤多壯麗　展從雲嶽識崔嵬

寫與蒼生帶淚看 有序

比讀何敬公上將所撰八年抗戰與台灣光復一書磬折無似及誦阮毅成先生題詩中有句云寫與蒼生帶淚看警切勁健震人心弦低徊吟誦不覺熱淚盈眶因以之領句成轆轤體詩五章聊以攄感猶未盡意也

寫與蒼生帶淚看 將軍史筆誡居安 蘆溝曉月籠烽火 滬瀆狂潮捲激湍 奮袂
全民甘一死 沉舟舉國廢朝餐 元知敵寇如狼虎 攫搏誰堪袖手觀
危時亂世忍恬安 寫與蒼生帶淚看 豈止當車皆血肉 還期有士盡蕭韓 賓鴻
不至哀鴻遍 烽火難銷灶火寒 封豕長蛇奔竄急 可堪國脈歷風湍
無力回天惟自歎 孤臣血淚已斑斑 倩由遺孽捫心問 寫與蒼生帶淚看 骨嶽
血淵誠怨府 蠅窗燕幕亦危關 諍言省識基忠藎 邪說相期愼辨姦
元戎一怒安天下 上將還期早築壇 躍馬橫戈清赤祓 乘風破浪定狂瀾 憑將
直筆傳心語 寫與蒼生帶淚看 戰史書成猶鐵券 從知字字出忠肝
善政賡歌萬國歡 艱難締造去榛菅 中華一統歸仁德 大陸重光肅異端 海嶠
波澄兼日麗 石城虎踞又龍蟠 殊勳彪炳鎔青史 寫與蒼生帶淚看

賀陳資政立夫獲贈聖荷西市榮譽公民

仰止高山未可躋 欣聞大道貫中西 覃敷教澤弘文物 遠結鄰邦起庶黎 祀孔
心殷承化易 崇儒意摯榮名齊 宗師哲匠推尊久 眞理自由長共攜

戊午重九

傲菊經霜已綻黃 天教雙十慶重陽 遺民佇望昭蘇日 故物宜收劫後疆 赤祓
終當銷積戾 仁風時爲扇禎祥 題糕落帽渾閑事 爲寫中興謁告章

奉題慶光先生故山別母圖卷

思親涕淚大江枯　寫就家山別母圖　龍霧峰高迷海嶠　桃源洞杳隔蓬壺　椎心猶記牽衣立　刻骨難忘帶淚呼　反哺情深風木慟　憑將純孝作良謨

書憤用放翁韻

世局紛如世事艱　神州西望隔千山　樓船爭發遲東海　旌旆飛揚指下關　玄武煙嵐猶漠漠　新亭涕淚尚斑斑　謁陵昭告還鄉日　誓掃妖氛肅兩間

奉和士心詞長戊午除夕元玉 二律

坐擁書城薄俗緣　靜中況味亦便便　萬家爆竹迎春後　一蕊燈花送歲前　入枕雞聲驚客夢　催詩細雨落吟牋　頻年多少憂時淚　濕盡東山詠史篇

敲窗雨細夜風輕　一夢初回歲已更　萬馬收京元宿願　三羊開泰是初程　揚帆西向征鼙動　擊楫中流左海平　但得復興清禹甸　不須題柱羨浮名

春日雜詠 六首

霜雪幾經新歲序　斜風細雨養花天　陽和珍重培根意　坐擁書城夜不眠

夢裏樓臺非往日　天將忠愛鑄詩魂　家山染遍啼鵑血　苦待來蘇到故園

柳眼方舒日已長　番風稠疊送穠香　居安可有思危意　未見春花字拒霜

啼鳥先知春事了　蜂衙日靜護窗紗　小樓晚覺琴書倦　一帚閑庭掃落花
與道俱東非避世　逃秦我欲更逃名　人間豈有長安地　怕按玉簫歌渭城
宜將鼓吹代酣歌　詭譎風雲感慨多　爲囑天孫勤織錦　重新禹甸好張羅

辛酉端午

問天無語成孤憤　浩劫紅羊泛赤流　激濁元須揮慧劍　揚清袛合競歸舟　獨醒
甘爲人龍幸　同策還當國士求　奮迅毋忘身在莒　相期戮力復神州

謁屈原宮感作

平生志事惟忠愛　九畹茝蘭揚古芳　毅魄昌詩期峻節　貞魂醒世奠康莊　騷壇
樹幟垂千古　國士流徽重一方　廟貌莊嚴猶海上　靈旂定必返三湘

樹老慨獻家珍白翎有詩美之次和申敬

事功德量兩雍容　議席詩壇譽望崇　名輩傾心如向日　時賢踵武合從風　大年
常以行仁得　至善多因積健雄　墨寶書香瑚璉器　勝緣喜與道俱東

春人社介壽宴集次筠老韻紀盛

粵華雅集慶弧辰　九老清徽世所珍　錦繡文章恢氣象　輪囷肝膽式騷人　樓高
意接星河遠　辭妙心儀彩筆神　同爲群歡撐醉眼　相期重宴秣陵春

山中口占

山中竹喜報平安 每覺心寧境自寬 榴火翠巖翻結綺 瀑飛晌午尚生寒 忘機
時復知魚樂 養靜還當耐雀歡 倘使有方能辟穀 長甘瓢飲與霞餐

淡水紅毛城感賦

興廢尋常事 登臨意不平 元非蠻貊地 合是漢家營 古蹟欣重返 新盟喜已成
狂潮如有意 寂寞洗孤城

萬老病起有詩見示次和奉慰

偶因蹉跌一頹然 侵擾何堪病患連 正氣沛如緣骨峭 天機涵養得神全 刀圭
效仗名醫奏 藥石功同內助賢 摛藻弘文恢道統 從知仁智必高年

吟望金馬敬次慕萱詞長元玉

挺立敵前瞻馬祖

中流砥柱固磐磐 豪氣如山撼亦難 除暴有旗皆義幟 行仁無竹不長竿 藎籌
海域興霖雨 露布沙場倚錦鞍 自笑書生堪一用 運鈞筆可挽狂瀾

金門古寧頭大捷卅周年紀念

汐去潮來三十秋 至今人說古寧頭 瓦全羞作開門揖 玉碎休驚忌器投 敵愾

同仇多奮勵　維揚我武展宏籌　雷霆一擊殲群醜　樂土賡歌擊壤謳金門今有海上樂園美稱

大膽島大捷卅周年紀念有感

大膽行仁斯有勇　相連心膂孰能孤　雲遮洪獄煙塵燼　潮撼金城血淚俱　義烈三谿垂典範　精忠一島樹嘉謨　婦孺樂道當年事　捷報宏播達九衢

仰瞻毋忘在莒勒石

鬣石苔深鬱古斑　高峰俯瞰料羅灣　風濤日夕鳴鼉鼓　草木推移向故山　待挽天河清積污　欲新長策拯時艱　元戎垂訓毋忘意　在莒猶將指顧還

亞洲自由堡壘—金馬

長城海上拱金門　群嶼星羅虎豹蹲　民主殿堂爲柱石　自由堡壘護乾坤　晴空皎日明征旆　長夜霜杓肅列屯　駟鐵雄風歌未已　國威重振賴軍魂

亞洲詩人大會紀盛

亞東文運啓新機　洲際騷壇未式微　詩教弘揚承道統　人倫丕振繼前徽　大匡正鵠宜無外　會合群龍定有歸　紀本溫柔敦厚意　盛從華實見光輝

重觀寒流影集感作 六律

百劫餘生客裏過　幾曾韜劍似投梭　飛揚跋扈譏橫槊　養晦沉潛正枕戈　筆可

誅奸猶斧鉞 文能滌垢亦江河 還當善養如山氣 莫使豪情逐逝波 肯信
但識兩間瀰正氣 未聞角徵叶宮商 赤祲久蝕他山石 白屋偏凝永夜霜
堅貞能致祜 從知暴戾有餘殃 法家拂士如香草 自浼焉期得自強
戈能返日亟同揮 故土沉淪事事非 梟獍肆張悲道喪 狸牲晝竄苦長饑 鏡花
水月形多幻 腐草秋螢願總違 駟鐵雄風期國士 同仇敵愾誦無衣
沍固寒冰夏水襄 干城尤貴建心防 梅因雪重丰神旺 菊以霜嚴叢蕊黃 失喜
何須疑馬角 銜哀至竟笑鴟張 居安宜切思危誡 長爇丹忱一瓣香
懷憂砌恨一時並 微命橫流夢亦驚 詭譎風雲翻覆手 有無冰炭死生情 窺魚
計拙徒危立 待兔心勞祗苦迎 與虎謀皮終可憾 壁間匣劍又宵鳴
久撐醒眼望春回 淑氣沖和景運開 百鍊金剛終不壞 高焚鐵幕總成灰 飲河
鼷鼠寧知止 食腐狂鴟亦可哀 但得收京酬宿願 草堂歸計亦悠哉

讀南海血書感作 二律

鳴哀象郡嘆芸芸 海上留書豈獨云 榮辱侵尋寧自取 死生劫罅亦難分 雁鴻
宿澤猶知戒 燕雀處堂應慮焚 雲外神州縈醒眼 忍教橐筆老參軍
擘牋字字識辛酸 欲說還休感萬端 瀝血成文披赤膽 椎心苦語見瑤肝 吞嬴
完璧終歸趙 興漢安劉亦報韓 南海波濤餘痛淚 亂時誰復恥危冠

奉題逸廬詩存

聲華卅載重瀛洲 祇寫豪情不寫愁 鼓吹中興時自許 弘揚詩教願長酬 珠璣滿紙元無價 琬琰藏山信有秋 一卷沉吟消俗障 還期瓊玖早相投

逸心詞長見貽長句並贈法書次韻申謝兼似同座諸君子

自笑交遊疏 逃名守園宅 蒞止喜翩然 聯袂疑仙客 抵掌快傾談 略不拘形跡 言笑接琴樽 兼味無肴核 但得素心人 便宜浮大白 忽復捧瑤章 藻飾多芬澤 嚶鳴喜友聲 相偕盡詞伯 筆陣嚴吟壇 豪雄爲側席 守拙藐我躬 敝帚珍圭璧 忠愛溯風騷 情見肝膽赤 違難東海隅 世局歷橫逆 結廬在文山 心遠境自闢 坐擁專書城 差可樂晨夕 願共對晴川 高吟動泉石

愛老九五生朝有詩述懷次韻奉賀 四律

天涯久客意如何 歸夢時酣夜渡河 積健元期長不老 含和每喜共長歌 耐寒勁柏舒貞榦 挺秀虬松護碧蘿 教澤沛從仁澤廣 春風化育及菁莪

籜冠籐杖水雲居 抱道弘文細著書 學邃徊環循理路 蔓除坦蕩賴經鋤 德門欲傍傳心帳 仁里常停問字車 乾惕不忘身在莒 安和長念故城墟

始自稀齡尚壯年 翕如聲詠亦鏗然 忘名無我歸平淡 樂道純眞見性天 目極家山迷遠浦 夢隨歸雁入晴川 相期結伴還鄉日 春水微波泛畫船

時深惕勵久居安　自是推誠宇宙寬　吞吐大荒資嘯詠　吸呼百代任高寒　中興
景運宜長頌　翰墨生涯得靜觀　聊以和章虔介壽　殷勤還爲勸加餐

奉賀大華晚報創刊卅年 二律

大醇夙著春秋筆　華國文章世所欽　晚度雍容稱雅健　報風質實見雄深　創言
常贊匡時策　刊論無違治世音　卅載中興賡鼓吹　年長猶待作南鍼
卅年瀛海叶同聲　筆陣森嚴起劍鳴　不作呻吟空寫恨　但攄忠愛勵收京　中興
氣象恢新運　上國衣冠返石城　誅伐今非王者事　千秋志業託詩盟

八仙會初冬首集分韻得口字

海國進安和　年豐登大有　恰擬地行仙　杜陵非窮叟　長歌遏行雲　聲落玉盤
走　謦欬盡珠璣　錦心兼繡口　耄耋羨康彊　文光射牛斗　少壯猶稚齡　喜得
忘年友　問道近諸賢　橫經欣捧手　強項笑平生　甘爲一低首　淑世有嘉言
功德垂不朽　詩鐸與警鐘　同作獅子吼　世事嘆滄桑　白雲驚蒼狗　羈旅客天
涯　物換星移久　呈瑞兆黃雲　龍見逢三九　返旆早收京　更飲黃龍酒　仙
袂縱飄飄　仍盼返田畝　但願泛歸槎　故山長相守　結廬在人間　門前種五柳
心靜天地寬　琴語君知否　修得到梅花　無愧炎黃後　韻事盛流傳　無獨今
有偶　爲問今何年　樂歲丁辛酉

感時八律

卅年薪膽勵收京　風雨危樓百感并　苦恨無家歸范蠡　悲歌有市覓荊卿　揚舲欲奮澄清志　擊筑誰傳變徵聲　野火燒空傷禹甸　夜潮長作不平鳴

鬱氣飆風起迅雷　狂濤疊浪撼三臺　橫流無損金湯固　烈燄終焚鐵幕開　青鳥幾聞修好至　白宮每爲遂非來　護根願挈梅臺樹　移向紫金山上栽

美自雅爾達密約白皮書以至與我斷交皆屬罔顧公理正義遂非怙惡之舉

海隅違難任棲遲　總爲還鄉信有期　去日歸帆成舊夢　來時宿願入新詩　夕陽無補殘紅倦　山色平添亂樹悲　何似源頭多活水　八荒沾溉益蕃滋

等是牝雞譏失晨　哀猿噭夜亦酸辛　正常化矣長遺患　不得終之忍反眞　敵愾同仇宜奮迅　圖強自立合貞純　蓬瀛卅載居安意　恥說東來爲避秦

卡特久陷外交困境妄思有以突破遂倉猝與中共建交鑄成大錯遺患無窮所謂關係正常化實一不得了之局也

夢裏雲山望裏遙　故園風雨正瀟瀟　千村灶冷灰同燼　百姓身捐腹亦枵　自是腥羶招蟻聚　何堪權虜肆鴟囂　傷心引虎驅狼策　趨蹌徒煩媚赤朝

覆雨翻雲計屢更　何堪毀約復寒盟　豈緣骨媚思多舛　總爲心虛氣失平　海上長城元自矢　中流砥柱足相衡　從知非類皆無賴　誰解恩深惜友生

日人忘恩於前美又負義於後用知非我族類之不可信任千古一例

倦眸久矣望昇平　訪戴舟虛負月明　青眼座中勞許郭　悲歌市上識高荊　先從隗始臺應在　不待辭終我已驚　兩及名軒深意重　猶期攬轡事澄清

近以兩及名軒取其劍及履及篤實踐履之意以自規勉

遙傷杜若老芳洲　昔夢猶酣忽白頭　精衛未虛啣石願　祖生合作濟川舟　奮揚每念還鄉日　乾惕無忘在莒秋　湖海元龍豪語壯　收京韜劍一登樓

春暉吟 百韻

先慈劉太夫人百齡冥誕紀念

罔極親恩慚莫報　孺慕思深與日長　戒愼持躬期不辱　尊親無計老上庠　萊衣每羨堂前舞　親如可待老何妨　淑世心殷徒自苦　空言報國有文章　咎愆但愧辜慈訓　未曾獻替及廟廊　秋深益覺春暉暖　天教雙十遇重陽　頻年已淡登高興　舉頭怕望白雲鄉　生如寄旅元草草　慈恩深重未敢忘　屈指靈萱今百歲清徽懿範永留芳　瞻依猶記牽衣日　述德爲荐菊花觴　吾家清貴本儒素　傳經種德守書香　母來一門方貴盛　事親相夫肅彝常　勤儉持家嫻內則　辛勤教子本義方　先君負笈東瀛去　盟會興中事共襄　清廷窳政日以壞　革命風雲勢益張　歸作山長主書院　一時俊彥列門牆　分憂母共艱虞事　沉毅堅貞無彷徨

鼎革共和清社屋　大漢河山喜重光　遊宦齊魯膺民社　於時道路多風霜　清廉
自矢家易落　不使遺金誤昂藏　仁者有勇終殉道　不死沙場亦國殤　藎篋遺編
皆上策　萬民傘在思甘棠　撫孤事重母自任　稚弱盈室相依傍　我年始齔已喪
父　牙牙學語正扶床　啼饑號寒尋常事　不解問天但呼娘　繞室煩憂誰可告
總緣世態多炎涼　但有婢僮能尚義　都云甘苦願共嘗　情殷語摯無求去　卻看
戚黨逞豪強　長貧典質有時盡　換錢早已及奩妝　門嚴莫笑貪眠犬　甕罄略無
引鼠糧　鋤經續火元家法　一燈長映讀書堂　慈母已然兼嚴父　更作良師督教
忙　日夕操勞無暇晷　不近鏡臺近文房　童言偶博課兒樂　相期春草生池塘
諄諄面命儆驕惰　勤可補拙誡勿荒　但能自惜時磨琢　何須美玉出崑岡　偶涉
嬉遊違庭訓　嚴訶不至但神傷　長夜相看無一語　仰窺痛淚已汪汪　嚴憚自約
期無忝　時維奮勵願少償　欲紹弓裘恢祖德　積善方能奕世昌　平居御下多寬
厚　敷澤懷恩久未央　潤寡時分傾甕米　賙貧常解將罄囊　稚子無知偶接目
輒言小善莫張揚　蔬食飲水薄自奉　憫念廢疾樂輸將　接鄰亦有孤寒輩　時復
隨贈舊時裳　門庭幾已貧如洗　猶自家風肅令望　或謂德門宜有後　應多騏驥
各騰驤　母聞斂容謙自抑　但云爝火祇微茫　樂道於人貴有守　相期瑩潔如圭
璋　常言爲善須竭力　豈緣祈福求禎祥　深信自求能多福　膝下兒女已成行
安分樂天勤奮進　何須騰達繼飛黃　世路崎嶇多艱阻　貞恒勇毅即康莊　昆季
立身本忠孝　天空海闊任翱翔　母以高年守故宅　清閑時復近縹緗　四壁圖畫

稀寡富 一椸林蘭蔭晴廂 爐煙裊裊佛堂靜 木魚韻亦叶宮商 頤養方欣入蔗
境 能甘澹泊壽而康 蠅頭細字時能寫 家書稠疊不厭詳 叮嚀告語無瑣屑
相期二字惟忠良 東鄰構釁干戈動 板輿迎養到上洋 客寓山城多瘴厲 萑苻
宵小亦猖狂 日禱惟祈安社稷 時摩老眼望收疆 欲振民心弘社教 破土奠基
建心防 習近婦孺躬督勉 勤求生產勸農桑 一心行善多扶困 拯危渡厄作慈
航 東南戰禍風雲亟 強敵貪殘如虎狼 亂時民命同草芥 時復播遷亦倉皇
所至不忘弘德教 發聾振聵厲清剛 亦知衰朽成何事 忍聽露井泣寒螿 日落
崦嵫哀窮寇 迭傳捷報出三湘 克敵收功光禹甸 大漢聲威擅勝場 追奔逐北
王師壯 欣看道路滿壺漿 受降典重光史乘 言歸結伴托風檣 空疏行篋無長
物 但留書史尚盈箱 母言祖遺不可棄 中華文物信美臧 順流東下千帆急
歸船不讓米家舫 蒿萊故土驚心處 幾許朱門立白楊 無補時艱慚後死 瘡痍
滿目盡新創 重整家園吾輩事 母以稀齡志尚昂 督教每期勤奉獻 昕夕憂勞
總未遑 任重途遙欲何適 雲山巍巍水泱泱 東南行腳艱虞甚 興嗟國事日蜩
螗 赤燄燒空滿西北 橫流遍地失雨暘 母懷已切憂時念 辛勞猶計米鹽薑
何以家為元夙志 爰從母命一趣裝 勝緣幸結同心侶 梧桐生矣鳴鳳凰 勤儉
持家無後顧 慈竹恩深蔭文鴛 方期興復多創建 國恩家慶信無量 久敝良股
昭蘇望 何堪浩劫歷紅羊 乘桴奉母東都去 海隅違難日徜徉 善政元戎尊聖
哲 清斯濯纓出滄浪 廿年生聚兼教訓 既庶且富抑欃槍 利用厚生歸正德

人定元能勝彼蒼 安和樂利稱盛世 龍孫長發護修篁 耄歲靈萱傷頓萎 老眼未能見大匡 孺慕思深餘痛淚 祭豐何似薄稻粱 音容宛在縈魂夢 謦欬如聞擬笙簧 百年瞬息歸眞久 藐躬幸未視茫茫 爲循國史修家傳 旌表宜書紀德坊

心香瓣瓣 有序

余早歲愛梅老而彌篤爰擷梅花百詠中句足成心香瓣瓣十二律以梅自況聊抒所願并以述懷

鐵骨虬枝出秀峰

武威遺裔見雄風 鐵骨虬枝出秀峰 秘笈平戎留碩劃 琴堂理政肅閫封 傳家四壁圖書富 淑世多方胞與容 繼述元知應植德 八方寒雨老貞松

長是連床憶故林

如煙往事付微吟 長是連床憶故林 績火鋤經修夙業 揚清激濁護初心 艱難世態驚虛幻 氾濫狂流歷淺深 欲挽天河清積穢 忍教隨俗任浮沉

清才貞榦重當時

早歲受經知力學 清才貞榦重當時 先憂每凜高危意 後樂常深滿溢思 樂水樂山心自得 耽書耽史跡堪師 屠龍繡虎渾閑事 但爲收京壯鼓旗

瑩徹渾然忘骨相

詩境長隨畫境開　鏤心劚肺斧斤裁　爲求語妙思常苦　總以時危句亦哀　瑩徹渾然忘骨相　空靈元自出塵埃　溪山雨後添新綠　偶見啣春舊燕來

最是情深多隱約

杜鵑開後又蘼蕪　人隔天涯有夢無　最是情深多隱約　翻因思苦轉模糊　殷勤歸雁傳消息　省識歡顏展畫圖　莫怨雲山修萬里　也曾弱水隔蓬壺

風霜閱歷古猶今

逋仙嘯傲孤山下　坡老雄才撼士林　忠愛丹忱醒若醉　風霜閱歷古猶今　橫磨劍爲儒冠誤　漸積絲從兩鬢侵　能飯廉頗甘樂始　嗚詩豈復炫知音

高山流水感知音

身健神清自在吟　高山流水感知音　一言可蔽惟忠愛　萬刧能輕邈古今　學以商量加邃密　知因涵養轉深沉（用晦翁詩意）　鳶飛魚躍生機沛　護此純眞赤子心

此身原是住蓬萊

冰雪爲容玉作胎　此身原是住蓬萊　遊心物外無羈絆　寄跡塵寰任去來　千載須臾基一瞬　秋毫大塊共靈臺　藏山倘許成宏製　何事明時惜逸才

蕊珠光已十分圓

朝看清供夜巡簷　衝曉凌寒得氣先　挺秀青條元鬱勃　坼殷綠萼亦含妍　弄孫
最喜抛書後　畫紙尤欣對壘前　珍重華年宜惜取　蕊珠光已十分圓

總為孤高成特立

幾生修得到梅花　玉谷雲峰處處家　總爲孤高成特立　卻甘寂寞守清華　迎曦
莫效趨炎意　籠壁休新護舊紗　好自靈泉收活水　佇將春訊布天涯

夢回猶枕一溪星

貞松老榦願長青　質樸無華見性靈　往事瞢騰歸故紙　家山暈畫入銀屏　平湖
映帶期澄碧　瑞露晶瑩潤素馨　但得白雲深處住　夢回猶枕一溪星

流出空山水亦香

懶向時宜較短長　故家人盡羨仙鄉　開從雪谷花尤好　流出空山水亦香　雲外
神州新劫釁　天涯芳草舊池塘　縈心衹有中興業　但爲重光一舉觴

讀離騷

逢辰兀自對瑤編　孤憤盈腔欲問天　信有丹心銷赤祓　寧無好語送華年　美人
綺思源忠愛　香草靈根忍棄捐　甘作潛龍終不悔　騷壇辭賦至今傳

前人詠屈原詩有句云眾濁獨清原不幸卻甘不幸是人能結語師其意

贛駿太空行

昔聞長房能縮地　今有贛駿入太空　中華兒女元傑特　壯舉豈祗萬夫雄　履險如夷見沉穩　應變方知澹定功　熟慮精研凝上慧　奇技深探造化工　不勝高寒休根觸　幾人曾到廣寒宮　去來飄渺迅如電　勝似凌雲馭長風　夸父追日君莫笑　玄理測試擬神農　自然妙造眞奧秘　鍥而不捨或可窮　倘使人間無征戰　胞與萬物契和衷　咸以新知制天命　唯精唯一得其中　天人合一求至善　上治信可進大同　贛駿此行多啓迪　光芒萬丈東海東

華岡頌

爲慶祝文化大學創校廿週年紀念作

濯足萬里流　振衣千仞岡　豪情信萬丈　勝概豈尋常　創業多艱鉅　誰富弘道方　緊維張夫子　奇偉復昂藏　議壇尊祭酒　黨國爲棟樑　心殷千秋業　大成慕素王　披荊復斬棘　叢莽矗華堂　菁莪承作育　絃歌樂徜徉　敦厚歸質樸　堅毅即貞強　塡海心期切　移山志意長　集義能成事　艱虞亦何妨　黌舍連雲起　迤邐草山陽　廣廈蔭多士　在莒愼勿忘　古今一道統　興復誡毋荒　新知時涵養　舊學轉商量　十箴昭明訓註一　蔚爲觀國光　令譽聞遐邇　嘉績久彌揚　名山

稱繁富　瑞氣鬱縹緗　詩禮丰儀肅　儼然君子鄉　經筵多耆宿　講席集賢良　精勤皆力學　才藝各擅場　術德臻該備　性行自芬芳　兼修及文武　百鍊成金剛　五育能並重　濟濟盡圭璋　千秋方弱冠　遠景定休祥　百尺竿頭進　至善期上庠　嘉名錫文化註二　教澤信無疆

註一　張創辦人曉公嘗手訂華岡十箴以與全體師生共勉箴曰樂觀惜陰勤學儉樸仁愛正義忠恕誠信大公中道余曾各繫一律俾與諸生口誦心維以資循守

註二　本校校名為先總統蔣公所嘉錫蓋以弘揚中華道統復興固有文化相期勉也

馬祖行　用杜工部秋興元韻

展黃花岡之役連江十烈士紀念碑

日夜濤聲撼石林　南竿劍氣自森森　長城海上金湯固　洪獄雲中鐵幕陰　的皪黃花凝碧血　皎然明月證初心　家山悵望猶暝晦　急雨寒風泣暮砧

天后宮懷古

雁影橫秋日影斜　臨流晝靜遠繁華　莊嚴廟貌含蜃氣　縹渺仙蹤憶斷槎　瀛海波澄縈客思　神州霧重咽悲笳　陰霾掃淨重光日　作頌先開彩筆花

天馬基地

霞彩晴空釀夕暉　投林歸鳥入霏微　開張天馬凌霄起　矯健虬龍破壁飛　倦眼望鄉寧久待　人心思漢豈長違　隨風一幟雲霓似　鐵騎秋高信已肥

眺望大陸

空言本幻事如棋　殘局難收劇可悲　夜永家山猶未旦　日中蓬島正芳時　椎心骨肉天涯隔　耀眼霓旌羽檄馳　仁暴千秋都一例　興亡鏡鑑繫深思

海疆鎖鑰

雲濤千頃羃家山　鎖鑰橫江左海間　盈壑妖氛猶巨浸　成城衆志即雄關　中懷激越風帆語　生色傾頹夕照顏　展旆收京看指日　威儀重整漢朝班

大漢據點

晨笳警夢戍營頭　漢幟迎風肅九秋　龍起長吟元出困　鵬摶作健不知愁　期同壯舉雲中鶴　屏盡機心水上鷗　應變圖強根善道　雄飛夙願定神州

勝利書齋

黃卷深藏淑世功　書城況在翠華中　商量舊學明時策　涵養新知國士風　午夢縈迴千牘富　夜窗隱映一燈紅　齋名勝利宜行健　喜有窮經白首翁

津沙水庫

林壑幽深路逶迤　追源今喜得清陂　須知涓滴皆瓊液　肯信奔泉勝露枝　沙上綠洲元可擬　島中流澤信難移　賡歌德惠思棠蔭　楊柳依依兩岸垂

奉賀叔寒詞丈八秩鑽婚雙慶 二律

介壽筵開喜詠歌　春明煙景正清和　汾陽福澤流波永　大樹勳華覆蔭多　鑽石情堅誠後樂　收京志遠未銷磨　稱觴爲進長生酒　結伴還鄉一醉酡

披堅執銳掃千軍　壯志豪情久已聞　樹德樹風皆淑世　允文允武兩空群　情堅鑽石丰神旺　壽比南山福澤殷　桂馥蘭馨爭獻瑞　齊眉尤喜共揚芬

詩學研究所成立二十周年賦賀

千秋盛業以文雄　詩教弘揚晉大同　沾溉長流宏化育　絃歌多士喜從風　先憂志事吟情健　後樂襟期禮意隆　廿載騷壇崇譽望　金聲玉振肅黌宮

戊辰禊集

華岡廿載契詩盟　扢雅揚芬肅正聲　至善流觴懷曲水　追歡禊集到書城　程功涓涘成江海　績學覃思作鑑衡　抱道扶輪嚴筆陣　中興大業仗心兵

奉賀梅嶺先生九秩榮慶

梅雪相因增皎潔　嶺雲長是作甘霖　先花冷艷催春至　生色溫良植德深　九合
藝壇桃李盛　秩倫繪事顧黃欽　榮名久享期頤近　慶溢吟樽月上琴

奉和白翎詞兄春人社碧潭雅集元玉

綠波嵐翠弄春柔　喜共飛觴屢雅儔　畫舫輕搖人入畫　名園遙望夢歸游　煙籠
潭水深如許　詩振騷風韻欲流　好為溪山添勝跡　長虹伴影倚橋頭

秋思

一縷輕愁一縷煙　撩人幽思最纏綿　忽驚露重侵階濕　乍覺衣寬入夜添　霞蔚
雲蒸波未定　鷺痴鷗懶燕堪憐　此心原似秋容澹　老圃風清月更圓

壽曉師八秩榮慶

師儒一代推宗匠　碩德沖懷得太和　勳望廟堂尊祭酒　風徽壇坫競謳歌　成蹊
桃李清芬甚　淑世文章鼓吹多　已羨藏山弘鉅作　大椿長蔭萬年柯

弧觴雅集消寒二首

垂老豪情尚未闌　盛冬清景肅高寒　平戎策豈塵封久　淑世方宜燭夜看　梅訊
好傳歸訊早　詩心聊慰客心歡　放翁勝慨坡翁趣　更羨淵明抱醉彈
客懷世味久曾諳　春水微波幾度藍　東海澄瀾思九五　西樓眉月憶初三　龍飛

早見中興兆　觴詠猶深曲水慚　酒入詩腸元易醉　可堪重唱望江南

奉和愛老元日感作元玉 四律

盛業中興開景運　大年耆德羨眞如　昌言迭誦粱溪疏　聞捷紛傳子美書　題壁
詩宜供勒石　摳衣人共喜隨車　卿雲復旦江天曉　梅訊先春到草廬

春風先放向南枝　冰泮欣傳解凍時　道統緜長源舊學　文明鬱勃蔚新知　三民
主義終能一　唯物狂言總易歧　欲遏橫流須奮迅　居安宜切處危思

民主精神重自由　至仁無敵暴焉酬　無疆福祉成隆治　有道宏基奠遠謀　異族
循非嗤一貉　殊途求是笑三頭　風雲變幻終迷局　執兩居中協九州

優遊海國愧矜全　億兆生民尙倒懸　勇毅魯陽終返日　精誠滄海欲回天　遐方
喜報金聲振　寰宇欣聞羽檄傳　萬馬收京知不遠　凱歌合頌太平年

守歲履端喜賦 四律

欣聞爆竹迎新歲　都道今年勝去年　舊業恢張賡道統　主流綿邈繼長川　還鄉
夢逐歸雲遠　結伴心期凱奏旋　萬馬收京西渡日　投鞭且復繫吟鞭

海國春甦興復兆　江河懷抱亦汪洋　書元硯聚翔龍墨　守歲爐添瑞鳳香　夜盡
起迎初日曉　軒高坐浥玉梅芳　強撐醉眼還相笑　誤認他鄉是故鄉

寶島長春本少寒　文窗瑞竹報平安　畫圖省識山川美　筆墨休隨歲月殘　社稷祥和多穆穆　貔貅神武總桓桓　賣刀買犢時難卜　淑世方宜燭夜看

小苑巡行滿袖香　故山勝景總難忘　激將飛瀑清花室　引得春風煖草堂　翠竹有心梅有訊　青山無恙壽無量　王師西定神州日　好寫中興開濟章

敬和愛老九六生日書感元玉錄呈粲政

歸飛萬里肅清秋　雲鶴吟身客思悠　破浪乘風猶入夢　投鞭攬轡尙難酬　佇看陶令東籬菊　不負元龍百尺樓　天爲詩人留巨眼　王師指顧復神州

至善純仁及大成　英才樂育慰平生　化民榘範滋流澤　弘道風徽示遠程　末世文章雖可扼　千秋義理孰能阬　中興偉業基明德　禹甸遙瞻斗柄橫

久作長春海國居　年豐歲足樂三餘　晨興笑送高飛鳥　夜坐頻翻屢讀書　逐北雄風歌駟鐵　刺天壯志賦凌虛　還鄉佇待收京日　漭瀁能容巨壑魚

性理原如物象眞　同心四海古梅春　先花早體凌寒意　後樂相期淑世人　氣定神閑成靜一　朝乾夕惕得和均　康彊爲賦岡陵頌　慧炬長賡續火薪

奉和白翎兄退休感賦元玉

鳧短鶴長憑屈伸　安和得氣即如春　江河懷抱欣同概　雅健豪雄集一身　作債溪山酬志業　工詩境界合天人　歸雲猶自思霖雨　活水源頭永不淪

摩耶精舍雅集賦呈髯翁大師

摩耶精舍一神仙　齒德優尊藝事傳　腕底風雷凝水墨　胸中丘壑鬱雲煙　愛梅
早許推知己　好石眞堪邁昔賢　此日名園欣雅集　蘭亭勝跡擬當年

奉頒資深績優政務官一等獎章荷承友好見賀賦此報謝

卅載東都坐冷衙　不驚寵辱不增華　身兼數職忙中樂註一　口有餘甘飯後茶　平
實惟期多奉獻　沉潛久已厭雄誇註二　天心亦識風荷澹　榴火初燃一樹花

註一因係待命機構組織精簡人兼數職自得忙中之樂
註二放翁有老來隨俗厭雄誇之句爰師其意

壬戌上巳修禊陽明池畔

繁花似錦柳如絲　映帶溪山入小詩　雅抱淵渟凝翠靄　豪情激越鬱清池　頻年
已怯登樓意　積日猶殷擊楫思　曲水浮觴追往跡　中興有頌副明時

英雄末路以詩傳 有序

世皆以淵明爲隱逸高人而舒鐵雲詠陶詩有英雄末路以詩傳之句獨具慧眼寄慨良深是眞能知元亮者因念若屈靈均阮嗣宗杜少陵李青蓮蘇東坡陸放翁辛稼軒等無一非英雄人物皆扼於世而以詩鳴因成七言五律用誌所感諸賢天上有知或將嗤余多事強作解人也

英雄末路以詩傳　不事收疆事硯田　擊楫祖生空誓水　乘風宗少入高年　宵鳴久負匣中劍　太息徒慚物外緣　故國河山縈夢寐　一竿釣雨望歸船

三徑長荒志未酬　英雄末路以詩傳　胸襟澹定湖山外　心眼蕭疏寂寞邊　遠岫歸雲寧解意　無絃琴趣足忘年　孤松獨撫蒼茫裏　吟就閑情亦惘然

明時韜晦猶籌策　志事隨波負錦牋　國士心期緣菊見　英雄末路以詩傳　經霜勁節凝貞幹　歷劫豪情託玉篇　入聖少陵還自笑　謫仙空許李青蓮

劍已塵封筆未捐　忘憂肯作醉中仙　東來津渡桃源近　西望關河烽火連　老驥初心惟夢騁　英雄末路以詩傳　猶堪叱咤風雲動　一字吟成萬象牽

浩然正氣鬱青編　肝膽照人陸地仙　寸管能開新境界　心聲聊遣舊塵緣　蘇辛詞采嗣宗嘯　屈賈煩冤務觀還　忠愛行仁同不匱　英雄末路以詩傳

奉和滁非兄花事感詠元玉二首

辛苦盆盎景已蘇　一窗深綠若融酥　殷勤會得裁春意　準擬移根禹甸乎

百樹千花足萬殊　小罌雨露亦宏敷　功深造化開璀璨　珠蕊瓊葩等鳳雛

奉題漢山詞長詩集

如椽直筆如山氣　大呂黃鐘取次鳴　奇響研訇歸雅正　元音滁盪任縱橫　一言可蔽唯忠愛　萬有能新見性情　淑世詩原堪載道　中興志業仗心兵

論詩六章

溫淳莫自入尖新　亂髮麤頭亦可人　細琢勤雕留跡象　何如樸茂見丰神
不傷老大不嗟貧　曲達直攄皆出塵　春水微瀾干底事　忘機無我即天眞
詩心二字唯忠愛　胞與爲懷本至仁　質樸自然高格調　騷魂千古仰貞純
涵泳宜深無淺露　立言溫厚少譏評　陽和旣動消冰泮　煦育功宏重老成
從知聖善出純眞　花放流長處處春　充實光輝之謂美　心非明鏡本無塵
妙語天成元宿慧　推敲亦見苦經營　山從險處因峰轉　常以勤修惜令名

慰白翎

白翎詞兄近得家書及其夫人玉照有詩誌感語摯情眞見者動容賦此以慰

駒隙遙從劫隙過　卅年訊息竟如何　詩魂客夜歡情少　鄉夢春江別淚多　啼鳥驚心餘歎惋　離人苦語託吟哦　畫圖喜共雙眉展　萬斛愁思付綠波

奉題晦軒蕪稿

遺大投艱能自晦　以蕪名稿轉敷榮　窮通誰謂關才命　德惠從知出性情　化育功深桃李盛　痌瘝意重禮文明　延釐玉樹芬芳甚　萬本梅花徹骨清

親民浮雕呈獻總統詩以紀盛

海上仁師一幟飄　群謳擊壤尚歌堯　農興豈祇豐年足　民富端如勝國饒　善政

熙和昭日月　高情肫摯若瓊瑤　憑將萬斛葵傾意　刻骨銘心細細雕

大荒詞長以病起口占四章見示賦此奉慰

梅開雪霽好春前　病起清吟喜靜便　載道常懷浮海客　飛觴遙祝地行仙　大椿貞幹宜長健　達士襟期信自堅　二豎既袪銷赤祓　還鄉結伴待來年

灝翁以韓遊百詠見示賦此報謝

高詠瑤編紀勝遊　雞林聲價古難侔　遙山供翠明黃絹　江月流輝豁醉眸　萬丈豪情資一嘯　李朝遺事付閑謳　文章自是千秋業　不負元龍百尺樓

奉和白翎詞長辛酉新春抒懷瑤韻

違難長年滯海涯　忍看結隊逐香車　鵬摶每挾凌雲志　鶴舞偏鄰傲雪花　失喜朋簪詩尚健　忘情太上興猶賒　蓬瀛佳氣春常在　雙燕翻飛合有家

東坡生日弧觴雅集賦呈同座諸君子

故國縈心赤壁遊　可曾有夢到黃樓　命宮魔蝎生多謗　玉宇高寒感不休　淑世文章空異代　傷時詞賦亦千秋　居安誰會思危意　忍逐江河日夜流

辛酉春分觴集二首

天心起蟄早驚雷　運會中興景運開　調適雨暘如善政　甘霖一夜遍三臺

和氣初凝瑞色開　陰陽契合夜聞雷　歸雲佇願成霖雨　化及神州遍草萊

靜怡女史以在苦難中成長詩集見贈賦此申謝

清才織就勢如虹　字字珠璣琬琰同　茁自艱虞成勁節　生從奮勵得天功　抒誠語自歸眞善　去僞詩宜得美崇　手倦扶頭含淚看　心知法統不長東

意謂全民堅此信念必能早日復國不致長此播遷東都也

奉題毅廬詩存

端凝博識復瞻前　詩苑清才羨俊賢　報我瓊瑤多典重　風人圭臬亦高騫　文章憎命輕騰達　志業匡時忍棄捐　長夜神州猶未旦　苦撐醒眼對遺編

奉題雅南詩集

雅士襟懷國士風　南強勇毅北強雄　詩章動望千秋重　集義元如淑世同

奉和愛老九七生日書感元玉 四律

鴻儒結習已全除　海宇雲高意自如　破卷存胸談亦健　收京放眼願非虛　潛修德業關今古　樂育菁莪護本初　最喜清風能解意　夜深爲合枕邊書

扶鋤抱甕樂西疇　新綠頻添野色油　動定遊心皆福慧　貪嗔興念即愆尤　弧觴爲晉長生酒　錦瑟低吟不老秋　三祝華封期永壽　梅花知己幾生修

饑溺長縈志士憂　康強而外復何求　雲牋爲獻南山頌　羽檄將消北海愁　倚馬猶堪書露布　聞雞還擬舞桑柔　卅年蓬島春長好　未必雄心負白頭

秋潮萬丈撼晴空　豪氣干雲憶髯公　草聖風徽驚末俗　詩仙志概邁蒼松　中興復國心愈壯　起敝扶衰志未窮　垂老還鄉何所望　玉梅長伴水仙宮

奉題天壽詞人海嶠行存稿

天南橐筆以詩鳴　壽世心殷仰老成　詞本貞強多勁健　人緣耿介見醇清　海疆雨潤春長好　嶠域風和浪自平　行止動關邦國計　稿存忠愛出眞情

贈索忍尼辛大文豪

諍友欣聞有索翁　名言讜論啓痴聾　口誅吻合春秋義　筆伐森如斧鉞同　豈止旋風生震撼　直教信念得和通　人豪典範雍容甚　鳴鐸宏收警世功

奉和慕萱詞長四居傳統詩會展望元玉

弘文盛會喜新周　海爲能容匯衆流　敦厚緣風成美俗　溫柔循頌託清謳　高華雅健多豪概　質樸貞純見夙修　道統天心原一貫　興詩旨要復神州

商工產品及文物展覽誌盛

富國匡時仗達材　能從平地起樓臺　貿遷貨殖群商集　締造經營大匠來　科技

新知稱鼎盛　精神文物亦閎開　齊民要術原宏博　術德兼資義利賅

贈書綿畫家

書香世業承先德　綿澤溫陵衍武陵　畫筆能同文筆健　家風藝事兩堪稱

梅川先生書畫回顧展

梅花標格玉精神　川海同源與德鄰　先綻瓊英元雅潔　生成鐵骨本忠純　回鄉
願似雲山近　顧墨心如歲月新　畫意書香收尺幅　展教藝苑富傳薪

謝達予先生惠贈所書法帖

風憲清徽尊祭酒　雍容書道綻奇葩　三臺夙仰丰儀峻　一卷遙頒德意加　鐵劃
銀鉤欽雅健　內充外溢見動華　鍾王譽望千秋業　釣渭經綸更足誇

四海詩聲

道統攸長法統存　錦心繡口鬱詩魂　一言可蔽唯忠愛　奕代相承益達尊　鎔鑄
六經歸雅正　扢揚名教遍乾坤　大同宏願終能遂　要汲靈泉活水源

我愛梅花展觀後

凌寒擢秀擬中華　都道高標最可誇　寫入素牋根有託　勻將粉本夢無涯　移從
雪谷神仙境　出自孤山處士家　折取憑誰遙寄贈　故園風雨正交加

奉題退齋詩存

山陽風義重遺編　樹幟春人媲昔賢　後樂襟期多憫亂　先憂志事悵歸田　物情勘盡方能退　至性惟眞始得全　一片丹心兼俠骨　前身合是李青蓮

怡人畫苑夢龍個展

怡情養性騁神遊　人境清虛意境悠　畫筆能收天下妙　苑風爲盪俗塵愁　夢頻常憶江南好　龍蟄還思化雨稠　個裏乾坤誰解識　展教德慧勵雙修

遂初喜賦

樂始年方賦遂初　庭園雅淡菊花疏　可先畫紙成圍局　且待攜竿學釣魚　惟有寸心縈國運　更無吏事浼眞吾　萱堂慈蔭梅卿意　一襲新裝各自如

憶金陵

違難蓬瀛久　風濤幾度驚　心縈陵闕樹　夢繞石頭城　欲祓紅羊刧　宜堅白馬盟　澄清元夙志　指顧告收京

賡虞詞長書展成功

憑將馳騁疆場意　揮灑煙雲八法賅　純孝尊親周百歲　孤忠攄憤鬱三臺　崇樓隱隱龍蛇舞　一室森森劍戟開　勝概當年誰可擬　彭郎奪得小姑回

賡虞尊親書展成功

賡歌罔極頌卿雲　虞日堯天景運欣　尊古傳薪崇八法　親仁繼志掃千軍　書承褚柳傾追慕　展對鍾王淨俗氛　成德正心形墨妙　功深旨奧邁三墳

賀阮毅成社長出主春人詩社

憑將淑世匡時意　來主三臺大雅盟　揖讓春人多隱逸　雍容中社萃菁英　成蹊桃李敷榮甚　善政琴樽訟累平　世業騷壇尊祭酒　百年吟望肅華旌

喜見閩海詩壇刊行

天南一幟壯閩疆　瀛海風濤萬里長　筆陣初圓多肅穆　文園起步見安祥　詩心二字惟忠愛　辭旨微言益奮揚　鼓吹中興吾輩事　莫教歲月任徜徉

癸亥重九

年年風雨釀重陽　籬菊秋深勁益香　苦憶家山虛九日　每驚客夢醒他鄉　遙空寥闊來孤雁　赤地荒涼泣病螿　書劍天涯休悵望　還當擊楫速歸航

華岡登高北望中原有感

立馬泰山願未償　振衣歲歲上華岡　中原冰雪猶沍固　左海波濤入杳茫　牧野鷹揚宜壯盛　燕雲虎踞尙猖狂　蒼生歷劫多憂患　好拯元元定鼎常

嶺海樓詩鈔讀後記

嶺梅初放傳春訊 海嶠雲蒸釀晚霞 樓外峰青凝秀句 詩中志定見豪情 鈔將警語嚴誅伐 讀罷瑤編辨晦明 後樂襟期尊一老 記曾草檄肅收京

冬感

冬來春已近 心曠自如如 晨送高飛鳥 宵翻屢讀書 小軒臨遠岫 長巷隱深居 夢裏家山杳 天涯悵歲餘

網溪詩社成立七周年紀慶

網玉羅珊亦伯圖 溪山作債任歌呼 詩緣樸拙彌眞善 社以安和益美腴 成德成功寧有別 立心立命本無殊 紀年來復今方始 盛世聲華慶永孚

奉賀宋膺先生東南亞行腳攝影展

須彌芥子同無外 鏡裏乾坤亦壯觀 虹彩嵐光開境界 蕉風椰雨滌雲巒 衆生妙相供詩料 名物炎方簇錦團 慧炬匠心成傑構 依稀勝景眼前看

奉題大雅齋孝思集

鹿水煙波綿世澤 江鄉如畫亦如詩 雅言淑世留清譽 集義風人有孝思 至善中和宜合德 煖晴樂利正明時 雲涯吟望收京日 軒舉鵬摶喜未遲

哭曉峰師

續學貞恆兼勇毅　由無到有豈天成　金聲玉振華岡盛　源遠流長道統賡　修史樓高懷涑水　弘文館邃憶陽明　恩深曾立程門雪　志業橫渠證此生

詩研所碧山雅集有作

陰晴風雨總登樓　莫負蓬瀛好箇秋　放眼家園銷竹幕　縈心仁里決橫流　祛邪合共茱萸佩　養正宜循性理求　健翮雄飛容未倦　碧山雲外是神州

元日感作

海山雲外有神州　水火猶深愴逆流　梅綻爲傳春訊早　爆喧遙報客情悠　酒香已澹書香永　鞭影宜隨劍影遒　爭說今朝新甲子　兩京指顧望中收

淨化社會風氣 有序

彰化二水鄉聖化村自治功宏締造零犯罪紀錄良風美俗榮獲謝資政東閔頒給獎狀處今文化失調之時誠不多見之盛事也爲賦一律以勵淨化社會運動之開展

欲得安和先樂利　無爲有守致休祥　大同盛世非難至　郅治良圖貴自強　循禮行仁知律己　明廉取義愼恢張　中興志事遵常道　舉國宜隨聖化鄉

寄后齋申謝

清明前一日后齋雅集同座詩友逸興遄飛揮毫聯吟各有佳作會後重荷珠玉紛投迴環雒誦彌深感佩謹步東主及承周詞丈元玉錄呈粲政

禊集追歡憶昔賢　樓高雲近得春先　書城坐聽敲窗雨　墨海沉酣滴翠煙　契合情溫同玉潤　輕圓語妙喜珠聯　飛觴等有流觴趣　一座人歌不夜天

尚友詞林共小游　不甘吟苦作詩囚　逍遙恰擬沖霄鶴　飄逸還如戲水鷗　才捷思深元宿慧　氣清骨峭信前修　梅花明月眞知己　後樂高齋韻事留

情同市隱集吟儔　勝似清溪竹外樓　大雅扶輪多碩彥　高風接席盡名流　墨香浸潤書香永　詩興方酣酒興休　飽德飲和元未醉　留將健筆續神遊

英雄亦可以詩豪　鬥句聯吟意興高　誅伐今當嚴筆陣　正邪尤切辨秋毫　情同元白詩如孟　書尚鍾王酒似陶　舍我其誰宜自許　天聲丕振仗吾曹

春曉敬步王誠詞長元玉 三律

新綠晴波照眼明　園梅冬後尚敷榮　高簷先醒迎暄雀　濃睡頻驚喚夢鶯　卅載天涯成倦客　一隅海角滯鄉情　奮揚最羨聞雞舞　爲惜韶華薄利名

歲時可喜是春明　初動陽和草木榮　掠影欣看雙語燕　搖青誤認舊啼鶯　乘桴不作逃秦計　磨劍猶殷復國情　抱道弘文期淑世　鳴詩豈爲博虛名

春如永夜接平明　老樹枯荄亦向榮　軟語呢喃嗤幕燕　迎風嬌囀慣啼鶯　遙峰凝翠添新象　霖雨蒼生潤物情　動定攸關天下計　文章有價遠浮名

奉題印尼僑聲雙月刊步留園詞長元玉

衛道未聞以武成　千秋志業足平生　炎洲僑社多康樂　華胄殊方亦弟兄　筆陣堂堂風可肅　鼎言諤諤任非輕　興邦淑世元音壯　大漢雄文作正聲

春人社課春望作品評騭既定謹就前五名勝作各和一律錄奉乃偉新生藹廬孟右重熹五老粲正幷示同社諸君子

梅傳消息不須催　誰謂寒深意已灰　淑氣釀和人益健　新枝綻蕊夢方回　遊心縱目煙塵滅　結伴還鄉杖履陪　一髮青山時入眼　相期痛飲共傾杯

四季如春稱寶島　天心著意試長鯤　陰晴明晦風雲湧　霧露煙嵐日夕昏　檻外青山多積翠　源頭活水豈常渾　新機迭趁貞元啓　冬暖秋涼夏亦溫

閑倚闌干日影長　佇看蝶舞又蜂忙　輕盈掠水歸雙燕　婀娜迎風浥衆芳　新漲晴川浮鴨綠　初醒嫩柳織鵝黃　緝熙鼓腹民康樂　善政揚庥沐德洋

偶亦長歌一倚闌　養花天氣釀輕寒　臨池手倦憑窗望　磨劍心殷斫地看　雲外家山猶暝晦　客中歲月忍貪歡　蓬瀛元是勝遊處　卻擁書城對表桓註

註　桓爲古郵亭表幟之木此處喻爲苦盼天涯春訊

卅載家園入夢頻　遙傷春色雜荒榛　愁紅疑是啼鵑血　凝黛翻憐浣女顰　花木敷榮元解語　聲詩妙達亦通神　九州喁望來蘇意　霖雨天心本好仁

奉和李嘉溪詞長春望元玉

如畫溪山氣象新　鶯梭穿柳織芳辰　晴嵐掩映含顰對　潭水潺湲細語親　耀眼風華招燕妬　流青翠靄惹愁頻　養心何必花穠處　雲影波光兩入神

疊韻奉和靄廬詞長 二律

最愛心閑日正長　硯田尤喜筆耕忙　呼晴鳩婦求同好　積翠煙嵐浥衆芳　陌上花開歌緩緩　簷間雀躍喜洋洋　風華寶島眞如幻　橘柚繁櫻對菊黃

晝靜身閑夢亦長　耽詩卻喜和詩忙　榴紅如火迎炎暑　蕉綠臨風護晚芳　留白雲期題妙句　流丹霞想聘飛黃　西州正切昭蘇望　漭瀁新潮泛北洋

奉和王誠詞長湄畔行吟元玉 八律

神州莽莽物華休　幾識新潮湧隱憂　醒眼時還瞻遠岫　傷心莫再近高樓　千重帆影波心映　一髮青山眼底收　抱道弘文紓正氣　好憑直筆抉橫流

傷春誰解惜芳華　總爲疏狂一念差　陋巷來依新社燕　何時歸看故園花　嵐光隱約天涯近　翠靄蒼茫夕照斜　苦恨丹心勞倦眼　吟情空自託蕉椰

何曾曲水樂浮觴　奉獻無須效櫝藏　肅愼匡時元上策　公忠謀國即良方　居安宜切思危誡　歷劫寧堪在莒忘　孤憤難紓惟奮勵　臨深吟嘯碧天長

興仁祛暴古猶今　忍見神州久陸沉　道統宮牆尊百仞　赤祲煉獄困千尋　斷流早遂投鞭願　鼓腹還期擊壤吟　盛世恩波長衍澤　澄潭難擬此情深

後樂心期貴處窮　何須搔首問蒼穹　頡頏燕掠長堤柳　俯仰荷翻曲院風　翳徑苔痕深淺異　照人明月古今同　何時得遂還鄉願　低唱清吟契我衷

滅食曾傳誓此朝　幾聞覆鹿藉紅蕉　傷春目眩繁英墜　出谷心縈鶯囀嬌　堂燕呢喃甘帟幕　摶鵬奮迅上青霄　天安門外風雲湧　冷月高城咽怒潮

鬱勃淋漓帶雨潮　虬龍吐氣欲凌霄　落英莫怨番風急　掠水猶憐乳燕嬌　籠碧長依君子竹　啼紅應恤美人蕉　繁花似錦元春夢　佇見西州事改朝

宿雨殘紅共餞春　蓬瀛佳氣以時新　安和旨要能居正　均富宜先重去貧　繼志前修成善果　踐行夙願證良因　大同宏抱中興業　邦誼攸敦與德鄰

奉和海外詩盟見示元玉暢言詠梅情懷

敬和英國黎均全博士見示元玉 二律

山前屋後自徘徊　尤喜清芬近水隈　虬幹瓊枝花似雪　松屏苔砌錦成堆　綠衣啣夢催詩至　紅袖添香問字來　相對無言忘物我　文心元不著塵埃

何曾著意占春先　卻喜遙聯翰墨緣　儘有辛豪兼陸放　遑論王後與盧前　歲寒三友皆貞榦　谷邃幽蘭可比肩　宜是清芬甘寂寞　孤高不自逞芳妍

敬和美國張慈涵教授見示元玉 二律

佇看龍虎風雲際　萬象咸隨意念生　卅載家山歸夢幻　一川清景藉詩成　銅駝草棘縈愁思　鐵幕煙塵蔽物情　結伴還鄉知有日　長留醒眼對瑤觥

輕寒細雨釀花朝　叢卉敷榮未自驕　點染河山新景象　賡歌詞賦本豐饒　風人襟抱元難擬　入畫煙嵐未易描　但有詩書能養眼　墨痕不逐酒痕銷

敬和菲律濱王禮賢詞長見示元玉 二律

蒼然風骨久同欽　寫與詩盟細細斟　疏影暗香元妙語　玉麟斜月見天心　丰神恰似澄潭水　貞榦渾如百鍊金　溪畔山陬皆自得　先傳春訊報知音

不寫愁思寫綺思　月明林下日相期　巖前雪後方巾帽　鐘定鶴歸雲錦披　凝望家山情繾綣　縈懷雨露澤敷施　耽詩旨要存仁厚　任是南枝與北枝

敬和新加坡張濟川詞長見示元玉 二律

海外遙傳春訊至　飛揚志意似丁年　匡時宜自詩書始　淑世尤當禮樂先　閱歷功深風骨峻　潤滋澤沛物華綿　旨歸聖善無新舊　繼起貞元道不蠲

糺縵卿雲歌復旦　自強行健正逢辰　新機啓運中興兆　樂歲安和自在身　經始長才知路遠　履端初念見情眞　法天默識盤銘意　弘道居心貴體仁

讀麟昭詞長回鄉探親詩感作

卌年積思老韶光　至竟還鄉願已償　舊日情懷歸夢魘　蒼生涕淚溢湖湘　分飛勞燕巢難覓　寂滅蟲沙劫豈忘　風木哀深碑碣盡　青山無恙亦淒涼

奉和劉冶之詞長見示元玉

春秋佳日一登樓　會數情酣可滌愁　儘有高懷紓遠略　寧無妙語付清謳　飛揚拔俗輕群吠　奮進匡時莫少留　護此丹元瀰正氣　豈憑詩酒傲王侯

不殞沙場亦國殤

報載退伍軍人鄭元澤憂心國事至以焚身死諫戢止脫序脫軌之暴力行爲其心良苦其行可憫賦此以哀之

不殞沙場亦國殤　老兵志概自堂堂　誅奸合有橫磨劍　討賊寧無露布章　立懦容能恢正氣　廉頑定可戢囂張　艱難一死紓忠愛　英烈千秋姓字香

憂時忍作焚身計　不殞沙場亦國殤　欲抑橫流宜自效　終憐垂老竟無方　脣焦慟未消群吠　舌敝悲難弭病狂　喚醒痴頑甘一死　但期戮力共收疆

仁勇元須凝上慧　口誅筆伐護彝常　能伸正義祛民害　不殞沙場亦國殤　逐利
貪夫皆鄙下　盜名稗士太張狂　革心宜事先明德　莊敬精誠勵自強
分離意識因忘本　統獨妄言足速亡　寶島安和元樂土　故園荊棘待歸檣　能全
大願猶忠藎　不殞沙場亦國殤　社鼠城狐休竄擾　頹垣何以拒貪狼
志未生酬死可償　精禽填海事堪傷　殺身縱遂成仁願　弘道當求淑世方　烈燄
終將銷鐵幕　丹心千古照遐方　從容泉路知無悔　不殞沙場亦國殤

天安門風雲

故國淪胥沒草萊　卅年竹幕鬱難開　蜂蟻君臣傷暴政　殘民以逞骨生苔　鼠狐
奔竄踞狼虎　不膏貪吻委塵埃　煉獄有朝陰霾散　自由鐘響若驚雷　民生訴求
怒潮湧　群黎翹首望春回　熱血沸騰翻靜坐　絕食無語避疑猜　欣看青俊多新
銳　氣宇軒昂理念恢　情殷愛國輕生死　願以正義振頹隤　老樹新花原可喜
孰知風雨竟相催　硝煙瀰漫迷人性　彈雨橫飛喪美材　馳騁驚聞兩腳獸　瘋狂
屠殺及嬰孩　坦克奔車如浮壘　平碾高壓任去來　鬼哭神嚎非人世　血漿肉醬
骨成堆　泥犁地獄差可擬　凶殘暴戾實兼該　國殤精神長不死　千秋忠骨不須
埋　民主女神雖可毀　民主理想永崔嵬　怒火終將成劫燒　血洗廣場凝沉哀
天安門　安何在　共和其名無其實　陰伏危機將降災　民心向背關興廢　赤氛
終戢臏劫灰　群魔色厲皆小丑　共產體制是罪魁　應知雄武不可恃　佇看夕照

對枯荄　中華兒女須奮勵　心手相連莫徘徊　重振國魂安和永　三民主義是鴻裁　道統攸尊綿法統　新生希望在三臺

萬谷學長逝世十周年紀念

騷壇蓬島尊宗主　南雅清徽海鶴姿　惠我春風曾入座　縈懷昔抱總傷時　攤書凝對題耑語　檢篋長留乙正詩　十載思深餘慟淚　最難誼摯友兼師

秀雲鶴畫展覽紀盛

秀發英年已大家　雲羅錦繡織煙霞　鶴翔霄漢徵長壽　畫寫靈姿信孔嘉　展對仙禽期瑞應　覽餘藝苑羨奇葩　紀圖宜作鳴皋計　盛業丹忱兩足誇

陶壽伯先生畫展紀盛

壽人淑世託丹青　伯仲三家式鏡屏　先日虬枝鳴翠羽　生香玉色綻中庭　畫成圓就湖山美　展出長留品物形　紀事相莊親筆硯　盛名藝苑頌修齡

奉和蓮英詞長退休書懷元玉

蓬瀛物候喜長春　化育功深得潤津　學以商量加邃密　詩緣涵泳益清新　蓮園晝靜添風致　璇閣香溫淨俗塵　出處雍容元自在　芝蘭爲佩德爲鄰

身今退隱願猶賒　雲外青山憶舊家　養性不嫌遮眼樹　攤書最愛鎮心瓜　良朋好語時相對　樂歲優遊莫自嗟　佇待霓旌西指日　放舟歸看故園花

百錬金剛副此身　卅年志事一詩人　養心元忌超時久　鬥句何妨著意新　恬澹襟期能脫俗　清貧甑甕未生塵　天機妙趣閑中得　忘我無爲樂最眞

抱璞藏眞養性全　忘憂人是地行仙　偶窺草眼知生趣　坐擁書城得靜便　絳帳春風宏作育　青燈教澤繼薪傳　良師興國宜無忝　已遂初衣望凱旋

賦賀泰華詩學社成立十二周年

泰京嘉會喜延賓　客滿華堂月滿輪　儘有丹忱凝秀句　多將德教託吟身　興詩游藝元弘道　淑世匡時正及辰　盛業日新尊一紀　千秋志事在風人

勝概炎方莫與京　飛觴笑對月華生　雲情稠疊來騷客　筆陣森嚴聚國英　廊廟經綸名自重　春秋褒貶責非輕　相期戮力弘詩教　化育功深晉治平

賦賀東北文獻雙十社慶

東南佳氣鬱清芬　北斗高杓卓不群　文以匡時多讜論　獻同勵節滌塵氛　雙修智術兼忠愛　十飭徽音肅見聞　社史丁年方弱冠　慶期作賦頌卿雲

次韻奉酬濟川詞長

翰墨因緣遠亦親　正聲端合出詩人　風謠義切流今古　錦句辭難辨舊新　覆醅精華傷禹甸　效顰處子笑東鄰　薪傳宜自心傳始　忠愛丹忱本率眞

霹靂洞八景題詠 用冠頂格

雲蒸霞蔚襯嵐光　林外崇樓攬夕陽　梵唱鐘聲瀰遠近　宇清物我兩偕忘　雲林梵宇

菩提樹與明心鏡　苑內人從苑外來　荷蓋頻翻千頃碧　風華無處著塵埃　菩苑荷風

龍既通靈宜破壁　象如解意作雄飛　耽誠石悟生公法　經世情殷見化機　龍象耽經

靈修猶念蒼生苦　岩腹中藏萬古歡　法雨拈花同一笑　相莊語默樂霞餐　靈岩法相

華國文章原可尚　藏山唄葉亦經綸　世情孰解先憂意　界域無分本至仁　華藏世界

花眞解語宜含笑　雨果成霖澤衆生　唄葉聲清凝石乳　音傳幽谷漾空明　花雨唄音

環碧迴峰曲徑斜　翠微蓊鬱隱山家　啼聲裂帛穿雲出　猿嘯應非感物華　環翠啼猿

步上天岩作壯遊　雲衢有路接瓊樓　捫星欲釣籠煙海　斗柄横斜酌素秋　步雲捫斗

中秋放歌敬步永載詞長元玉

篩窗竹葉影浮床　簾幕輕分桂子香　徹夜銀光澄宇淨　涼宵花徑覓詩忙　何須秉燭添秋色　更欲追歡憶故鄉　小立中庭風露靜　謾將秀句代瓊漿　得床韻

魚躍鳶飛鶴舞前　了無牽掛信如仙　莊生懷抱凝秋水　范老襟期託玉篇　總擬煩憂天可問　卻憐衡理斗空懸　庾樓此夜金蟾滿　好引銀河潤硯田　得前韻

縱然月是故鄉明　萬籟遙空隱有聲　曲徑丹楓撐醉眼　疏籬叢菊綻繁英　金波瀲灩魚游樂　玉彩翻飛蝶夢驚　四海爲家元臆說　畫欄徙倚不勝情得明韻

忘我元非即出塵　梯雲欲取瑤臺月　何曾攀桂訪蟾宮　莫自翻風臨北闕　淑世還應遠素商　恤民祇合歌長發　今宵坐對影團圞　且喜童顏襯鶴髮得月韻

瓊樓玉宇燦瑤光　逸興多緣雅興長　天府資糧元不竭　丹心馥郁自凝香　三更坐月風侵鬢　萬里馳情酒滿觴　最是士林欽晚節　瞻依祇爲和詩忙得光韻

「疑」雨疑雲夜　陰晴愜素心　「是」緣因福厚　非霧遠愁侵　「地」廣寥天闊　淵渟活水深　「上」邦尊令節　盛會發清吟　「霜」重肥叢菊　時危見赤忱　「舉」觴歌擊壤　揮筆振元音　「頭」白宜私喜　茗香合共斟　「望」中多碩彥　座右盡詞林　「明」德知行健　工詩尙守箴　「月」華常皎潔　瀛海願長臨

層樓高聳望天低　匹練橫空繞碧溪　對月飛觴饒雅興　壁間醉墨是新題得低韻

少壯離鄉忽白頭　也因思切怯登樓　當空試問團圞月　知否人間幾度秋得頭韻

逢辰人盡倍鄉思　吟侶緣深溢玉巵　鬥句情酣忘夜永　總因會少莫輕離得思韻

右文弘道渾如故　吟苑詞壇多雅趣　勝概豪情任放歌　忘機偶得驚人句得故韻

休將異地代家鄉　況味長年久已嘗　虔向詩盟期後約　中興作賦頌重陽得鄉韻

癸酉上巳

重三逢吉契良辰　尤喜時和集雅人　洛飲添詩皆樂事　握蘭采艾亦傳薪　流觴
分詠賡歌唱　攄感興懷滌苦辛　莫謂出塵皆寂寞　曾邀萬象作嘉賓

賦賀仙谿詩社大樓落成步恭祖詞長元玉 六律

仙境岧嶢喜有梯　瓊樓玉宇與雲齊　神遊小遂窺天願　暫憩時聞醒夢雞　遠岫
嵐光凝寶象　明河倒影照文犀　詩心自古無涯涘　檻外青山柳外隄

霞彩靈光勝耀金　天風海雨助豪吟　凌雲志意涵星界　袖海襟期擁翠岑　羈旅
卅年猶未倦　尋詩萬里負初心　仙谿覓句沉酣處　韻事蘭亭邁古今

詩盟宇內願同酬　雅羡天開百尺樓　鬥句情酣忘世網　衡文意重厭更籌　眷陶
人送花前酒　訪戴時來雪後舟　莫謂聖賢多寂寞　笑看鷗鷺滿林丘

人間或也有仙鄉　飛瀑鳴湍共抑揚　遠岫朦朧宜入夢　清流瑩澈可浮觴　吟成
秀句花微笑　折得瓊枝袖暗香　旅雁賓鴻同過客　詩心雲影久回翔

康寧樂壽地行仙　心物交融景倍妍　筆挾風雷多警語　胸羅丘壑盡佳篇　危岩
懸瀑皆圖畫　叢竹高松入管絃　信是衆擎方易舉　青谿白社耀南天

來仰前賢式遠模　迎人翠竹笑相扶　經綸淑世同編玉　禮樂興詩若貫珠　婉諷
風騷循直道　正聲化育冶洪鑪　合邀萬象爲賓客　對月飛觴任醉呼

中華詩學研究所成立廿五周年誌慶

明心見性得長春　吟苑渾忘歲月新　廿五華岡承道統　重三佳氣撫良辰　但循
雅正弘詩教　力闢閑邪靖俗塵　起敝振衰吾輩事　好憑直筆作鴻鈞

奉賀英傑韻山昆仲詩書畫展成功 二律

俊士丰儀國士豪　堅貞忠愛復才高　胸中丘壑皆圖畫　腕底風雲挾浪濤　黃絹
素縑陳妙句　名山勝水入纖毫　普天同慶騰歡日　萬里來歸志不撓
丹心直筆志飛揚　正氣充盈溢八荒　尺幅寸綃凝雅藻　春蘭秋菊媲苞桑　宗邦
輯睦敷榮久　善政行仁衍澤長　此日藝壇傳盛事　詩情畫意入霞觴

奉賀平潭八十周年縣慶

八閩仙境海壇山　百嶼千礁矗兩間　峙險危岩原砥柱　遏流大島亦雄關　航標
遠引風帆過　勝跡常邀鄉夢還　最喜明珠璀璨甚　群峰凝翠願同攀

人淡老伯百齡冥壽紀念

毓秀閩山積善家　崢嶸早歲擅風華　陶朱志事寧求富　匡復襟期信未賒　翰墨
深緣欣有託　園林逸趣樂無涯　百年遺範崇儒素　植德今繁玉樹葩

奉和重熹詞長偕眷返鄉定居賦別元玉

春容亦覺歲時匆　海角天涯西復東　一髮青山雲外夢　八荒名物露華空　聲詩雅契春人誼　德望宏收淑世功　但願鄉園風日好　優遊樂道不憂窮

奉和蚌輝詞長八十回顧元玉 二律

雅言信可慰蹉跎　書劍生涯煥彩過　早歲清才欽直節　晚晴玉樹喜交柯　襟懷澹遠惟弘道　宿願長殷見息戈　但爲中興撐老眼　瓊梅元自得春多

凌寒虬榦歷冰霜　往事猶新未可忘　金以貞堅輕百鍊　珠緣樸質耀輝光　長生七秩方開始　難老南枝總向陽　耄耋於今如壯歲　沁人尤喜是書香

奉和白翎詞長移居元玉

眼明常對讀書燈　德惠宜同上慧增　養靜無妨親楮墨　好修何礙效儒僧　雕龍亦有凌雲概　繡虎元須哲匠能　爲重晚晴珍老健　賡歌長發頌中興

師源書畫學會聯展賦此致賀

師事乾坤探造化　源頭活水在胸中　書林八法凌雲意　畫苑三家入妙功　聯席飛毫多雅趣　展牋潑墨奪天工　喜憑扛鼎如椽筆　賦叶文心晉大同

奉賀大漢書藝協會成立盛典

大纛長旌集雅儔　大漢家文物亦方舟　書香厚與心香蘊　藝事宜同禊事修　協以興詩匡叔世　會將草檄一神州　成林筆陣風雲湧　立德收功信可求

奉和重熹詞長元旦口占元玉

佇待新機啓太平 萬方翹首望河清 仁民盛治猶傳檄 文化尖兵代研營 明道
三綱歸至善 起元六府頌咸亨 厚生宜晉中和境 保泰先須戒滿盈

奉題永川道長自畫像贊

永溯源頭清活水 川流不息匯江河 道因神契知眞趣 長與德鄰涵至和 自省
深衷歸雅正 畫緣墨妙得春多 像兼誠樸稱貞榦 贊可當軒擊節歌

奉和茶民詞長九一初度感懷元玉

熱腸古道久忘寒 愼靜持身待衆寬 淑世心殷欣筆健 匡時望重羨才難 苔岑
誼契交彌篤 翰墨緣深事所安 煮字談經皆可喜 吟情不共宦情閑

奉和念因詞長八十初度遣懷元玉

康彊樂始尚丁年 如日今方近午天 清酒留賓期歲永 青山獻壽立尊前 陶朱
志業行彌健 卜式襟懷節益堅 海外騷壇崇雅望 中華文化喜深延

奉和李超哉先生米壽書懷元玉

據德能兼三不朽 依仁游藝亦同功 墨酣猶憶鷗閑趣 筆勁尤欣鶴靜風 坡老
慰情唯句瘦 謫仙名世爲才豐 談經釣渭渾餘事 觴晉長生頌壽翁

奉賀袁守成先生九十壽慶

抱道存誠樂樹人　經邦合作益親民　厚生利用遵洪範　六府惟修賴大鈞　議席謀猷期善政　文壇述作足榮身　蠅頭細字猶能寫　積極行仁德日新

奉和逸心詞長移居元玉

迎春歸燕自年年　舊舍新家適意遷　仁里卜居循義路　書香盈袖拂楡錢　旗山景物臨窗秀　南郡風華入夢綿　初動陽和花應好　月圓人壽益清妍

怡情畫會周年紀慶

怡然藝苑匯清流　情趣多循意象留　畫自胸中開勝境　會從腕底闢芳洲　周遊物外思韓馬　年幻毫端見戴牛　紀事寫生皆入妙　慶因翰墨結朋儔

子惠先生八秩雙慶賦此申賀

宜是金剛不壞身　名山勝境了無塵　友于情重蘭堂盛　翰墨緣深海宇親　厚殖心田多植德　飽藏腹笥豈憂貧　雙修福慧期頤近　長對旗峰浩蕩春

奉賀梅嶺大師百齡畫展

梅花標格老松姿　嶺上清泉衍澤滋　大道興仁弘德業　師傳心匠廣恩施　百齡始旦身長健　榮壽華封筆未疲　畫裏春秋誰解得　展教藝苑作良規

武夷山紀遊詩

武夷山用李綱韻

幾度神遊到武夷　也曾夢逐白雲飛　丹山碧水凝仙境　好貯詩囊戴月歸

天柱峰用朱熹韻

雄峙閩疆北　干維一柱東　乾坤初立極　幾識此天功

武夷山用洪邁韻

疑幻疑眞一畫圖　飄然身已入仙都　六六群峰如玉削　三三曲澗繞盤紆　岩岫相連噓雲氣　晴川瀲灩似平鋪　怪偉瑰奇猿鳥懼　危崖疊嶂孰能逾　傳經昔有高賢跡　展翅今看猛鷙無　鏡臺寂寂憐玉女　丰神窅邈羨三姑　軼事傳言如可信　縱不驚歎亦低呼　仙奕亭外山花笑　丹成猶見空藥爐　危磴直上天游觀　千山萬壑拜座隅　松風竹影織清境　探驪我欲獲明珠

武夷宮

宋桂焉知天寶事　亭亭聳立萬年宮　書香衍澤開閩學　典則襟期進大同　嵐翠多成高士畫　霞丹非借酒兵攻　長橋斜出如虹影　勝景原曾與道東

三清殿 二首

林泉幾見匯三清　弘道禪機出至誠　博愛無爲空色相　祇緣忘我恤群生

勝遊漸已臨佳境　結伴今多邁老成　崇殿巍峨人悄立　縱非太上亦忘情

玉女峰

祇緣情重臨溪立　縱有迴流亦向東　暮雨朝雲籠翠袖　冰姿合在廣寒宮

小藏峰

萬仞巉岩接翠微　仙槎欲泛復依依　人間幾許風波險　宜逐雲中野鶴飛

大王峰

雄風仙壑古尊王　疊嶂淩霄接帝鄉　雲影霞光相映處　奇峰環拱曲流長

三髻峰

峰名三髻謾幽探　叢翠疏花映石潭　澄碧搖天天欲醉　故移暝色掩晴嵐

一線天

謾從岩內效窺天　峭壁崚嶒鎖暮煙　鬼斧神工留一線　霞光隱約翠微巔

雨後雲山畫意多

明霞耀彩染芳洲　佇立高峰豁遠眸　雲海波濤時起伏　靈山宮觀共沉浮　秋深

楓葉紅如醉　雨後溪聲韻獨悠　簑笠無須期避世　五湖歸去一輕舟

天游峰 三首

振衣扶杖踵天游　萬壑千山眼底收　松影岩花籠瘦竹　群峰競秀挾雲浮
興來閑拄覓詩笻　直上天游滴翠峰　環碧清流循九曲　靈山常爲白雲封
勝境閩疆尊第一　巉岩峭壁盡天成　山遊亦有康莊路　氣定神閑自在行

雪花泉

飛珠濺玉浥清泉　滌盡塵襟浣素牋　圖畫天開恢氣象　穿雲縈繞綠陰前

仙掌亭

擘空仙掌敞高臺　欲去還留第幾回　危立一亭霄漢近　迴環衆壑畫圖開　午涼方識松風動　嵐邃遙傳鳥語來　坐對隱屏峰下竹　渾疑身在小蓬萊

第一山

登臨漸覺不勝寒　氣象恢宏匯大觀　萬仞巉岩遲旭日　千尋懸瀑激鳴湍　凌霄欲摘星辰易　流碧思霑雨露難　環睹群巒尊第一　重來合爲進峨冠

鼓子峰

仙境清虛無怨府　何須雙鼓爲傳聲　發聾振聵渾閑事　不信皇天有不平

仙掌峰

仙掌留痕處　靈泉汩汩來　翠峰垂素練　宜是煉丹臺

小桃源

石門雲鎖疑無路　漁父重來孰問津　徑仄流長雞犬寂　此間可有避秦人

水簾洞

濺玉噴珠散　晶瑩似鏡屏　晨昏長不捲　山色入簾青

流香澗

曲澗流香出　苔侵石齒寒　泉清宜茗坐　且與共霞餐

蒼鷹展翅

刺天有願作雄飛　展翅淩雲志不違　更效鵬摶千萬里　中興華夏一揚威

謁朱文公武夷精舍

閩學淵源出紫陽　興賢弘道肅宮牆　新知涵養袪蒙昧　大雅雍容善扢揚　讀易心殷編屢絕　采芝人去世堪傷　名山喜見文風盛　環堵居然美玉藏

白雲何事未知還

白雲何事未知還
岩岫相連護此山
碧水縈洄循九曲
龍蟠虎踞守玄關

風竹迎人峭壁間
白雲何事未知還
祗緣玉女多情甚
佇立清溪擁翠鬟

三十六峰成砥柱
道南理窟尊鄒魯
白雲何事未知還
祗爲寒煙籠漢渚

青山聳翠水潺湲
映帶嵐光日色殷
鳳翥鷹揚仙跡遠
白雲何事未知還

仙境蓬萊落武夷

仙境蓬萊落武夷
靜如圖畫動如詩
游人不識靈山美
卻怪林深日出遲

神遊故國笑吾痴
仙境蓬萊落武夷
卅六峰如浮海上
空濛山色最雄奇

關津欲入桃源路
漁父重來無覓處
仙境蓬萊落武夷
孤峰特立不相附

儒術薪傳紹一支
紫陽道貫亦吾師
文風宋後尊閩學
仙境蓬萊落武夷

九曲棹歌 用朱文公韻

山不在高仙則靈
武夷勝境匯三清
呈奇競秀宜難狀
水月空明壑有聲

一曲探幽覓釣船
問津渡口望前川
幔亭凝翠虹橋杳
回首仙岩裊綠煙

二曲靈峰憐玉女
鏡臺坐對爲誰容
詩人枉作高唐賦
水繞山環第幾重

三曲仙船長架壑
滄桑易世幾經年
浮槎不載飛仙去
石罅凌虛但自憐

四曲長川經大藏
岩花凝秀碧毿毿
雞鳴不已多風雨
龍臥元應隱巨潭

五曲平川蓄蘊深　群峰環立擁空林　丹崖翠壁擎天柱　誰解乾坤造化心
六曲天游聳碧灣　響聲岩下鳥關關　蒼屏隱約桃源近　贏得林泉半日閑
七曲奔流湧險灘　北廊高並上城看　碧霄丹井檀欒竹　正挾泉聲釀曉寒
八曲峰回霽色開　鼓樓活水自縈洄　擎天雙柱嶔崎甚　耕石蒼龍應運來
九曲齊雲思渺然　棹歌唱徹近平川　多情最是清溪水　低映靈峰遠接天

遣懷 二律

銀翼乘風逐雁來　雲山萬里畫圖開　未荒松菊非三徑　善守聲華是逸才　但以煩憂歸淺笑　不將俗慮入深杯　澄心自有塵清處　陌上尋詩帶月回
客裏流光轉瞬過　了無創建慰蹉跎　願多奉獻敦風尚　好引恩施匯海波　素志未酬身已老　吟情猶健鬢先皤　撐天聊爲添支柱　新種文軒竹一窠

感時 六律

燈前看劍氣猶豪　忍聽橫流激怒濤　罵座喧囂寧有定　迴車禮讓竟徒勞　弘文循理珍三昧　樹德生威勝六韜　進退動關天下計　興邦何用古琉刀
秋深籬菊尚含英　霜雪方知晚節貞　遠浦溟濛投宿雁　狂濤隱現吸川鯨　神州將化干戈劫　海宇當收風雨聲　胞與爲懷應摯契　萬方輯睦望河清

虬幹經冬總不殘　欲酬宿願亦非難　高風亮節庭前竹　沛澤清流雨後灘　鑄句自應師李杜　書勳何必慕蕭韓　千秋定論歸青史　寸管能祛萬古寒

正當國步艱屯日　猶憶當年筆諫時　敘議今多浮世繪　謨猷誰獻好賢詩　興仁集義宏綱定　覆雨翻雲道統夷　平治修齊原一貫　誠中無我應深思

疏離咫尺亦天涯　四海親仁即一家　好向雲山尋畫稿　常邀星月伴梅花　寬容無外方成大　貞固嚴寒尚吐葩　聖道中和尊至德　神藏形現化龍蛇

卅載殷勤下絳帷　菁英桃李各敷施　中華道統宜重整　畛域區分實可悲　弘教應求行篤敬　育才尤貴識因時　經邦大匠期元士　爲誦豳風淑世詩

春人詩社上巳長城溪雅集

海隅違難久　寧祇思鄉苦　所幸世局開　新機尚民主　蕭艾掩茝蘭　何忍臨江渚　元知魂夢勞　遙悵雲山阻　時序正春三　美景看處處　拂面楊柳風　沾衣杏花雨　逢辰偶出游　嵐光迷遠浦　洛飲思禊堂　添詩近樂府　韻事踵蘭亭　追歡成雅聚　鬥句共飛觴　對花欣起舞　藻思競清新　詩風亦高古　或歌曲水歌　或賦華林賦　休言忝逞才　總緣懷故土　浮觴雖足樂　擊楫休延佇　統一期和平　結伴還鄉去

詩履勝緣

詩履勝緣

出席第三屆世界詩人大會紀事詩

華航機上

刺天莫自笑群飛　偶亦乘風叩玉扉　雲路扶搖多坦蕩　道心隱昧接幾微　千山嵐影凝螺黛　瀚海波光浸碧暉　倘許元龍豪氣在　不須裘馬羨輕肥

東京機場小憩

健翮凌霄入夜來　仙山海上亦崔嵬　萬家燈火明珠翠　盈耳風濤溢玉臺　橫渡征程宜小駐　初醒鄉夢紀方回　啁啾蠻語兼夷俗　枉費陳王八斗才

夏威夷機場聞鄉音

雄飛小憩夏威夷　入耳鄉音喜尚疑　去國長年思故舊　傳言衆庶望旌旗　棲遲同作天涯旅　過往分爲九陌馳　前路仍遙宜奮迅　人間萬事本如棋

洛杉磯國賓旅舍小住

問程初到洛杉磯　馳道逶迤接翠微　賓至如歸多雅士　窗軒尤喜近郊圻　花圍錦障籠晨月　霧浸沉煙映夕暉　一滌煩襟祛旅思　崇樓清夢尚依依

好萊塢環球影城巡禮

荒村驛舍故城居　彷彿營邊拓社初　地裂山崩驚震劫　橋傾路阻駭奔車　忽然樹倒洪流至　遙見舟翻赤浪瀦　以幻爲眞成一笑　鯨呑鯊噬尚安徐

名片大白鯊之道具最爲逼眞

暢遊迪士奈樂園

生態休論幻與眞　要從意境體精純　敢言奇技多淫巧　肯信覃思亦異珍　名物原知非族類　如米老鼠唐老鴨之屬　性天尤喜見深淳　紛陳萬象歸兒戲　幾識歡娛出苦辛

出席第三屆世界詩人大會紀盛

巴城勝會集才良　雅士喧歡聚一堂　吐屬溫文多典重　風華昳麗各安詳　未從門句競豪宕　卻喜哦詩論短長　微契心聲唯笑許　清音入耳叶宮商

賀第三屆世界詩人大會成功

辭富情殷弘教化　大同理想託風詩　詩友無分國籍種族親如兄弟姊妹　溫柔敦厚無歧視　純潔貞強有可師　能一何須分畛域　至誠尤喜出良知　縈心豈復關名利　但倩清詞繫妙思

憑弔美國詩人艾倫坡墓園

留仙才命病維摩　偃蹇蹭蹬歷劫磨　鬼語秋墳悲叔世　梟鳴永夜泣寒柯　百年
遺恨殘碑在　異代詞人幾輩過　惆悵西園空佇立　精魂惟有夕陽多　艾氏作品多憤
世嫉俗託意鬼神之什

世詩大會頒獎書感

名士風流重羽翰　錦心繡口見才難　人皆有獎稱平恕　詩未宏播已大觀　文物
咸知尊上國　雅言應解契殊歡　桂冠幸自非傳統　卻笑無緣等量看

過美京華盛頓感作

地因人傑開華府　政本民心做白宮　仍惜門羅舊蔽在　可知辛吉詖辭工　辜恩
豈止疏歐北　市惠何曾活亞東　排闥縱橫休作繭　正聲莫瘖自由鐘

雙橡園應沈大使歡宴

輕車結伴訪名園　踐土猶如近國門　入座春風親語笑　出塵雅範接溫存　樽傾
北海雍容甚　德睦西川惠愛惇　珍重綠陰深覆意　周旋壇坫亦修垣

華盛頓博物館觀賞名畫

文物蒐藏歸首府　琳琅藝苑淨無塵　似曾相識皆珍品　詫極低呼妙入神　前代
英華成畫史　舊時血淚亦貞珉　最難彩筆溶詩境　一室長留不老春

瞻仰林肯紀念堂感作

戎衣一怒安南北　德澤千秋及黑人　民治先聲開盛世　自由風尚得交親　用知明主多仁術　可許狂流絕藺綸　望向豐碑高聳處　依違去就指迷津

紐約客次與斌兒等樂敘家常

行腳殊方是處家　樂從兒女話桑麻　使知寶島多豐歲　爲道宗邦盛物華　久喜性情猶尚厚　能承儒素不崇奢　辛勤奮迅求精進　大孝尊親願未賒

紐約博物館中喜見石濤梅花畫幅真跡

疏影橫斜點鬢新　對花如見古遺民　長廊尺幅湖山夢　異域層臺寂寞濱　逸韻低徊書咄咄　豐神婉約喚眞眞　風華絕代應憐汝　何日歸尋嶺上春

林肯中心觀天鵝湖芭蕾舞劇

婆娑起舞蠻腰際　最是形聲入化時　俯仰周旋皆叶律　低徊顧盼亦生姿　千人屏息凝神望　萬慮渾忘著意痴　我見猶憐宜可恕　含情不語笑相窺

聖若望大學亞洲研究所恭謁國父銅像

懸鵠相期進大同　藎籌碩劃匯西東　博聞治術綜今古　卓識生民貫始終　窮研精微歸正德　力行體用契深衷　威靈海宇資長庇　舉世咸欽一聖雄

古雷公園晚步

名園漫步舍輕車　過盡青丘又水涯　最喜依人松下鼠　愛看受日霧中花　風帆
嵐影渾難辨　畫意詩情信足誇　一徑迂迴深翠裏　始知塵外有山家

遊輪上瞻仰自由女神

燦然慧炬指迷津　長護自由一女神　寶相端莊歸澹定　靈光掩映起沉淪　搖天
帆影風濤急　繞島疏林綠意新　久爲名都嚴鎖鑰　瞻依豈祇是騷人

乘遊輪環繞曼哈頓島

周行島外無馳道　錦纜牙檣任坐遊　橋塔飛虹連列渚　明河倒影映崇樓　市囂
漸逐雲山遠　逝水還同歲月流　一抹斜陽鷗夢澹　憑闌兀自豁吟眸

摩天大樓世界貿易中心

崇樓高聳入蒼穹　信是青雲路已通　低首塵寰迷眼底　干霄氣象實囊中　好修
上智成無我　何用危臺唱大風　天命攸尊元可制　男兒不事萬夫雄

海外歡晤秀穎

敷榮桃李草山中　此日天涯一笑同　老我多君方俊彥　知誰宿志尙豪雄　傾樽
細說當年事　抵掌傾談大漢風　時勢孤危惟自勵　莫從成敗論窮通

遊輪上遥望聯合國大廈

岸移大廈入吟眸 疑是殘碑巨塚留 殉道早悲無正義 濟時幾見有方舟 憲章
樹幟成虛願 威信凌夷若自囚 蛙鼓蚊雷徒擾攘 尸居餘氣忍誅求

雙園遊天然動物園與大冒險遊樂園相毗連

雙園佳氣鬱蔥蔥 締造深知大化功 群聚林丘無畛域 自扃天地亦樊籠 嘉名
冒險稱遊樂 百技紛陳見異同 長日盤桓新眼界 用知人力奪神工

訪普林斯敦大學東方圖書館賦贈

笑我青氈行坐敝 羡君黌府擁書城 縹緗萬卷多珍本 朏摯微言見至情 既富
皮藏留國粹 方新德業副華菁 願能日夕同長案 博覽還期共研精

遊費城獨立廳撫自由鐘

侵曉奔車赴費城 欣揚勝侶客愁輕 自由鐘響醒迷夢 獨立廳高震令名 謦蹕
遠來英女主 頌辭高賦漢天聲 搜尋二百年前事 猶覺寒光起劍鳴

遊波士頓古港

古港依然偎碧灣 昔年滄海激風湍 茶猶重稅民何恤 勢亦駸成力已殫 史事
昭昭垂鑑戒 國魂岌岌敢偷安 自由鐵堡樓船在 忍使橫流更泛瀾

仲凱兄盛宴款待賦謝並似同座諸君子

華堂綺宴集嘉賓 濟濟群才迥出塵 壯志軒昂多國士 高情醇厚入香檳 卜居
但願能逃俗 浮海相期不帝秦 結想他年歸隱後 梅花長與月爲鄰

尼加拉瓜飛瀑大觀

濺玉噴珠水氣寒 怒潮飛瀑激鳴湍 誰將巨璧拚孤注 天斵巉岩作壯觀 不雨
常煩覘礎潤 未秋先覺怯衣單 祟臺俯瞰奔流處 疑有蛟龍壁上蟠

渥太華掠影

奔車薄暮入加京 燈火通衢照眼明 曲水船如天上泛 長街人似畫中行 歌聲
隱約市聲遠 花氣氤氳紫氣清 佇望凌霄修塔影 不勝惆悵故鄉情

過蒙特婁奧運村感作

體育精神古所尊 惟憑正義轉乾坤 華旌獨樹原無忝 異說囂張豈可存 競技
非徒爭勝負 匡行合爲起貞元 奧林匹克成虛幌 花外空憐尙有村

多倫多行腳

新興巨埠多倫多 經眼繁華散綺羅 高詠奚囊無好句 勝遊是處有行窩 水光
瀲灩連千島 嵐影空濛釀太和 願與湖山期後約 他年裙屐或重過

田納西森林公園

岧嶢遠與綠雲齊　深入幽叢草木萋　路轉陰晴隨日向　峰回上下逐天低　森森嵐影生寒意　隱隱車聲碾翠泥　更爲林園添氣象　彩虹遙挂夕陽西

休士頓海濱書所見

風搏濁浪浪搖天　避暑人爭把臂前　快意亭軒宜小坐　忘憂石冷可閑眠　弄潮嬉逐無深淺　衝板升沉見後先　最是明霞能解事　平添綺艷入吟邊

德州鳥園觀靈鳥獻藝

不以衝霄氣自豪　卻甘學步伴嗷嘈　翻新巧樣循聲出　依舊能言曲意號　銀絡金絲調護慣　修翎短翮奮飛勞　珍禽應愧稱靈鳥　玉食還當惜羽毛

參觀休士頓大學

黌府南都擅令聞　宏才飽學士如雲　研精一室渾無礙　闡理多方信允文　盈架圖書愁老眼　滿庭花樹挹清芬　鋤經我欲焚香坐　商略新知事典墳

薔薇園小遊

春去多時景物賒　名園猶自擅風華　霏紅攢翠渾如錦　石綠雌黃罥似紗　綰袖籠香枝有致　牽裾飄帶葉無瑕　雖云礙坐愁鶯燕　卻喜流輝補晚霞

珍珠婚慶客寓會讌

情好歡期不計年 清詞猶記擘吟殘 梅花知己紅顏壽 明月前身白首賢 諍侶閨中酬玉潤 良辰海外慶珠圓 鴛鴦亦羨神仙耦 願得雙修福命全

賦謝振麟兄伉儷盛宴

依然本色快平生 書劍天涯事薄征 壽世無方求石髓 思歸底處覔蓴羹 夜窗此日逢君話 梅里他年載酒行 飽食飲和長不醉 難忘點滴故人情

夜過舊金山金門大橋

銀翼浮光掠碧灣 雲程夜至舊金山 華燈璀璨迎千戶 虹彩高垂立兩班 輻輳車如流水逝 欣揚客似紫宸還 濟川十里長橋意 可許鷗波一夢閑

華埠聞鄉音喜作

繁榮富庶稱華埠 華路誰知締造艱 叢棘當年歸想像 寰區此日雜夷蠻 忽聞問訊鄉音切 喜共周旋半日閑 夜雨家山同剪燭 一時狂語不須刪

遊加州國家公園

明晦車窗攝秀巒 園林廣袤騁遐觀 雲羅淺翠迷嵐影 霧接斜暉散綺紈 貞幹撐天張帟幕 虬枝匝地隱龍鸞 回旋曲折攀登處 始信還山事亦難

湖畔風光

水清沙淨群魚樂　我亦臨流意自如　濠上應憐蒙叟意　湖濱悵念故王驢　煙波萬頃風帆定　嵐影千層倦眼舒　已老還鄉仍有日　一廛擬傍子陵居

優勝美地公園攬勝

峰巒削壁擅雄奇　山水桂林彷彿之　肘下雲生多作態　岩前松古尙丰姿　遙看夏雪如鑲玉　俯視懸泉似束絲　最是煙嵐收不盡　靜如名畫動如詩

登柏克萊大學鐘樓

盛名寰宇擬崇樓　憑式眞堪豁遠眸　千里煙波天作岸　萬方雲物我爲儔　從教博識歸瀚海　可許靈泉續細流　體用中西原一貫　智珠長握莫輕投

訪史丹福大學

軟塵車笠太匆匆　喜向名山訪學宮　科技研精多實用　玄思窮理不書空　清癯道貌神彌旺　謙抑襟懷德自充　師表中西都一例　教人長覺坐春風晤接教授多一時名流學者

水果王國巡禮加州向有水果王國之稱仲夏過旅時方盛產桃杏

谷深林迴路欹斜　彷彿循溪到若耶　蘊秀臨流頻蘸影　飄香倚樹欲餐霞　漁郎

去後迷津渡　遊子來時憶酒家　惆悵武陵歸訊杳　且隨雲水作生涯

過千島遇雨未能攝影至今悵念

島以千名詭可知　煙嵐處處盡如詩　未將勝境收圖畫　好鑄新詞代色絲　浮嶼蔥蘢多苑囿　清波瀲灩亦陂池　因緣豈祗歸翰墨　蠟屐他年信有期

老眼看山喜未遲 有序

客次加州承元光定安伉儷更番駕車出遊遂得盡覽名山勝境車中偶得句云老眼看山喜未遲遂以爲題續成五律用紀勝遊幷申謝忱

老眼看山喜未遲　山因眼老倍雄奇　孤峰壁立平如削　虬幹盤空勢欲欹　嵐影漸隨雲影澹　湍聲遠接瀑聲危　澄潭凝碧留人久　祗爲泉清俗可醫

雲興霧散開晴日　老眼看山喜未遲　砌下苔肥新雨霽　澗中石瘦宿痕移　忽驚寒重添秋意　卻識花妍是夏葵　總爲幽深忘歲月　溪橋倚杖立多時

一徑松陰任所之　溪雲引我漫尋詩　遙村隔水歸將晚　老眼看山喜未遲　俗障全祛仍有待　煙霞小住合無疑　嘔心何必窮搜句　應會宏觀靜得時

長堤拱抱擁空陂　浪挾天浮雲影移　路以峰回多曲折　嶺因勢迴轉平夷　丹心去國憂常重　老眼看山喜未遲　半島孤懸三面水　波清永念湧泉時

行腳遐方筆未疲　欲收靈境入新詩　江山信美非吾土　詞藻難工總費辭　展旆
早期歸禹甸　收京屬望出王師　高歌結伴還鄉日　老眼看山喜未遲

出席第四屆世界詩人大會紀事詩

初蒞漢城有作

南韓勝旅願初成　柳色青青夾道迎　天爲藎臣開境界　地緣靈秀享高名　奮揚
戒慎中興象　質樸貞恆惕勵情　同是艱虞猶在莒　遼東惠澤漢江清

會場設於漢城樂天客館

盛會騷壇四度成　風流文采早知名　奇岩懸瀑臨窗墜　岸幘冠巾取次迎　非復
陳言循舊貫　多能摛藻作新聲　崇樓廣廈集仙客　海宇波澄頌太平

成均館漢詩聯吟會紀盛

成德斯能集大成　均同道統以文迎　館因好士修隆禮　漢爲崇儒著令名　詩教
昌時元不忝　聯心淑世見眞情　吟牋譜就鈞天樂　會雅方知聖澤清

次和王代團長元韻

抱道弘文盛會開　大同景運仗群才　時賢幸已新仁政　勝景欣看闢草萊　褒貶
春秋嚴筆陣　征誅唇齒鬱驚雷　蓬瀛此日傳佳話　琥珀光浮北海杯

贈成均館漢詩協會

贈句琳琅見性天 成文合德集多賢 均緣純正收功溥 館以崇高與道連 漢祀唐音欣似昔 詩風善政喜猶傳 協心韻事縈千載 會再雞林結勝緣

參觀漢城歷史博物館

同文異族費平章 一館周深萃寶藏 細撫貞珉追遠古 縱觀彝鼎誌休祥 人從民俗知淳厚 聲自士風聽抑揚 芳草池塘看猶昔 依稀曲水尚流觴

華克山莊雅集

華堂偉構匯東西 闢境郊坰水榭低 窗月偶臨窺幃幕 市聲漸遠寂輪蹄 略無隔座留香句 可有傳經辟暑犀 風物輞川看入畫 詩心長繫綠楊堤

遊李王故宮有作

花遮柳護舊宮牆 遺事人猶羨李王 弘識崇儒成郅治 雄圖創業擬南強 一泓碧水恩波遠 千仞靈峰瑞靄長 誰謂繁榮歸寂寞 偏教紅粉說興亡

導遊者皆妙齡女郎妙語如珠迥非白頭宮女閑說玄宗情致也

參謁漢城孔廟

崇殿巍峨謁大成 同枝連氣遠相迎 禮隆釋奠弘文教 語摯賡歌問姓名 玉振

金聲宗國緒 鳶飛魚躍漢江情 能容惟道稱無外 寰宇流風被澤清
釋奠大典悉遵古禮漢澤遠被可見一斑

倚不老門 門在李王故宮相傳進出該門可長保青春

長駐朱顏期不老 石門駒隙孰能先 會從昔夢尋幽徑 且喜偷閑學少年 百代光陰元過客 一朝勝事屬時賢 與君同譜青春樂 赤子心存即是仙

飲玉流川

石潔泉清玉可流 名園勝境小瀛洲 雲深漸覺來時久 日永翻知去路悠 坐我一川尋舊夢 任他半壑釀新秋 謫仙到此應無奈 瓢飲難銷萬古愁

遊吐含山佛寺

吐含形勝本天成 雲影晴嵐隔樹迎 徑曲低迴思直道 泉甘小飲畏貪名 得閑宜是人間福 禮佛平添物外情 寥郭海空忘我處 不須水月亦雙清

自漢城赴慶州途中

一路沉吟句未成 晴川柳色喜相迎 群山踵接添新翠 大廈肩摩易舊名 飄渺浮雲遊子意 依稀風物故園情 遺徽想像遼東帽 感慨追源漢德清

遊慶州佛國寺

偶以閑身遊佛國　叢林殿閣矗雲間　總緣道妙宜無說　翻爲思深悟更難　塔影搖空波未定　松陰聳翠日生寒　名山占盡成靈境　放眼乾坤自在觀

石窟庵 石窟中佛像爲新羅時代之最高藝術

初疑石窟是星窩　定可靈修靜養和　隱約嵐光凝遠岫　迷離雲影渡清波　未聞梵唱空山寂　忽聽龍吟曲澗歌　寶相莊嚴長不語　可曾有夢到新羅

大陵苑展天馬塚

多因勳業垂千古　舊苑崇陵草色青　遺烈猶存天馬塚　雄圖永式蔚山亭　名都風物春常在　箕子流徽德尙馨　碧檻朱闌頻徙倚　柳絲長拂入蒼冥

蔚山行館

富麗最難能不俗　聿新侖奐喜堂皇　小塘蓮睡飄香夢　古堡鴉翻背夕陽　遊目壁橫金粉碧　騁懷窗受月華涼　蔚山風物鍾靈秀　垂柳依依客思長

歸程經日本小遊

橫空天馬過扶桑　幾度揮戈慕魯陽　海上璇宮猶昨日　吟邊勝景入奚囊　華堂舊燕空嘵舌　故國哀鴻幾斷腸　雲路悠悠方展翅　樓高星近夢偏長

東京旅邸夜坐感作

夕陽斜趁入東京　滿目繁華炫晚晴　高聳樓臺觀海闊　逶迤道路接雲平　噴泉恥湧辜恩淚　夜幕羞遮背義旌　我自臨風撐冷眼　依稀猶認受降城

遊大阪故城

形勝天然矗石城　深溝高壘費經營　旌旗想像蒼松外　戈戟依稀翠靄平　堞塹傳言來上國築城巨石皆採自我國　箏琶盈耳帶邊聲　女牆迤邐鳴鳩坐　正是薰風瀾漫晴

清水寺佛教聖地寺中有泉水清可鑑日人多就此占休咎祓不祥

南飛急羽掠東瀛　小駐遊驂過舊京　古剎蕭森銷俗障　懸泉滌盪發幽情　元知涓滴歸江海　豈許微波作鑑衡　自笑客懷多澹定　此心如水在山清

平安神宮

丹甍碧瓦護朱櫻　古柏參天虬幹擎　前代物華成史跡　異時文藻見題旌　閑階晝靜重門閉　小苑花繁隔院清　一字平安聊可慰　但期寰宇早銷兵

金閣寺

清景名園久未閑　崇樓掩映碧梧間　舊勳彪炳彰金閣　勝日繁華漾玉灣　曲徑幽深人入畫　叢林覆蔭鳥知還　塵氛漸定車聲遠　客意悠然逐白鷴

參加第五屆世界詩人大會紀事詩

馬尼拉機場小憩

奔雷掣電掠菲京 此是雄飛第一程 暫倚椰窗雲影澹 漸酣詩境客懷平 炎方日麗紗籠美 異地風高竹帛榮 語笑聲沉人寂寂 偷閑小睡負浮生

途次檀島憑弔珍珠港

吟望雄風入海天 一朝失計怨桑田 滄波有淚沉哀處 濁浪無情寂寞邊 成敗漫云非定論 死生豈復計矜全 長留錨鐵豐碑在 惕勵功深足勉旃

左主任款宴

喜從吟席接瓊筵 細數家珍結勝緣 樽酒歡情傾北海 聲詩雅什頌東川 日新共會盤銘意 革故同期鼎盛年 醉筆猶留餘瀋在 中興有賦續青篇

夏威夷榕樹夜市

虬榦連枝近市廛 銀花火樹各爭妍 華年難向珠娘買 歸夢宜隨海燕旋 不夜城開如幻境 無憂人盡似神仙 一池清澈知魚樂 林下優遊客意便

觀舞

繞臺起舞各翩翩　裙草翻風盡態妍　且莫神搖招燕妒　豈眞目定類蠶眠　低徊俯仰皆旋律　投止端凝若悟禪　燈炧幕垂聲影寂　散花一笑亦塵緣

火山口瞻仰女神像

來向巖阿式女神　園林蔥鬱物華新　山能噴火情宜熱　海可浮文化自淳　瀹蕩煙雲花似錦　氤氳草樹夢如茵　人間是處疑仙境　修到無爲樂最眞

瞻仰國父墨寶

四壁流輝墨尚香　筆酣力勁勢飛揚　匡時締造先藍本　建國營爲有大綱　聖哲謨猷歸寸簡　乾坤柱石奠三章　凝神如對羹牆坐　短案中涵淑世方

陳列品中有國父當年撰擬建國大綱三民主義初稿時所用之几案極具紀念意義與歷史價值

僑社吟朋宴聚賦謝

詩研所旅美委員暨僑社詩盟連日更番邀宴盛情可感高誼難忘賦此申謝

高情稠疊敞賓筵　四海同心有善緣　文字深交聲氣叶　雲山遠接物華妍　傾樽淺笑紓忠愛　抵掌雄談共勉旃　此日清芬留齒頰　黃龍痛飲待來年

舊金山市中邂逅忠淳學弟喜而賦贈

昔日書窗憐稚弱　今看玉樹慰深衷　溫淳肫摯能知禮　質樸殷勤見履忠　弦卜心期元可式　陶猗志事亦從風　解衣念汝嚴恭意　善爲人師守我躬

會期中連日忠淳來旅邸以弟子禮侍余唯謹一夕山遊風動解衣衣我情尤可感故詩中及之

忠淳見邀摩天樓茗坐同席有雪齋國裕二詞長

高聳凌霄俯翠巔　乾坤旋轉入吟邊　已前忽後雲中塔　乍暗還明冪外天　橋影橫波如玉帶　市燈燭夜若浮煙　宵深頓覺銀河近　倚檻眞堪擁月眠

金門橋小立

高挂如虹拱海門　金山勝景擬桃源　虛涵蜃氣應無影　漭瀁澄波合有痕　雲水茫茫思夙昔　煙霞靄靄立黃昏　賓鴻客雁任來去　待月休期載鶴軒

詩邸盛會

第五屆世界詩人大會在美國舊金山召開會場設於聖法蘭西斯大飯店各國代表均下榻於此盛況空前

詩邸巍峨盛會開　華堂濟濟集賢才　刺天直欲群飛去　擲地猶聞回響來　一寸丹心昭日月　萬鈞筆力挾風雷　雕龍繡虎非閑事　淑世匡時仗達材

世界詩人大會憶往

第二屆世詩大會在台召開以大會宗旨「宏揚詩教促進大同」爲題用冠頂格

宏業原非關譽望　揚芬羨有筆生花　詩朋喜自遐方至　教益多從好語加　促使
元音恢氣象　進求四海靖風沙　大匡天下歸平治　同德同心願豈賒

第三屆世詩大會在美巴爾提摩召開再疊前韻

宏彼清華酬慧業　揚徽爲頌自由花　詩情縱以殊方異　教義翻因美意加　促膝萬
邦欣接席　進觴四海擬摶沙　大倫何事分人我　同道從知願不賒

第四屆世詩大會在韓國漢城召開三疊前韻

宏布清芬紓雅抱　揚鞭來看漢江花　詩風質樸今猶盛　教澤深滋古未加　促以
修齊祛雀鼠　進求平治憫蟲沙　大忠純孝源敦厚　同振騷壇願未賒

第五屆世詩大會在美國舊金山召開四疊前韻賦呈與會諸詞長

宏願長期天下一　揚聲豈止筆生花　詩緣語摯藩籬撤　教以文彰義理加　促爲
環球尋郅治　進循直道靖飛沙　大成無外師今古　同德新陳念已賒

宏揚詩教遍乾坤

第五屆世詩大會召開期中以「弘揚詩教遍乾坤」領句成轆轤體五章

弘揚詩教遍乾坤　昌國新民此本源　敦厚溫柔心已正　依違諷諫理深存　萬邦輯睦和爲貴　六義攸申道益尊　樹幟騷壇銷魍魎　中興鼓吹振黃魂

雅韻元音出慧根　弘揚詩教遍乾坤　丘山坏土原同質　江海涓泉一本源　行善沛滋人不朽　立言眞美道方尊　功深醖釀栽培後　淨化心靈入德門

中華道統久彌尊　博大精深溯正源　度越人權推胞與　弘揚詩教遍乾坤　風雲龍虎興文運　揖讓征誅擴德門　尼父鯉庭明訓在　微言旨要願重溫

源遠流長亙古存　大中至正道彌尊　潛移默化收功易　敦厚成風淑世溫　鎔鑄大倫歸義理　弘揚詩教遍乾坤　靈均志事惟忠愛　欲起騷魂振國魂

德爲干櫓道爲根　上國衣冠史事存　養士興邦須正本　匡時淑世重清源　文心固結多三戶　筆陣貞強定一尊　自是當仁應不讓　弘揚詩教遍乾坤

第五屆世詩大會詩課

詩與教育

盛治千秋基德教　人文聖善重昌詩　溫柔養性分邪正　敦厚居心別信疑　意境常從眞處現　節操每自困時知　化民成俗弘忠愛　春水微波惠澤滋

詩與宗教

綠章上奏達天聰　總以精誠意可通　西土聲詩宏佈道　中朝雅頌久成風　新知
勃發宜涵泳　舊學沉潛貫始終　誰爲人神分畛域　世間奧秘信難窮

詩與藝術

道藝多方窺物象　聲文形色不相同　繽紛絢麗浮光影　璀璨輕揚送雨虹　端以
清新成雅澹　還憑奇峭見豪雄　超凡脫俗思神韻　二字無邪用未窮

詩與科學

能以眞知賅物性　文兼情理妙無窮　條分縷析求精密　句琢字雕追化工　六義
搜尋唯善喻　萬殊涵蓋盡天功　飛梭登月誰先引　早有詩心入太空

詩與醫藥

保健良方是養心　此中旨要在無侵　先祛物慾歸寧定　繼發詩情邁古今　佳句
天成猶食養　幽思靈感若施鍼　人間豈有長生藥　靜一能勝百鍊金

詩之傳統與現代

詩心妙造越時空　李杜陳編尙可崇　昨日新吟今舊製　昔年遺響或雷同　溯源
現代基傳統　正本靈修出大公　忠愛親仁兼物我　不爭長短不爭雄

世詩大會舉辦中國之夜紀盛

華堂此夜集嘉賓 萬國心儀笑語親 摛藻多文欽典重 呈妍雜藝喜紛陳 賡歌雅頌星槎近 傳頌風謠月旦頻 倘使喧歡成默契 收京指顧覆嬴秦

獲贈榮譽人文博士學位感作

智術何曾解倒懸 更無仁勇著鞭先 榮銜授我慚虛譽 潔行多君羨昔賢 擇善宜專唯固執 求眞守一應窮研 益謙損滿元天道 惕勵還當葆性全

客館聆中興樂府雅奏濟兄爲中興樂府創辦人好雅樂居恆以此自娛

源自明堂韻欲流 元音綿邈足消憂 雅歌亦出清商署 詞曲宜賡擊壤謳 遺緒風謠承上國 宏規禮樂尚宗周 發揚文化弘詩教 鼓吹中興復九州

雅集歡聚同座有振華曰品各擅長才賦此以贈

好賢喜得結新盟 肝膽照人誰與京 盛節詩壇宜揖讓 雄才筆陣任縱橫 老成謀國尊先進 天爵榮身亦上卿 相與推誠緣底事 願爲文化作尖兵

聖荷西與濟兄家人歡聚

骨肉天涯意倍親 傾樽語笑共清辰 承歡喜見兒孫滿 適性酣聞律呂均 伉儷深情多福慧 文章世業蘊經綸 蠅頭細字猶能寫 雅健長留不老春

誠兒力學有成喜而賦勉

門第書香一脈承　鋤經績火準規繩　力行精進如舟發　堅守操持似水凝　涵泳新知求博大　商量特識去驕矜　艱難應會匡扶意　國士風華定早膺

參觀西點軍校閱兵禮

榮名盛譽振雄風　西點軍魂舉世崇　理性推尊相輔益　恩威並重兩交融　居安早解思危意　守死多由授命衷　韜略嫻從嚴陣見　仁師未必定興戎

水牛城訪晤仲凱兄嫂並賀喬遷新居

喜報喬遷鶯出谷　心寬最愛此園居　砌花掩映迎遊屐　庭樹扶疏伴讀書　盛意頻來欣飽德　高情欲去輒回車　琳琅四壁時賢語　江夏堂新舊草廬

尼加拉觀瀑

萬馬奔騰若迅雷　江山無恙我重來　虹拖日影成奇景　霧失岩嶢隱碧埃　檻外乾坤成一擲　眼中圖畫是天開　生憐逝者如斯嘆　棒喝癡頑亦壯哉

撫來林園居 斌兒新居位於撫來林園深秀賦此誌喜

一路尋詩到撫來　居然圖畫是天開　長林蓊鬱添秋色　叢卉紛繁掩碧苔　曲徑縈紆通海澨　明霞璀璨映樓臺　綠茵處處無私界　帶月宵深覓句回

蒼松聳翠揖庭槐　一路尋詩到撫來　碧蘚侵階多雨露　薔薇盈架護樓臺　倚闌向晚聽潮漲　漱石清流喚夢回　處處綠陰欣接壤　縈愁楊柳不須栽

踏遍雲根與水隈　奚囊每自悵空回　思心有夢縈鄉國　一路尋詩到撫來　經眼
楓林皆入畫　臨軒叢竹是親栽　晝閑松鼠依人坐　境靜神清亦快哉
平居心靜遠塵埃　假日軒窗霽色開　兒女承歡欣繞膝　琴書隨喜偶登臺　群鷗
有約歸湖上　一路尋詩到撫來　惆悵家園荊棘滿　收京佇望靖蒿萊
聞道冬寒冰雪重　也應再訪客窗梅　濃陰今喜消炎暑　紅葉行看老石臺　匝月
流連人未倦　良辰靜渡妙兼該　遊蹤底事饒清興　一路尋詩到撫來

珊瑚婚慶兒輩來集遂成盛會

氤氳瑞氣溢華堂　三五團圞樂歲長　玉潤含溫符正則　珠圓蘊秀契彝常　梅花
知己稱諍友　明月前身釀國香　美眷珊瑚方結綺　金禧重慶白雲鄉

歸航過洛城

倦翼歸飛過洛城　遊蹤歷歷記分明　名園恢詭籠歡笑　樂事沉酣慰客情　熠耀
銀河星燦爛　高低雲路月崢嶸　沖霄倘遂鵬摶願　指顧文旌返舊京

出席第六屆世界詩人大會紀事詩

大會在西班牙馬德里召開五疊前韻賦呈與會諸詞長

宏舉西京開盛會　揚徽最喜古梅花　詩緣政美皇華似　教爲風清樸茂加　促使

榮褒嚴筆壘 進循雅抱弸塵沙 大匡夾輔興文運 同振騷壇願未賒

第六屆世詩大會中我代表團備有國旗梅花等紀念徽章以贈各國代表及大會職員均極珍愛且輾轉請託索贈有一美國代表竟然下跪接受求爲佩帶至情可感故次句及之

詩邸盛會

右文尚武蔚名城 此日昇車肅上京 騷雅古今元一例 正言中外亦同聲 花能解語宜含笑 詩可傳心起共鳴 盛會華堂多雋彥 擷英蘊秀頌河清

第六屆世詩大會詩課再以大會宗旨「弘揚詩教促進大同」之義成轆轤體五章並以「弘揚詩教遍乾坤」領句

弘揚詩教遍乾坤 明德還爲至德源 修己有方先務本 善群無礙重開元 存眞觸處皆新境 純美洪荒亦綠園 物我兩忘渾入化 未曾自囿築崇垣

以德爲基道義根 弘揚詩教遍乾坤 溫柔至正歸明潔 敦厚醇良得雅渾 摛藻能新多創境 含英不發益嚴尊 曉山叢翠饒生意 何事雪泥留爪痕

放心不斂逐雞豚 流水旋樞應細論 涵養新知袪畛域 弘揚詩教遍乾坤 中華文物稱繁富 異國風徽信碩蕃 守護開先宜並重 莫因枝葉廢靈根

道統攸長法統存 葩經辭賦鬱騷魂 一言可蔽惟忠愛 奕代相承益達尊 鎔鑄文心歸雅正 弘揚詩教遍乾坤 大同宏願終能遂 要汲靈泉活水源

雄奇鬱勃大江奔　文馬秋肥騁紫垣　願以高懷紓虎略　不須聲價重龍門　神州夢阻多荊棘　瀛島春長樹法言　胞與思深饑溺意　弘揚詩教遍乾坤

第六屆世詩大會頌敬步王團長元玉

宏願進大同　詩心思攬轡　學苑集高才　名賢成盛會　久聞西班牙　歐西藝文萃　尙武擅經邦　並世藝林薈　風日喜晴和　人情諳世味　多暇自優遊　蕙蘭異凡卉　載道見深心　不爲浮名累　摛藻豈雕蟲　九三原得位　化育及群倫　立言義理備　夜坐思西銘　民物同吾類

西京攬勝 馬德里巡禮

宏構巍然幸福門　市廛幽雅類庭園　縱橫大道覆林蔭　櫛比瓊樓接九閽　花木扶疏風日麗　聲歌綿邈笑言溫　噴泉雕像多奇偉　失喜軒車入紫垣

西班牙王宮

豪奢自昔帝王家　異寶奇珍擅物華　明德恢張如鏡壁　心燈反照合籠紗　殿堂都麗宜修政　臺陛森嚴務去邪　大業守成元不易　攸承正統足雄誇

瞻仰菲力普銅像

雄才大略樹勳華　建國豐功德意加　鑄像千秋長不朽　垂名萬世亦亨嘉　風雲閱變經歐陸　歲月侵尋咽暮笳　等是怒濤呑絕壁　但留遺澤潤桑麻

名篇長誦記當年　神態今看亦栩然　狂士襟懷元執著　奇人踐履信無前　主奴守義心能一　得失渾忘志始堅　瞻仰風徽覘族性　臨衢長爲駐吟鞭

唐吉訶德銅像

擎天石柱架長渠　爲惜靈泉活水淤　餘瀝已枯滄海淚　夕陽默對故城閭　繁華想像塵囂裏　樸質疑眞草野初　美酒豚肩香未浣　昔時勝境竟成墟

石渠遺跡

山環水繞矗崇陵　龍戰玄黃歷廢興　叱咤風雲輕世變　榮枯草木重恩承　幽宮邃遠通天界　壙室高華接斷塍　自是超人皆寂寞　一生志業證孤燈

佛朗哥陵墓

纜車直上石峰巓　十字凌空接九天　守護神高誠可久　虔修人衆鑽彌堅　偏多世難誰能負　儘有時艱孰解懸　我自臨風成獨笑　不勝寒處憶坡仙

大十字碑

遠看如畫近金湯　隆替興衰惜舊疆　久厭言兵餘故壘　早知避世聚仙鄉　謾從塵外觀興廢　且自寰中認灝蒼　目極長天渾不語　鴉翻古堡立斜陽

古堡斜陽

名園夜宴

古城幽邈接名園　盛會今歡遠市垣　花氣氤氳籠笑語　泉聲淅瀝滌塵喧　詩情合爲離情減　逸興翻因酒興溫　最喜窺人林外月　移將清影入吟樽

遊西班牙夏宮

小橋西畔畫闌東　徑曲林幽隱夏宮　匝地琪花香馤馤　拏空古柏鬱蔥蔥　盈池泉碧明心鏡　遠岫霞蒸照眼紅　世態炎涼都一例　何如橐筆以詩雄

樂園小聚

小聚華堂署樂園　不須大嚼過屠門　盤飧精膾皆鄉味　語笑騰歡近市垣　飽食既酣猶撫腹　尋詩未倦且乘軒　欲臻化境宜無我　眞到忘言至意存

觀鬥牛感作

原上桑田儘可家　枉將碧血染黃沙　場前程勇神彌旺　刃下全軀願已奢　人獸相仇忘物與　性天兩背近閑邪　一朝劍刜英雄老　譁衆虛聲願亦賒

西班牙鬥牛之風極盛鬥牛士之藝高者觀衆奉之如英雄而與鬥之牛無論勝負不免一死或割耳或斷尾欲求全軀亦復不易西人觀此如癡如狂余則憮然不終場而去誠以屠牛爲戲人與物仇亦太忍也

自西京飛羅馬

晴空銀翼任翺翔　小睡何妨倚昊蒼　雲海波濤聽寂寂　星河訊息總茫茫　名都眼底如棋局　勝地寰中是帝鄉　古國雄風元不忝　神遊早已歷遐方

羅馬遊蹤 旅邸偶感

客燕初還乳燕飛　王侯第宅認依稀　獅闌虎虎添生氣　錦幕重重掩薄暉　高拱明堂環石柱　雁分瓊室列雲扉　謾言賓至如歸日　幾識勳華舊彩徽

羅馬勝利門

聳立康衢勝利門　斑闌幾見舊啼痕　王朝氣勢風雲黯　帝國聲威水石存　羅馬建成非一日　名都拱衛若南轅　英雄霸業今何在　留與詩人對酒論

古競技場遺跡

遊樂追歡競技場　何堪獸吻任囂張　駭聞生死同兒戲　幾識中和致考祥　莫自盈虧觀得失　端從仁暴見興亡　神奸巨憝終塵土　剩有空圍對夕陽

羅馬許願泉

澄碧清泉證素心　利名漸淡不相侵　惟期矍鑠身長健　可許商量學日深　爲向喜神申宿願　聊從嘉兆慰微忱　情殷早賦中興頌　振翮歸飛返上林

羅馬古運動場

羅馬精神世所尊　公平誠正與同源　先馳得點英風發　積健爲雄志意軒　雕像
殊姿非作態　錦標盛譽是掄元　經邦韜略兼文武　惠政先應固本原

古議政廳遺跡

議政廳高晉共和　宏規淑世足謳歌　雛形已喜開民主　階級猶存任網羅　遺跡
空留苔蘚在　雄風唯有綠陰多　興衰隆替皆餘事　乖戾能銷重止戈

過羅馬廢墟感作

昔日名都傷久廢　頹垣無語對題旌　高臺舊苑今何在　獸檻幽宮並已傾　箭道
疑聞枯樹泣　危欄惟見暮雲平　滄桑閱變誰能覺　對景興嗟感莫名

過墨索里尼親政處

大有謀爲惜失中　希魔墨相兩俱窮　從風早應行民主　強勢安能本尚同　軍國
霸圖元作俑　法西斯制好興戎　倘修善政輕權術　實至名歸不世雄

泰伯河上聖天使橋

天使橋凌泰伯河　晴川汩汩盪微波　綠陰夾岸樓臺古　塑像危欄意趣多　佳訊
未傳猶佩劍　少年已老合投戈　人間莫嘆無靈藥　好對清流養太和

梵蒂岡教皇證道處

小國新民以弱強　略無兵燹與災荒　能輕權術安斯土　長作津梁達帝鄉　敬愼虔誠基大信　寬仁博愛護禎祥　化成美俗修宗教　儒法殊途在守常

梵蒂岡聖彼德大教堂

堂中石雕壁畫皆出名家之手極爲瑰麗雄偉

聖地來遊梵蒂岡　崇樓宏宇繞迴廊　樞廷萬國崇斯教　藝苑殊方示典常　長碣紀功宜不朽　浮雕書事最難忘　圓穹有路通天界　獨步千秋奕代昌

佛羅倫斯（翡冷翠）半日遊

美稱翰苑錫江城　古意盎然足慰情　凝秀波心浮冷翠　籠煙嵐影接虛明　夜光杯溢葡萄酒　青案盤分玉米羹　文藝復興新運啓　鍾靈毓秀集群英

古堡遠眺

遙看古堡立黃昏　氣勢沉雄遠市垣　聚族群居元自葆　彝倫循理不紛繁　風霜剝蝕餘殘壘　武勇荒濰廢舊屯　霞蔚雲蒸堪入畫　平林可有杏花村

米開朗基羅廣場雕像

失喜遊蹤到廣場　高岡塑像倍昂揚　萬家燈火籠煙景　古堡旌旗捲夕陽　一代哲人尊祭酒　千秋藝事尚流芳　林園別殿幽深處　知是仙鄉抑夢鄉

觀麥迪西教堂藝術精品

宏宇巍峨麥迪西 美侖美奐與雲齊 精雕絢麗資清賞 法繪琳琅費品題 堂以
百花尊聖母 門因崇道引群黎 幾人心路經天界 來證生身是菩提

千泉宮噴泉奇觀

勢激千泉作水鄉 瓊樑瑤柱接津梁 迸珠跳擲魚龍戲 噴玉鏗鏘律呂揚 谷底
風飄花氣潤 巖阿樹繫彩虹長 琉璃世界聲光媚 炎暑欣來坐晚涼

卡波里島攬勝

孤懸海上眞佳境 水域風清靜不喧 竹外疏花搖倩影 籬間長葛繞柴門 迎賓
未語先微笑 與世無爭自達尊 小立踟躕難遽去 幾疑身已在桃源

遊卡波里藍洞

信是瀛寰一洞天 淵深合有虬龍眠 靈光折射藍如玉 小艇輕搖隱若仙 疑幻
疑眞猶夢境 忽明忽暗近愁邊 詩才莫謂清華甚 滌盡塵襟未可傳

自羅馬飛瑞士

翕然賓至信如歸 來去翩同海燕飛 湖上盟鷗欣就我 愁邊睡鷺喜忘機 烹茶
客旅非閑事 追夢蓬瀛倩六騑 人在畫中猶自醉 雲衢閬苑認依稀

旅泊他鄉有夙緣 三過勝境足流連 初如霧裏花前影 再似林間雨後煙 綠水青山多畫意 粉牆紅瓦亦詩篇 快遊何事添惆悵 小住依稀歷大千

瑞士行腳

蘇黎士客邸偶成

行程雖暫竟三過 異域溫情此地多 室雅尋詩愁易遣 茶香引興漫長歌 從知文字容涵泳 可有珊瑚任網羅 小住爲佳宜自適 莫教潘鬢早消磨

車過洛桑

雅固清醇俗亦奇 琪花瑤草繞階墀 推窗臥對靈山笑 放眼遙看雲影移 白雪高峰疑歲暮 玉梅此際訝開遲 旅人域外猶思漢 計日宜歸折露葵

世界樂園讚

盛名寰宇信堪誇 魂夢更番向若耶 錦繡妝成元國色 塵囂滌盡本無譁 安和彷彿桃源境 飄逸渾如湖上家 今把勝緣方勝地 此生修得到梅花

遊日內瓦

勝境頻曾夢寐求 歸飛謾逐水雲遊 景多靈秀眞如畫 人爲沉酣豁醉眸 盡滌塵囂喧曲澗 閑隨花氣入芳洲 碧波浩淼明湖畔 願築元龍百尺樓

日內瓦湖畔小立

倚遍闌干去復留　波光嵐翠滌吟眸　淵深合有蛟龍穴　愁淺能容舴艋舟　解意琪花相笑語　無心旅雁任沉浮　人間樂土元非幻　雲外青山湖上樓

湖上泛舟

久負清溪訪戴舟　勝緣今作名湖遊　彩帆色亂流霞影　叢翠煙分遠浦秋　圖畫天開涵鏡宇　家山夢隔憶神州　榜人指點雲深處　不見鄉園袖海樓

每登故園袖海樓東望煙波浩瀚與此境界全殊故憶及之

望拜倫故居

毓秀鍾靈信不虛　詩人合傍此湖居　王侯第宅今多廢　翰苑亭臺尚未墟　得句無妨波作紙　紓愁何礙竹爲書　杜陵窮叟宜同命　長憶青溪舊草廬

望雪萊故居

清境遊仙夢亦癯　生花妙筆卻華腴　神全心遠虛猶實　雲淡煙輕有若無　花月留痕皆血淚　冰霜歷劫幾歡娛　詩魂千古遺忠愛　驥足何須騁九衢

人工噴泉奇觀

摶風束水沖霄起　冠帶湖山作冕旒　傳響渾疑鼉鼓動　怒鳴長使虬龍愁　擎天一柱鯨波湧　麗日彩虹鳳翥修　倘若銀河能倒挽　人間不許有橫流

過國聯舊址感作

尸位曾聞愧素餐　心勞力絀枉求安　抑強議決干戈動　扶弱言輕信義殫　民主殿堂猶鬼域　國聯台閣隱龍鸞　緝熙本有行仁意　苟免求全玉亦寒

中湖鎮小憩

曲水迴環湖上家　端從靜謐見風華　芊綿迤邐籠坡草　婀娜輕盈綴屋花　巧藝玲瓏堪寶愛　精工維妙足矜誇　奔車爲恐山靈笑　小坐楓林濯錦霞

鎮居兩湖之中故名(Inter Lake)湖光山色美景怡人而手工藝品之精巧者無論人物禽畜多栩栩如生至可珍愛

阿爾卑斯山最高峰

群山龍脈亙中歐　蒙布朗峰難與儔　積雪終年覆疊障　層冰長歲凍河洲　人工能勝天工巧　掣電竟成御電遊　羽化登仙原臆說　白雲千載總悠悠

阿爾卑斯山分三部綿亙中歐瑞士境內之蒙布朗峰高達一五七八一尺爲群峰之冠終年積雪巨湖冰河不啻人間仙境竟有火車電車可通眞可謂巧奪天工歎爲觀止也

雪山吟

粉粧玉琢削群巒　撥霧穿雲欲上難　寶相莊嚴仍可即　秀容嫵媚已忘餐　靈氛

合有瓊梅伴 奇節宜當國士看 旅泊卅年思故土 幾時清景卜居安

雪海奇觀

滾滾狂濤玉宇寒 昊蒼亦復起波瀾 元知芥子能無外 幾見須彌竟有灘 萬頃凌虛雲自湧 千秋一瞬指輕彈 群山歷落如盆景 小大由心慧眼看

未過冰宮歎惋久之

飽飫何曾空耳食 冰河長隧入冰宮 沍寒恰擬洪荒界 瑩潔窮探造化工 日麗霞蒸珠熠耀 月明星淡玉玲瓏 神遊縱已輕寰海 仙境緣慳路未通

瑞士雪山高聳入雲上有冰宮冰河等勝景雖有纜車可達余以體質關係失之交臂念坡翁高處不勝寒句爲之憮然

航程經印度孟買

歸飛銀翼掠長空 古國繁華暮靄中 篤信宜堅行善政 虔修合爲契和衷 謀猷今尙傷民瘼 睿哲曾經起聖雄 顧我鄰邦嗟歎久 應知得道不終窮

歸程越昆明飛港

長程小睡正朦朧 忽報昆明在眼中 陷溺猶深悲水火 死生罔告等沙蟲 元知雅擅湖山美 相對無言哽咽同 但望收京西指日 名聯重頌補天功

勝緣之旅紀遊詩

紐約機場喜晤誠兒夫婦

鵠候鶴迎情倍親　淵渟嶽峙見精神　笑言等是扶攜慣　慈孝元如冷暖眞　期許心殷勤護惜　籌謀意遠善敷陳　雙修福慧欣來日　梅竹同先報好春

長島客寓歡渡結婚紀念日

熠耀珍珠寶石妍　風華如舊憶當年　月圓應許人長壽　花好還期玉比堅　光澈心湖經雨後　祥凝和氣得春先　白頭吟望神仙侶　寧定康強共樂天

西俗以結婚卅年爲珍珠婚四十年爲紅寶石婚今適介於二者之間兒輩歡聚遂成嘉會滋可慰也

湖濱漫步

痴鷺相迎旅雁親　鷗盟尤喜客中新　元知禹甸猶洪獄　忍說天涯若比鄰　波定寧分深淺界　林幽幾見往來人　遙空一髮青如許　地老何堪海有塵

鐘乳巖洞幽邈清奇

鬼斧神工景物奇　靈山應笑我來遲　蜿蜒曲徑通玄境　幽邈洞天涵碧池　魅影疑隨燈影動　水聲每共語聲移　乳巖幻化多恢詭　目定心搖欲去時

紐約博物館收藏繁富

耳食心儀總未周　重來恍作少年遊　已看史畫彰遺跡　更喜貞珉豁客眸　文物
銘旌欽哲匠　黃金鑄像羨名流　琳瑯舊識皆珍品　繁富元知莫與儔

客寓喜晤宗壽姻兄伉儷

姻婭交如手足親　殊方並轡值芳辰　溫言味共茶香永　雅意情同曙色新　明月
圓成鴛侶夢、綠楊分作兩家春　借句　勝緣相會遊驂駐　抵掌雄談樂最眞

長島客寓小園雅集

碧雲環護碧紗櫥　滿院繁英接綠蕪　燔炙香宜聞十里　烹煎味亦溢庭隅　良朋
交淡心如水　客舍情溫意似酥　語笑喧歡簷鳥寂　謾將長島擬方壺

重遊中國城

嘉名城喜稱中國　華裔昌因道統延　問俗常忻同故土　搜奇自笑甚童年　衣冠
已不分夷夏　名物還須定後先　美食鄉情宗正味　佳餚我獨嗜烹鮮

余向主旅居外國華僑必先爲子女取中國名字學中國語文然後接受西方科學教育方
不致數典忘祖悖其先後

喜得四女梅君伴隨旅遊

竹清松矯玉梅香　美行娛親孝悌臧　淑愼偏憐多質樸　精勤自勵見剛強　功期不笏同良相　術可回春適雨暘　信有金針能渡世　岐黃技亦足飛揚

梅君近考取美國針灸醫師執照與博士學位併此嘉勉

參觀加州大學醫學院

車程暇日訪書城　作育功宏慕令名　刳腹剜腸窮莫治　鏤肝劚肺疾能清　鑽研病理瑕疵減　探究生元學術明　良相良醫皆淑世　望高黌府盡菁英

長島海灘拾貝

長灘拾貝記兒時　此日迎風語笑痴　流錦霞光連遠嶼　躍金潮汐拍西堤　歡聲撼動波聲湧　鷗影翻飛日影遲　人海深藏宜自惜　相期德慧蘊和夷

自紐約飛俄亥俄州

俄州勝景亦名西湖余故鄉則有小西湖流連勝境悵然久之

已慣長程快短程　勝遊且復到俄城　通都久歷難爲市　大邑今看亦盛名　遠出郊原皆綠化　毗鄰湖泊得空明　淡妝西子縈歸思　惆悵還鄉夢未成

真兒遠來相聚喜賦

眞兒遠自德州來　猶喜丰姿似雪梅　早歲能文疑宿慧　丁年尙志亦崔嵬　相夫內則惟端淑　教子義方勤護栽　新瘦經霜知勁健　春和景運向陽開

西湖湖濱消暑

千頃煙波水氣瀰　清涼已似小春時　窺魚鷺自迎風立　滑浪人多逐隊馳　長日
沉酣忘老幼　深林萬籟類聲詩　藍天如幕茵如席　消暑還當定靜宜

遊小瑞士農莊

此地居民多自瑞士移來一切猶守古風排斥現代文明近年始許外人入內觀光

采風結伴到農莊　阡陌縱橫曲徑長　蔥翠庭園瀰逸趣　逶迤林壑溢清香　蹄聲
得得軒車過　鬢影絲絲玉女粧　謾說桃源無覓處　人間信是有仙鄉

參觀康寧玻璃廠

滿架琳琅信足珍　最難花樣日翻新　藝林精品融奇技　實業湛思尙絕塵　式雅
何須求寶器　質堅直可類貞珉　瀛寰馳譽非無據　刻意經營是主因

參觀海洋世界遊樂場

遊樂追歡到海洋　兒童世界益恢張　騰空潑刺觀豚戲　入室詼諧訝丑狂　衝浪
炫奇翻巧樣　步繩逞藝若康莊　雜陳百技資言笑　化育多方擅勝場

參觀賓州博物館

館中珍品多爲文藝復興時期作品以聲光維護至爲周至

翰府名山亦藝林　蒐羅繁富守嚴森　復興復旦無同異　宜舊宜新一古今　法繪
精雕皆至寶　零縑片楮見深心　聲光警語勤周護　恰似金剛百不侵

湖邊野宴

林外湖濱野宴開 謾將高岸擬雲臺 喧呼任意賡低唱 起坐隨心坐綠苔 細割肥鮮期果腹 頻傳語笑爲銜杯 流霞倘許供饕餮 鼎鼐還須燮理才

斌兒新居樂敘天倫

彷彿園林倍舊家 天倫樂敘在天涯 承歡繞膝兒孫笑 執敬娛親禮意加 璇閣凝祥多衍慶 德門積善亦亨嘉 穿簾燕子窺窗月 滿院詩情不厭奢

弄孫

聞錫嘉名字偉華 可兒俊秀指俊華質尤佳 嬌呼宛轉泥人抱 憨笑迷藏攬扇遮 穎悟聞言多了了 天眞學語正牙牙 弄孫自得含飴樂 閑與晶盤數棗瓜

客中夜讀

垂老書能隨意讀 客窗兀坐得清娛 神遊故國憐長夜 事溯千秋識伯圖 師法聖賢珍片語 放懷天地藐方壺 青燈獨對渾忘我 醒醉依然一故吾

自俄州赴水牛城

筆耕曾擬老書城 幾度重遊作短行 淑世何堪長吏隱 匡時無意以詩鳴 從知士節期霖雨 信是人間重晚晴 雲路翺翔欣健翮 傾樽且與話平生

喜晤仲凱兄嫂

語摯情殷亦弟兄　快談未覺斗牛橫　多君四壁縹緗富　笑我盈腔塊壘平　彈指
勝遊猶昨日　縈心展旆返神京　畫堂秋思清如許　準擬新詩入夢成

三訪尼加拉大瀑布

一丘一壑一懸泉　萬馬奔騰赴巨川　石激湍飛臨斷岸　林依虹挂接遙天　雷聲
隱隱龍吟際　玉屑紛紛鳳舞前　合有壯懷瀰六合　依然風貌似當年

行舟觀瀑別饒奇趣

一舸中流搏激湍　彩虹高挂怯輕寒　潛龍起蟄饒奇趣　深壑噓雲釀古歡　晴日
披簑籠曉霧　奔雷裂帛補危灘　渾疑此瀑來天上　匯向人寰作大觀

客中與仲凱兄歡渡父親節

天地恩深怙恃同　中西美俗亦相通　終身永慕嚴訶意　令節長思厚蔭功　繞砌
琪花爭獻采　聯枝玉樹喜臨風　逢辰客館成歡會　雅健咸欽不老翁

歸航自紐約直飛台北

倦羽歸飛仗直航　悠悠雲路越重洋　雄談猶憶阿京客　小睡方欣玉宇涼　休訝
略無憐別意　祇緣今有縮空方　家山況在群山外　依舊他鄉作故鄉

一、前於自洛城飛東京機中邂逅旅居阿根廷僑領程君聯坐傾談歷八小時略無倦意亦平生快事

二、昔費長房有方縮地若今之超音速航機直是縮空有方也一笑

紅寶石之旅紀遊詩 有序

中華民國七十五年歲次丙寅秋月爲余與內子陳慧如結褵四十周年紀念西俗謂爲紅寶石婚在美兒女自各方齊集客寓初成歡會二女復自台遠來團聚天涯骨肉倍感情眞勝地重遊尤深忭慰旅中成詩數十律抒懷寫實工拙不計爰爲迻錄以誌勝緣

華航機中口占

雙飛今有縮空方 吞吐居然接大荒 萬里雲程舒健翮 一輪瀚海湧朝陽 情堅寶石貞元啓 帶結同心日月長 勝旅良辰歡比翼 相期白首共還鄉

初蒞誠兒新居

園林蓊鬱蔭新居 環碧祥凝四壁書 連氣繁枝多樸茂 同根貞幹各安舒 天倫樂敘歡言笑 地利攸興合耦鋤 客舍偷閑非吏隱 平生出處總如如

婚慶歡會

謾將流水擬華年 珠比晶瑩玉比堅 璀璨良辰珍寶石 艱虞生事慕高賢 天涯雖遠成歡會 蔗境彌甘喜善緣 笑把新詞梳舊夢 一窗濃翠月初圓

家人團聚

客館新州景物妍　來從中外慶團圓　天涯骨肉成歡會　鹿谷笙簫敞綺筵　孝悌親情歸至善　友恭禮敬益周延　迢迢萬里摶雲路　不計辛勞見性全

觀美國國慶盛典感作

火樹銀花入夜明　謾將江海擬歡情　帆檣十里波濤湧　仕女成群鼓角鳴　逐隊花車佳麗集　凌霄鐵鳥彩雲迎　安和輯睦兼團結　石借他山作鑑衡

自由女神百年慶典紀盛

逢辰來式自由神　煥彩凝祥意態新　火炬宵明如皦日　星冠熠耀引迷津　騰歡萬衆同歌頌　屹立芳洲迥出塵　滌盪風濤勤守護　臨深已是百年身

重遊長木花園

名園簇錦喜重來　疊葉群葩次第開　姹紫嫣紅窮兩極　浮青攢翠擬三臺　丹華金燄亭亭立　珠樹瓊英處處栽　解語依人香世界　此身疑是在蓬萊

重遊鐘乳巖洞

造化功深一炫奇　慕名人衆不須遲　重來我本桃源客　凝碧泉如逸少池　恢詭形神無可狀　迷離聲影每頻移　溟濛幻景籠燈際　正是巖容最好時

白宮

殿堂瑩潔稱民主　開放因時信自由　善政宜爲寰宇計　運籌豈許一時求　恢宏
博洽當無我　渟蓄淵澄匯衆流　中道行仁能守義　白宮美譽始千秋

傑佛遜紀念堂

獨立宣言震盛名　英雄亦可以文鳴　恢張正義弘謨略　橫掃千軍甚甲兵　衍澤
思深波澹盪　明堂蔭遠樹敷榮　宏規萬世崇民主　善政行仁致太平

林肯紀念堂

南北之爭史事傳　艱危總以一身先　人權種族無歧視　政制風規有曲全　郅治
太平開萬世　名言上智著瑤篇　瞻依我尙天涯客　來展華堂又十年

參觀華盛頓博物館

館以珍藏寶器名　金剛巨鑽價連城　琳琅入眼祥光滿　熠耀生輝瑞氣盈　喪志
多緣玩物始　興邦常自右文鳴　蒐羅縱富殊方異　不及誠中一德明

波士頓掠影

斑斑古蹟矗名城　茶稅風波史事明　旌旆猶新看似夢　艨艟如昔已休兵　自由
鐵堡春秋重　平等濤聲日夜鳴　道統攸尊恢法統　男兒志業在收京

登新州最高處

茂林叢翠綴新州　盛暑晨昏似九秋　綠邃奔車人意遠　高峰遊目白雲浮　嶙峋石壁苔痕淺　綿邈平川玉帶悠　最是穿空孤塔影　深寥逸趣望中收

觀丁曼飛瀑

林迥山深曲徑幽　循聲漸近接清流　千軍萬馬奔騰至　翠靄煙嵐次第收　虹彩舒雲成畫稿　松風和水作新謳　危欄徙倚渾忘暑　都道宜人是素秋

冰穴探幽

石嶂危巖天一線　層巒深淺亦雄奇　雲根壁立疑無路　冰穴寒生若有螭　鬼斧神工恢意象　鳴湍鳥語合聲詩　桃源自古稱靈境　如畫江山繫我思

文治斌女喜添麟兒

喜獲麟兒正及辰　國恩家慶物華新　豐頤宜有天人慧　廣顙當爲社稷臣　每念劬勞知盡孝　常思務本重尊親　繩繩相繼基乾德　比似明珠更足珍

黌府巡禮

哈佛大學

立國興邦重樹人　聲名黌府列長春　書城厚積縹緗富　士節恢弘志業申　默化

功深成美俗　潛移德沛賴傳薪　瞻依自笑低徊久　向道心如渴飲醇

麻省理工學院

舊學新知日琢磨　一時俊彥廣包羅　制天有道能齊物　富國多方重協和　政美恆因崇智術　化醇端不取嚴苛　巍峨堂構絃歌盛　桃李盈庭簇錦柯

普林斯頓大學

緝熙多士樂絃歌　堂構莊嚴蔭綠蘿　黌府聲華宏化育　書城圖籍廣蒐羅　壽人妙術藏珍本　入座春風振玉珂　活水源頭沾溉遠　洄瀾渟蓄作恩波

史丹福大學

車程迤邐過加州　來作黌宮半日遊　古柏繁陰崇碩望　長廊畫靜肅清遒　立身典則宜恆守　興業規模愼講求　樹木樹人皆遠計　從知術德應兼修

柏克萊大學

人文蔚起歸平治　科學昌明致富強　立國先宜弘教化　育才旨要出潛藏　匡時籌策期多士　壽世訏謨信有方　盛業中西馳譽久　崇樓碩望煥瑤光

重遊舊金山

靈山勝境喜重過　華埠今看列肆多　初聽鄉音皆曼妙　遍觀市貌亦安和　崇樓猶切摩天願　隧道長消渡海波　心路元能超物外　還應語笑學東坡

遊紅木公園

成林無樹不參天　子幹孫枝亦百年　茂葉蔥蘢篩日影　綠苔掩映綴雲邊　時聞語笑迷縱遠　偶接晦明園景遷　私喜頑軀腰腳健　勝遊差擬地行仙

美籍女詩人殷殷接待賦此申謝

從知會友尚崇文　志業聲華迥出群　蘭榭延賓誠雅靜　晴波浴日少塵氛　如詩言笑多溫潤　入畫園林亦馥芬　道蘊清才饒逸氣　樽開北海見情殷

歡晤五兄魯侯

異域相逢老弟兄　龍飛周甲舊豪英　笑談抵掌消長夜　憂患縈心見至情　往事猶新尋夢遠　鄉愁欲滌望河清　眼明身健聊堪慰　蔗境人間重晚晴

與五兄家人讌聚

金城歡會綺筵開　合是天心愛老梅　繞砌琪花姿綽約　連枝玉樹質崴嵬　崇階已少經霜候　貞幹元多浥露苔　結伴還鄉知有日　傾樽且復醉蓬萊

濟兄早歲投筆從戎參加北伐去今已逾一周甲當時固一青年豪俊也

謝啟芬伉儷盛宴款待

世誼歡同骨肉親　情殷語摯樂天眞　偷閑雅聚酬東主　話舊還期相吉人　餚核紛陳多海味　杯盤狼藉飽山珍　飲和自笑心先醉　滌盡詩襟未浣塵

故國神遊

故國神遊

——故國神遊多情應笑我早生華髮——蘇軾

宴清都 首都南京

極目雲天遠 懷故國 一腔孤憤難遣 龍蟠虎踞 青山繞郭 舊時池館 堯封歷劫塵滿 慟洪獄 繁華暗換 悵紫金 楓葉燒空 謳歌聲斷 休嗟六代興亡

前朝遺事 王謝堂燕 同心佇待 中興啓運 沍寒冰泮 河山整頓恢建 太平世 雄圖丕展 看又新 大漢雄風 重光禹甸

霓裳中序第一 中山陵

千年貴樹德 繼往開來 成偉績 欣見神州統一 更五族共和 蒼生蘇息 民權丕立 奠太平基業宏策 中山聖 大公志業 信舉世無匹 凝澤 紫金山色

氣勢壯 豐碑碣石 殊勳隆望博識 萬古長存 中外同式 比堯天舜日 主義重 三民典則 陵園肅 收京昭告 一代巨人側

玲瓏玉 棲霞紫金二名山

遙對群山 喜紅葉 笑靨相邀 停車坐晚 信霜林比花嬌 倘使棲霞夢穩 任秋風吹徹 天籟瓊簫 深寥 是溪泉 輕浣薄綃 看紫雲縈繞處 獨龍峰前樹

王氣干霄 太祖長陵 祇翁仲 伴此人豪 靈谷碑名三絕 劫灰餘 無樑寶殿矗立峰腰 蔣山下 鬱蒼蒼 松柏後凋

瑤花 雨花臺

高臨城堞 遠挹江峰 霧靄煙霏闊 磷磷采石 璀璨甚 色潤異形奇絕 雨花臺上 納萬景 萬言難說 倩畫工寫入丹青 供奉書軒裝設 千秋人仰孤忠 孝孺與忠襄 同具奇節 名山碣石 留恨史紀兩朝雙英烈 剖心割舌滅十族 堅貞如鐵 終不屈 罵賊成仁 羨直臣 眞雄傑

解語花 秦淮河

雕粱畫檻 繡障珠簾 何處閑庭館 錦燈頻煖繁華夢 渾忘綠深紅淺 清風拂面 酌明月 綺羅歌宴 曾幾時 金粉銷殘 六代風流散 寒水煙籠柳岸 數前朝遺事 多少凄怨 後庭花換圓圓曲 愁煞重來歸燕 秦淮舊院 更誰憶 桃花歌扇 亡國哀 遺恨千秋 簫鼓喧聲斷

渡江雲 莫愁湖

問湖邊月色 莫愁去後 胡馬渡江初 對殘山賸水 舞罷金蓮 玉樹悵歌餘龍蟠帶險 勝棋樓 一局全輸 塵夢遠 風流銷歇 潮打石城孤 蕭疏銅駝迷夢 虎踞襟嚴 祇今知何許 指日歸 春風旖旎 勝跡堪娛 鴻鈞世運

興華夏　舊江山　荊棘盡鋤　懷故國　丹心澄澈冰壺

燕春臺 燕子磯

燕子磯旁　御碑亭下　三臺碧嶂嵯岈　激湧風濤　絪縕絢麗明霞　遠離歌管銅琶　羨漁樵　是處人家　渾忘榮辱陰晴不管　雲水生涯　澄江如練　皓月籠紗　霧迷遠岫　露浥籬花　危欄徙倚　何須永夜長嗟　鐘鼎山林　念英雄　志業堪誇　奈韶華　匆匆老去　坐數歸鴉

江城梅花引 雞鳴寺

樂遊原上草萋萋　正春回　景如詩　多少樓臺　煙雨望中迷　南國風光看不盡　閱風亭　豁蒙樓　聳翠微　煙波千里怨歸遲　繫夢思　兩鬢絲　風荷萬頃　翠禽語　花樹離離　浩蕩長江如練鎖愁眉　極目臺城城外路　盡蒿萊　六朝塵　餘劫灰

翠樓吟 掃葉樓

面面青山　悠悠綠水　江南處處堪喜　看風帆點點　更鷗鷺　翻飛無忌　幽蒼凝翠　雲蒸霞蔚　對掃葉樓高　清涼山峙　歸心繫　萬家煙火　滿城花氣　故里三徑應荒　想古松籬菊　繞砌蘭蕙　還鄉知有日　舊時月　隨緣行止　浮生如寄　何須逃世　任社燕來棲　柴門休閉　南窗外　玉梅初放　沁人心醉

山亭宴 翠微亭

萬家羃䍥籠煙樹 有幽壑 小山無數 堪騁目遐方 渡帆影 遙雲遠浦 六朝遺
跡舊亭臺 卻歷盡 幾番風雨 迎曉日青天 最羨是 漁樵侶 翠微碧嶂收
全楚 更橫江 鶴飛龍舞 看擢秀高樓 隱約見霞光萬縷 頻頻移坐對浮青 問
明月 此身何處 扶杖且行吟 向夢裏 尋歸路

東風第一枝 鄧尉探梅

雪海凝香 湖波映日 醒來知在何處 玉簫吹徹輕寒 客夢漫尋翠羽 青山依舊
衹疏影 籠愁無語 想漢尉高隱幽深 幸有梅花爲侶 空自有 探花意緒
竟未得 詠芳秀句 卅年羈旅他鄉 幾時俊遊故土 吟鞭遙指 問古柏 雲深
何許 待晚春攜伴歸來 重對當時眉嫵

月下笛 五湖煙月

煙雨樓臺 風帆沙鳥 水都樞紐 鍾靈毓秀 對湖山景依舊 煙波浩瀚雲天闊
可省記 琴樽相守 念觀湖佳處 堂開萬頃 幾番攜手 狂叟 飄零久 想
范蠡扁舟 白雲蒼狗 西施去後 數興亡 忍回首 蒼茫翠靄沉沉夜 空悵望
河山如繡 衹明月 吐清輝 遙對橫空北斗

夢揚州 京口懷古

古揚州 重鎮尊京口 砥柱中流 北拒泗淮 內控繁華江洲 浪花淘盡英雄輩 有幾人 快意恩仇 空悵望 青山長在 夕陽紅自籠愁 生子誰如仲謀 傷鐵鎖橫江 豈是嘉猷 殢怨未銷 折戟沉沙未收 獨憐畿輔江邊月 映翠樓 猶認吳鈎 瓜州渡 秋風鐵馬 餘恨悠悠

氐州第一 金焦對峙

一色江天 浮玉浥翠 帆影掠過雲表 削壁鑿空 危巖激浪 香海憑高遠眺 波湧濤翻 彷彿是 山靈狂嘯 絕頂難窮 清泉不竭 妙高臺悄 點染三山成畫稿 卻留得 舊愁多少 瘞鶴貞銘 留雲傑構 往事縈懷抱 頌中興 歌復旦 澄清日 收京昭告 勝地重遊 放扁舟 垂綸獨釣

水調歌頭 北固山

形勢扼京口 似臥虎雄姿 山川傑特靈秀 景物最崟奇 一片平蕪田隴 近與金焦對峙 白浪挾雲飛 幾度勝遊夢 翹首望旌旗 鶴林寺 黃天蕩 御書碑 勝朝多少史蹟 揗撫久低徊 玉蘂仙蹤何處 斗酒雙柑啼鳥 鷗鷺兩忘機 有日得歸隱 裙屐與相期

揚州慢 綠楊城郭

玉樹瓊花 綠楊明月 歷盡幾許陰晴 悵繁華興廢 寂寞鎖江城 罡風熾 焚琴

煮鶴曲終人散　刁斗頻驚　數前朝遺事　刊溝嗚咽長鳴　綺虹積翠瘦
西湖　相屬橋亭　對塔影凌空　禪房晝靜　山與堂平　莫負此　風光好　馨香祝
宇內休兵　再重臨淮左　笙歌同頌中興

千秋歲 史公祠

千秋英烈　悵三分明月　長映照　衣冠碣　危城摧勁敵　大業欽雄傑　殉社稷
梅花萬點孤臣血　痛念金甌缺　苦恨洪流決　回天願　凌霄節　丹心長不泯
鐵骨終難折　祠廟在　淮南坏土金山雪

掃花遊 龍華寺

晴川凝碧　望塔影穿空　罥花輕霧　艷陽近午　正千條萬葉　和禽爭舞　別殿經
堂　半掩夭桃翠縷　鎮無語　縱紅補綺霞　難覓歸路　冠蓋知幾許　但廟貌
莊嚴　遏雲鐘鼓　肅人頓悟　數韶華易逝　落江塵污　轉眼春深　見說離人最苦
黯雲樹　更何堪　滿城狼虎

露華 滬瀆遺跡

露香石闢　數歇浦春申　久有行客　萬竹舊居　仍見藤蘿縈碧　載歌共渡滄江
不復昔時風格　鳴鶴處　危橋迄今　卻杳消息　虞姬死事悽惻　想淚浥
梨花　貞烈無匹　伏劍斷情　空對烏騅低泣　霸王氣短山河　廟祀尚留芳魄
香火盛　銘旌幾人識得

楚宮春慢 彭城懷古

亡秦必楚 干霄志 宜是千秋雄主 應念戲馬臺高 虞姬能舞 亞父嘉猷未用
痛失卻 股肱良輔 衣錦還鄉 終自困 鐵甕南徐 至竟劫灰塵土 孤亭放
鶴 看十里紅杏彤雲爲侶 燕子夢連黃樓 坡翁佳句 見得深情萬縷 更善政
爭傳長賦 挂劍尤傷吳季子 誼契幽冥 道義攸尊今古

綠葉舞風輕 快哉亭

綠葉舞風輕 水榭軒明 清芬似蘭芷 容止高華 凌波微步處 逸韻堪喜 淡月
初心 有誰識 如絲情繫 奈蹉跎 負卻東風 消息難寄 行矣 杖履優遊
任獨坐披襟 嘯詠方已 白日高歌 趁青春作伴好還鄉 勝地重臨 棹歌起 風
荷叢裏 快哉亭 滿溢墨香花氣

雙雙燕 燕子樓

滿庭月色 映簾幕深深 畫堂幽暝 霓裳舞罷 空想像 燈前影 紅粉心灰已久
有誰念 樓空人靜 元知太守多情 幾識素娥清冷 重省 當年美景 想
淒艷風流 盡成萍梗 黃樓夢斷 雙燕正 呢喃並 低話興亡舊事 更望切 東
風芳訊 還期彩筆瑤牋 再續歌壇新詠

魚遊春水 子陵釣魚臺

清徽留遺響　望釣臺　千秋共仰　泥塗軒冕　歸去後　江湖上下視公卿　聖者清壁立煙雲青山嶂　寒雨疾風　先生無恙　勘破名繮自放　對富春　澄江神往　奇山異水危灘　溪清月朗　更魚肥石細湍急　盛節高風襟懷巹　逃名者賢世情難網

南浦 南湖煙雨

飛橋小渡　樹成陰　煙雨濕黃昏　高柳長蘆深淺　流水繞漁村　一舸酒酣詩就亦方壺　勝境駐閑雲　古木樓頭靜　寶梅亭在　笙磬久未聞　一自將軍去後悵風流　歸夢未重溫　空有江南風緻　靈氣鬱清芬　苦恨惜花人遠　數寒梅萬點盡啼痕　佇待芳春至　好傳新詠入吳門

迷神引 錢塘潮

乍到錢塘　渾難辨　底事壯人心眼　江山秀麗　偉觀難顯　待潮生　中秋後畫圖展　倒海排山　玉城銀漢　雪嶺來天際　目光眩　聲似雷霆　震撼乾坤轉　激射奔騰　魚龍怨　繫腰銀郭　海源闊　驚濤散　浪花中　青山立　潮頭捲　望水域無極　天作岸　夜半月中看　益奇罕

木蘭花慢 蘭亭

入山陰道上　逢勝地　且勾留　有修竹茂林　崇山峻嶺　曲澗清流　優遊正欣所

遇 羨斯文酣詠任觴浮 東晉蘭亭褉事 可憐無補金甌 休休 歎壯志難酬
醉眼望神州 得已聊自足 散懷山水 寄傲林丘 銷憂 永和一序 挹遺芳
逸韻誦千秋 準擬新亭淚盡 士風何忍苛求

醉翁操 醉翁亭

周旋林泉 忘言 遠塵喧 偷閑長歌 我心追前賢 元知難擬飛仙 擁大千 醉
臥任酣眠 蔚然深秀縈夢邊 放懷嘯詠 琴韻無絃 醉翁未醉 一醉千秋萬
年 明月清風晴川 好與諸君流連 翁今猶樂天 叢篁如華顛 且與共霞餐 渾
忘身在塵世間

隔浦蓮 黃山

穿雲峰 遶石陘 抗直成奇景 萬壑千山外 莊嚴磅礴舒整 五嶽堪與並 山中
聖 富麗雄奇勝 阮溪亙 浮丘石怪 松奇雲詭泉冷 胸開目盪 轉覺多姿
難詠 縹渺煙霞衆壑靜 心淨 文殊鐘磬初定

眉嫵 黃山雲海奇觀

望千山攢翠 萬壑流青 崖壁正幽暝 散秀瀰嵐氣 風濤湧 蓬萊無此佳景 日
光弄影 忽幻成 縹碧金井 撼千仞 盪漾諸峰泯 似龍蟄初醒 吟嘯高寒
清冷 逐隊雲如織 疑入仙境 悄立丹臺下 藍天曠 滄波平似銀鏡 石松最勝

勢態奇　明滅千頃　海門挹流雲　方悟得　近平頂

玲瓏玉 天臺山

神秀天臺　擅江南　壯麗深寥　嘉祥峻極　山海瑰富宏遼　佛隴經壇勝跡　石梁
長懸瀑　飛白飄瀟　崇朝捲珠簾　春水漫橋　靜聽銅壺滴漏　倚瓊臺雙闕
遙隔塵囂　削壁寒巖　望華頂　旭日相邀　吐錦噴雲摩盪　自當年　劉郎去後
濕盡紅綃　別離處　染朝霞　猶綻露桃

新雁過妝樓 雁蕩山

孤峭迷濛山水窟　南歸北雁初程　百峰環守　移步異態殊形　欲畫瀧秋難著筆
不遊雁蕩是虛生　且消凝　邃深洞府　飛瀑雷鳴　長懷還山素願　坐白雲
翠障　獨釣寒星　霧沉煙海　珠散映彩空明　靈峰大道前　絕壁羅列　迴環如石
屏　驚心是　利剪高擘處　山與天爭

迷神引 雲岡石窟

水殿山堂雲崗晚　悵俗障迷塵眼　靈峰壁立　石窟如檻　與龍門　敦煌並　盛
名遠　相望多煙寺　皆偉岸　佛相莊嚴甚　瑞光滿　壯麗瑰奇　婉轉通深淺
石柱圓穹　煙雲綰　閣樓千百　須彌壇　如來苑　盡精雕　依山起　禪林選　曇
曜跡猶存　欽至善　意匠奪天工　信無忝

玉京秋 古都洛陽

佳氣叶 千年古都邑 漢家鴻烈 北望燕雲 南憑江左 繁華長閱 一髮青山露冷 歎飄零 金谷殘雪 舊時月 夜深空照 九朝陵闕 奕代文風消歇 想名流 清才峻節 太傅思深 洛神夢杳 先憂情怯 苦望神州統一日 重整河山心切 牡丹花發日 先爲收京報捷

徵招 狄仁傑故居

白雲親舍懷恩永 存孤老臣長倚 上智蘊忠貞 數深謀經始 延皇唐盛祚 本仁孝 隱憂終弭 養晦韜光 自甘榮辱 爲蒼生計 志業恢宏 宗邦事 曾縈舊時行止 對遠處雲深 積無窮鄉思 悵天涯咫尺 竟難覓狄村槐里 想忠孝本是同源 至行誰堪擬

慶春宮 晉祠

三晉名都 唐侯封邑 治西枕水山迎 樓宇勝瀛 泉名難老 聽淙淙細流聲 幾人曾記 晉陽劫 中宵灌城 驚濤怒湧 猶似摧堅 百萬雄兵 千秋霸業尊高名 皇寺崇周 矗與雲平 蒼柏聳天 黃槐匝地 盡蒼古 鬱青青 溯流懸甕石橋下 長浮綠蘋 文章千古 社稷戎衣 萬祀英靈

長亭怨 介之推祠

不言祿 胸襟高古 志節長青 晉陽雲樹 翳石苔深 鎖愁煙冷 夕陽暮 介推祠廢 寒食近 愁如許 歎上賞權奸 可省記 綿山風雨 倦羽 想當年隱遁

奉老母 全身去 焚山不出 抱木死 魂歸何處 幸解識 善者宜旌 過能改 無傷雄主 使霸業清徽 長共流傳寰宇

千秋歲 老子故宅

銅駝巷邃 映一輪明月 淒寂處 寒螿咽 清虛能自守 卑弱方難折 無爲說 五千言可消塵劫

上智傷消歇 終歎金甌缺 憑誰問 新儀節 深藏原善喻 循禮成高潔 猶龍在 上清宮觀雲峰雪

清波引 紅葉題詩

秋深如許 甚楓樹 向陽自舞 御河延佇 歎朝夕虛度 素懷隨流水 舊怨新愁難訴 還期樹也多情 倩紅葉寄心語

京華倦羽 況離亂 飄雲甚處 幸成佳侶 鏡中對眉嫵 良媒知誰是 鳳友鸞儔終相與 應記題葉詩成 繫情千縷

華胥引 北嶽恆山

金龍深谷 嘗鎮雄關 鳥猿都怯 晉北高原 天峰聳秀雲詭絕 北嶽崇祀恆山 石疊平臺闊 一局殘棋 數興亡不堪說

崖號多摩 望貞元 會仙高闕 采

芝人杳　何時振衣再謁　壁立危樓千仞　古寺懸空設　閎殿依然　對當時故山月

石州慢 龍門石雕

池現蓮花　窩老蟄龍　天闢佳穴　疏通伊水長流　古意出塵空闊　龕鄰峭壁　櫛比精舍臨　層阿縈繞穿雲闕　凝翠傍花亭　映珍珠泉冽　奇絕　緣雲路緬花樹煙華　漱潭明月　石刻莊嚴　應數古陽雄傑　潛溪逸趣　覆釜雕像如生　龍門體制盈千佛　勝境出神工　惜金甌猶缺

琵琶仙 白居易葬身處

緣結龍門　想居士　小隱香山時節　伊水東岸　靈巖危灘正嗚咽　和九老　高歌嘯詠　樂天叟　瓣香長爇　造化無為　浮生不繫　名世賢哲　最堪念　長恨歌殘　又商女　江頭苦離別　珠玉綴成佳什　與肝腸同熱　千載後　江山似舊待慕名萬里來謁　料得聲斷琵琶　雅音消歇

高陽臺 北平故宮

荊棘銅駝　前朝舊事　漁樵閑話當年　往日繁華　等同過眼雲煙　摩天閎閣承金殿　想迷濛　太液池邊　九重前　玉砌雕欄　百雉雲連　依稀紫禁城中路　矗樓臺千百　畫棟珠簾　燕媚鶯嬌　如今都付啼鵑　興亡自古尋常事　歎東流逝水平川　儘堪憐　三海生塵　苑月空圓

龍山會 五龍亭與九龍壁

龍澤留亭壁 湧瑞澄祥 更翠浮丹碧 對滋香秀色 荷風澹 拂檻柳絲如織 撼塔影瀾光 閱多少 繁華勝跡 歎都似 朝雲暮雨 一竿垂寂 龍蟠騰拏長空 栩栩如生 絕藝眞無匹 數人間咫尺 興霖雨 願拯蒼生饑溺 倚遠趣軒高縱臨水 晴波遙隔 但經眼 瓊樓玉宇 躍金沉璧

桂殿秋 文丞相祠

浩然正氣乾坤 聖賢志事誠難至 孤忠立極 地維天柱 綱常長繫 鐵骨丹心千秋遺烈 危時匡濟 仰莊嚴廟貌 猶鄰柴市 神靈近 京華里 豈止忠臣孝子 數清徽 法天經緯 從容就死 庶幾無愧 成仁取義 氣壯山河 名留史冊 此心如水 俎豆馨香永 高風峻節 顯垂斯世

徵招 謝疊山祠

文章執範名千古 清徽式尊名器 塑像肅衣冠 數忠臣高士 盡成仁取義 信無愧 文山堪比 古寺蕭森 一腔孤憤 死生無二 小祀仰薇馨 橋亭畔 銘貞孝娥碑記 敵騎寇江東 慟招魂無計 但荒山野寺 尙酬得 孤忠遺志 首陽節永式高風 正氣瀾青史

風入松 松筠庵楊椒山故宅

快男兒自重矜尊 數取義成仁 何須憑藉蚺蛇膽 褫奸魄 豪氣淩雲 故宅依然猶在 太虛孰與同群 壯懷垂範式松筠 冷翠鬱忠魂 丹心奕奕昭千古 鋤奸志 兩疏雄文 諫草猶留祠壁 浩然正氣長存

最高樓 天壇

高壇上 神宇矗皇穹 鄰日月 與天通 巍然形勢凌霄漢 沛乎靈氣鬱圻封 九龍屏 圓頂護 肅神宮 星辰轉 清輝人共仰 風雲湧 甘霖民善養 驚壯麗 奪神工 祈年殿邃名寰宇 七星石殞鎮廊東 倚雕闌 看翠柏 亦沉雄

沁園春 圓明園

取法江南 暢春靜宜 美景紛陳 念西舟陵畔 明湖如畫 玉泉山下 勝概澄心 海晏堂高 遠瀛觀邃 中外馳名冠上林 流年換 嘆危時兵燹 一炬成塵 思深故國憂新 料清賞 當時有幾人 想圓明清宴 紀恩堂後 杏花館外 鏡水齋濱 湛碧軒幽 稻香亭靜 往事依稀記尙眞 祗荒煙蔓草 麋鹿爲鄰

花發沁園春 頤和園

左挹湖光 右籠山色 碧波宛轉凝翠 煙雲獻彩 日月澄輝 是處畫圖堪擬 溪山若雪 長記在 逍遙亭裏 正翠幕隱約天開 玉華雲錦遙起 迤邐長廊徒倚 盡紅闌雕梁 繡綺蘭芷 堂迎樂壽 殿啓排雲 智慧海藏靈氣 舟樓映月

明似鏡　穹橋龍戲石舫昔年縱清遊　誰知興廢哀史

望雲涯引 玉泉山

煙霞近　九重外　垂虹側　裂帛湖光　匯太液嘉名錫　芙蓉夕照　對玉泉清冽
數第一　苑囿澄心　勝景歎非昔　明園靜　儘虛受　閑雲碧　遠峽琴音　聽
幾許風篁隔　涵虛鏡影　蔭鬱松林晚　憶繡壁　綺態如詩　往事都成陳跡

遙天奉翠華 碧雲寺　中山先生衣冠塚

洗心亭上觀　白雲閑　早錫清泉　虛齋涵碧　大羅天近人寰　喜山房悅性　水態
平　雲谷染楓丹　飛葉柴門　當年小駐吟鞍　金鋼石塔　矗檜叢　曉霧籠寒
衣冠高塚　瓣香虔禱中山　仰開來繼往　恃聖雄　仁智挽狂瀾　重振中華　千
秋萬世長安

霜葉飛 西山楓紅

數縈心卌年歸夢　誰知歸向何處　憶西山雪霽楓紅　松影泉聲古　況又是　天涯
倦羽　微嵐山色蕭蕭雨　更作盡秋聲　聽颯颯　搖空惝況　離愁難譜　雲木
撼曉虛吟　凝丹滴翠　欲傾深怨幽素　九龍松咽翠微峰　佛臥緣何事　應識得生
民疾苦　懷憂違志傷遲暮　解倒懸　昭蘇望　亟待王師　大張旗鼓

步月 盧溝橋

濁浪排空 長流奔海 朔方時有狂飆 地臨燕北 形勢控危橋 奮神武 山頭射虎 逞壯志 河上屠蛟 煙塵外 丹心許國 正氣仰人豪 涼宵明月夜 正盧花泛白 猶似驚濤 角聲吹徹 曉色照征旄 舊時恨 都成昨日 復國謀 元在吾曹 投鞭渡 收京偉業在今朝

轆轤金井 趵突泉

渴馬崖前 看噴珠漱玉 伏流多少 雪滿晴川 訝冬來何早 晶光皓皓 卻幻作翠圍珠繞 徙倚觀瀾 渾然忘我 塵襟都掃 靈泉乳 清純浩淼 信堪稱第一 化工靈巧 玉潤珠圓 更雷鳴風嘯 煙籠日 恰又似 鮫人盤倒 清淚盈盈 終年不竭 長流瓊島

祝英臺近 李清照故宅

掛吟鞭 黃昏後 踏遍歷城路 漱玉泉邊 故宅夕陽暮 瞻依一代才人 軼群巾幗 數傑特 詞林宗主 少延佇 又已簾捲西風 東籬菊開否 藻思芳馨 幽澹復高古 暗香盈袖魂銷 多情最是 離愁損 當時眉嫵

清波引 大明湖

似江南否 儘瀟灑 此間勝處 有湖山美 眇吳下洲渚 攬波光嵐色 歷下亭中

延佇 濟南名士多賢 渾難比 此亭古 迎風起舞 歎衰柳 含怨不語 織愁
千縷 匯清淚無數 秋荷莫虛負 指日揚帆西渡 靖世塵 早收京 拯生民苦

尉遲盃 鐵公祠

明湖路 夕照裏 向小滄浪去 飄香四面荷花 岸柳因風低舞 莊嚴祠廟 長共
此青山倚雲樹 式忠良 鼎石尊 雄峙危城拒狼虎 成仁取義風徽 垂斯
世 馨香俎豆千古 辣手文章人爭誦 擔道義 雙肩似鐵 興亡事 長留鏡鑑
論成敗 蒼天欲無語 想燕王 命世雄才 祗今香火何處

山亭宴 千佛山

當門翠柳花千樹 坐看時 嶺雲生處 宛在水中央 接醒眼 遙峰米聚 對迷離
九點齊煙 翠靄裏 不聞鐘鼓 但佛相莊嚴 若解識 人間苦 感天至孝欽
明主 事躬耕 大仁如許 舜日繼堯天 歷山下 依稀故土 歎今兵禍甚狼虎
況又是 滿城狐鼠 淚盡望王師 速競渡 清寰宇

夏雲峰 泰山

挹天風 小天下 尼父片語雍容 幽窅處成獨秀 正大巖雄 青分齊魯 形勢勝
氣壓恆嵩 漢柏翠 千年古木 夭矯如龍 煙雲萬壑溟濛 尊岱久 奕代
榮受禪封 瑰麗巧 欽造化 遠目難窮 陰陽昏曉 臨絕頂 我自爲峰 俯首望
天門隱約 人近蒼穹

瑤臺第一層 泰山觀日出

高曠雄奇兼挺秀 靈山副盛名 曙星漸淡 微暉散綺 旭日將升 看金輪滉漾 轉睫間 霞蔚雲蒸 對蒼溟 碧海波濤湧 冷寂無聲 晨興 日觀峰上 彩虹變幻虛明 浪翻千疊 恍同閃鏡 疑是潮生 有紅光射目 映衆山 萬壑流青 客心驚 念神州風雨 苦待新晴

珍珠簾 百步崖觀瀑

迸珠跳玉奔流去 天紳泉 懸瀑龍潭傾注 回望二天門 恰被雲封住 峭壁巉巖留碧蘚 更老樹 煙籠霞補 難補 且俯浥清波 滌愁今古 河谷晝靜空濛 有淩霄野鶴 魚龍飛舞 想世外桃源 勝境知何許 不是塵心猶未盡 祇自笑 閑情難譜 休譜 但願早收京 寫中興賦

大聖樂 謁孔廟并展孔林闕里杏壇諸聖蹟

心繫春秋 德敷天地 古今無兩 教澤長 流布他邦 師表萬方咸仰 闕里孔林鍾靈秀 鬱蒼翠 長春銷世障 弘文遠 鐸聲震杏壇 猶留遺響 莊嚴對行教像 肅聖德 溫良恭儉讓 典範垂身教 千秋遺愛 昭然靈爽 氣備四時齊幬載 訓詩禮 斯文寧久喪 金聲振 會祀永 廟堂長享

醉蓬萊 蓬萊仙境

念江南春訊 應到蓬萊 粘天芳草 苔翳丹崖 浪湧連珠島 海市蜃樓 水天滉
漾 景物迷昏曉 高閣登臨 問天無語 迎風長嘯 圓嶠方壺 祇今何處 隱
約三山 可堪重到 海竟揚波 往跡空憑弔 澄碧軒幽 蘇公祠右 望鼉梁縹渺
故國神遊 多情自笑 思鄉人老

塞垣春 長城

落日牛羊下 望大谷 蒼茫野 雄關百二 暮雲千里 煙景如畫 看蜿蜒 迤邐
高城掛 接朔漠 平沙瀉 踞幽燕 山川險 千秋屏障華夏 誰識祖龍心 興
亡事 幽恨難寫 盛業見雄風 謾嗟失王霸 但憑將 大漢天塹 殷勤護 莊嚴
黃魂社 閱盡風霜苦 寂寥唯胡馬

霜葉飛 山海關

水天一片凝深碧 名關山外雄踞 絕峰危石矗松亭 曾喜相逢處 有血淚 沉
哀莫訴 煙波千疊滌今古 看地接長城 數氣象 堪稱第一 遠連雲路 詩
史紀恨千秋 圓圓哀曲 銅駝淒寂無語 可堪朝夕雨兼風 夢逐歸鴻去 且摒卻
閑愁萬縷 鋪牋先寫中興賦 待好春 樓船發 指日投鞭 斷流西渡

六州歌頭 居庸關

太行迤邐 看米聚山形 驚陡峻 如劍戟 勢峥嶸 與雲平 微徑粗通處 峰夾峙 天如線 循曲澗 駝鈴遠 入孤城 石壁崇階 塞上雄關立 猶見題旌 鎖鑰稱重鎭 自古迭言兵 屛障幽幷 護神京 悵登臨晚 烽煙起 塵氛繼 急歸程 澄清願 作霖雨 沐蒼生 事難憑 舊日南飛雁 應解我 此時情 今雖老 身猶健 劍長鳴 幾度夢遊 但斷碑殘壘 冷月空明 望雲中邊隘 風雨幾曾晴 霧失幽陘

綺寮怨 姜女墳

萬里長城築怨 祖龍安在哉 但留得 片石銘貞 吟望裏 喬木高臺 當年牆傾壁壞 淒涼甚 往事儘堪哀 念伊人 淚盡邊塵 荒祠在 玉骨何處埋 最苦情深命乖 千秋遺恨 斑斑碧蘚蒼苔 都費疑猜 征人血 染黃埃 關前怒潮猶湧 渤海接 塞雲開 長歌放懷 爲誰一灑淚 傷霸才

浪淘沙慢 北戴河

暑威盛 驕陽似火 炙石如灼 惆悵紅樓一角 軒車久負舊約 念旅泊 塵襟長未濯 夢中見 勝地非昨 對海闊天空怒濤湧 詩情孰堪託 荒陌 望中霧

鎖深壑　但岸壁崩雲波翻處　勁氣撐帘幕　且獨嘯憑高　奇石如削　盪胸氣作倩斷霞　邀取松陰歸鶴　爲問當年連雲閣　歌聲杳　祇留燕雀　有多少　空庭苔蘚駁　數濱海　昔日繁華　盡黯澹　空餘暮靄籠河嶽

慶清朝 梁格莊弔古

地接燕南　天連趙北　悲歌慷慨知名　蕭森古邑　涿州尤近西陵　弔古戰場去後依稀猶認受降城　漸離筑　壯夫尚義　同樣豪情　長記抗秦恨事　借得於期首　督亢陂清　歌殘易水　白衣相送今生　烈士未酬壯志　嘆圖窮匕現難鳴　荒涼甚　但留古蹟　淒寂池亭

驀山溪 聯峰山

雲屏翠嶂　點染聯峰壯　故國迭神遊　憑高處　胸羅萬象　海天一色　石骨各崢嶸　新潮漲　月華朗　夢裏鄉愁漾　兩峰相望　欲挹飛霞亭　園囿展琪花　草堂開　松濤傳響　觀音亭下　聽梵唱鐘聲　銷俗障　去塵網　願共同清賞　山位昌黎縣東秦皇島西丘陵起伏極詭奇雄偉之勝有霞飛館松濤草堂諸勝景

金人捧露盤 明十三陵

負居庸　迴峰擁　矗高坊　看五門　壯麗空茫　秋風石馬　永陵檜柏鬱蒼蒼　帝王螻蟻　並成塵　空弔寒螿　笑興衰　悲隆替　徒徙倚　任徜徉　忽驚起　鴉

噪黃昏　青山黛遠　豐碑銘記豈無疆　但憑善政　沛仁澤　萬古流芳

鳳凰臺上憶吹簫　黃金臺

春滿蓬瀛　雲深故國　卅年已倦吟眸　但史編長誦　獨看吳鉤　遙想黃金臺上　風雲際　誰獻宏猷　男兒事　馳軀許國　豈爲封侯　潛修　處常應變　須義利分明　敵愾同仇　望漸離遺宅　正氣長留　更對於期舊里　荊軻館　千載籠愁　白虹斷　高歌壯懷　易水悠悠

夢芙蓉　蓮池書院

閑庭秋正冷　看芙渠色澹　拒霜弄影　倚闌干處　誰共與高詠　對蓮池美景　書香猶浥靈境　化雨春風　數英才迭出　桃李吐芳永　挹翠干雲獨凭　目接雙樓　暮鼓晨鐘靜　大慈崇閣　雞水繞清鏡　喜霜鳴可聽　渾然忘我初定　往事猶新　念家山暝晦　歸夢幾時醒

探春　蘇堤春曉

霧遶堤沙　煙籠花樹　柳眼初傳消息　一線銀鉤　半彎翠黛　掩映水光山色　曾繫遊驄處　對一鏡　長空涵碧　曉雲靜渡南山　嵐光鋪錦猶濕　昔夢舊歡難拾　勝景祗神遊　鄉關遙隔　細雨飛煙　明波蘸影　橋下畫船重覓　澄碧凝詩境　東風裏　花前長立　望切中興　與君同整吟屐

黃鶯兒 柳浪聞鶯

聽新篁暗柳啼鶯 樓臺煙雨晴 錢王祠右 六橋如帶綰前汀 翠浪搖天無際
銀鏡盪空明 湖舫歌聲 記曾攜酒聽 幾疑身在小蓬瀛 清波門外迎 坡翁
遺事 盡風流逸韻難名 聚景園中風物 圓月最多情 歸夢初醒 客中華髮生

驀山溪 花港觀魚

望山花港 坐一汀鷗鷺 佯小睡窺魚 任菰蒲 飄殘細雨 花家山下 有別業名
園 吟鞍駐 倚闌處 柳綰愁千縷 問魚樂否 看唼萍來去 倏又竟無蹤 自
浮沉 群遊芳浦 盧家第宅 盡畫閣飛簷 忘憂侶 出塵處 默默傳心語

八聲甘州 麴院風荷

憶風荷曲院釀清香 愁重夢偏長 悵天涯久客 吟情漸冷 頻夢還鄉 昔日風華
應減 想萬柳堂荒 千頃陂塘淺 白鳥空翔 遙念岳王祠廟 仰孤忠許國
萬古留芳 對跨虹橋靜 天漢任徜徉 水空濛 柳絲風盪 過西泠 笛韻擾詩腸
歸心切 白頭吟望 亟待收疆

秋霽 平湖秋月

沉璧流輝 月好正宜秋 霧氣凝白 皓魄中天 滿湖煙景 俊逸盡成追憶 棧橋
小立 恍欹玉宇瓊樓側 祗咫尺 相對接天潢萬頃澄碧 祠廟勝境 肅穆

莊嚴 仰瞻遺徽 追慕顏色 但殘葑 苔侵紫陌 傷心人是未歸客 祇夢裏 風華似昔 寄語西子 莫歎寂寞孤山 好憑歸雁 爲傳消息

渡江雲 三潭印月

步危橋九曲 軒前送翠 人在小瀛洲 倚紅闌翠檻 兀自凝眸 看曲港魚游 亭開卍字 望平湖 天與山浮 潭水澄 渾忘今古 倒浸一輪秋 悠悠 心隨景轉 不似人間 祇應天上有 又卻是 苔痕霤徑 別樣清幽 宵深明月時來去 印空潭 猶滿西樓

夏雲峰 兩峰插雲

兩峰高峙南北 相對插入雲霄 盤結蜿蜒疊嶂 遠出塵囂 天門雙闕 長不閉 彷彿相邀 更吐氣 撐空拔地 奇景深寥 人間俗念都消 也擬倩 仙客尺八瓊簫 吹皺一湖錦繡 徙倚中宵 噓雲舒卷 晴雨幻 恍若風濤 嘆世變 神州徧地 狼虎鴟梟

齊天樂 南屏晚鐘

南屏鐘久傳聲寂 宵深不聞砧杵 逸韻難賡 梵音莫續 欲問蒼天無語 鳳城舊址 祇昏柳棲鴉 織愁千縷 拂水飄綿 爲誰憔悴竟如許 雷峰勝遊不再 對晴川草樹 空自延佇 日出雲蒸 霞收霧起 鼉嶺今知何處 鐘喑永夜 望禹

甸重光　向天傾訴　願早中興　解生民疾苦

掃花遊 雷峰夕照

淨慈寺北　看聳翠南屏　倚空雲樹　柳煙萬縷　正迎風起舞　夕陽紅處　七級浮屠　掩映雷峰欲暮　畫船去　有多少別情　流水無語　離思知幾許　想咫尺天涯　片帆飛渡　恐招燕妬　對波光塔影　斂眉凝佇　夜色溟濛　見說鐘聲更苦望歸路　待收京　再喧簫鼓

百字令 斷橋殘雪

斷橋歲晚　正尋梅時節　初繫吟鞍　薄雪凝成詩境界　幾人深隱孤山　放鶴童歸停鞭詩冷　且擁袖憑欄　臨風高詠　笛聲遙繞峰巒　聞道綺陌長堤　皇湖亭畔　人醉玉樓寒　瀲灩花光香雪海　滌盡塵世悲歡　玉宇清虛　暗香疏影　綠萼綻芳顏　風華千種　好邀明月同看

望海潮 湧泉寺

白雲峰下　華嚴岩畔　靈泉湧現蓮花　龍睡未醒　經聲乍起　名山勝跡堪誇　岁前最嵯峨　望海潮怒起　浩瀚無涯　肘下天風　振衣千仞濯明霞　萬松夾道歡譁　有苔深翳字　樹老藏鴉　星聚俊遊　桃源舊夢　何時再飯胡麻　天鏡映平沙　對鳳池挹翠　何羨仙家　高閣迴龍　望中猶是白雲遮

醉蓬萊 青芝寺嘯餘廬

對爐峰曉瀑　文筆春煙　岱江歸釣　蝶案潮平　又石門斜照　潘渡風帆　舊盟鷗鷺　且縱歌吟嘯　盡譜松風　星窩夜宿　向天長笑　九曲珠聯　勝遊猶記　百洞青芝　幾時重到　鰲嶺雲封　嘆采芝人杳　長住蓬萊　常關孤館　問落紅誰掃待得年時　東風再綠　池塘春草

水龍吟 古田龍亭瀑布

龍湫飛瀑雷鳴　水從天降來無際　晴空霧重　水簾垂柱　苔花逸髻　煙氣空濛跳珠濺玉　潛蛟相戲　把鮫宮翻倒　水晶盤瀉　傾多少　鮫人淚　一曲長虹天外　喜涼生　平添秋意　炎威消盡　翻疑霜冷　遙天鶴唳　萬馬奔騰　驟馳風雨　驚心爭避　怕蛟螭破石　橫空匹練　作化龍計

遶佛閣 永泰方廣寺

道含萬象　岩含玉宇　天闢方廣　高閣宏曠　巍然石屋天門作屏障　水簾四敞　台觀聳翠　峰勢開朗　泉滴清響　禪林倚石中宵聽梵唱　殿闕最奇絕鬼斧神工眞意匠　還似廣寒瓊樓移地上　世外一桃源　歸日重訪　舊遊酣暢　料勝探幽　誰覓眞賞　更難尋　一時元亮

法曲獻仙音 寧德支提寺

鶴脊靈明　龍腰雲淡　秀色支提高處　邃壑幽岩　石橋危澗　人言霍仙曾住　問仙樂飄飄夜　仙人在何許　掩雲樹　隔遙天　印池寥落　空想望　重見鳳凰翔舞　但寶樹琅函　富藏經　人世難睹　九九奇峰　漫寒煙　竟夜聞否　有鐘聲搖漾　自遣滿懷幽素

雲仙引 福鼎太姥山

峭壁凌空　奇峰矗立　潭空淨洗人心　泉聲咽　瑞雲深　星辰鬢邊紛綴　煙雨層巒浮海行　長嘯憑高　天風滿袖　千壑傳聲　飛仙橋上逢迎　想太姥　瓊漿方釀成　水漲藍溪　月湖波定　獨釣寒星　記自堯封　棋枰尚在　石筍摩霄長隱眞丹砂休乞　好擎天柱　化雨蒼生

瑞龍吟 仙遊九鯉湖

鯉湖路　迴合萬仞珠簾　一行冰柱　迷濛煙雨石波深　古梅洞邃　魚龍宅處　一延佇　渾似倚龍宮裏　水晶門戶　虛岩坐看泉飛　蕭森木葉　無風自語　應是桃源重到　客來誰共　翩翩同舞　雖有舊時漁郎　歸覓津渡　雲封古洞　空有花千樹　何妨向　修林挹翠　鳴湍尋句　散髮扁舟去　將軍白髮　知能飯否　寂寞歌金縷　千古事　興亡都如棋局　一樽笑對　撲簾春絮

相傳有何氏兄弟煉石於此丹成九鯉化龍飛昇仙去

金浮圖 晉江東西塔

紫雲寺 鯉城舊地 樹樹蓮花 偏桑巔萃 想開元 盛世多祥瑞 傑構浮圖 聳拔一方雙峙 卅載夢魂猶繫 記得遊驂 花下停征轡 閑門閉 登臨有意 壁立出塵 捷猿無計 儘摩挲石刻雲屏外 丹桂飄香 薜荔風荷搖佩 深院曲欄徙倚 輕紗肯護 舊壁曾題字

飛雪滿群山 崇安武夷山

奇石嶙峋 清溪縈繞 翠崖隱約雲根 虹橋飛渡 星村醉宿 幾時舊夢重溫 倚窗聽虎嘯 更遙望 龍蟠石門 古松吟老 危灘滌盡 多少舊詩痕 猶記得 扁舟循九曲 望問津亭上 玉女嬉春 鏡臺坐對 更衣小憩 上庠五曲崇文 踵天游勝處 謁羲后 靈峰黛鬟 願天心許 來時好伴歸岫雲

多麗 將樂玉華洞

玉華清 扁舟容與天平 出南關 幽深古洞 風飄燭淚盈盈 潤山容 虛岩雲聚 迷嵐氣 空峽月明 聳翠危峰 補天疊嶂 渾然晴雨兩崢嶸 自一葉 葦航去後 鐘鼓未曾鳴 空留得 沙洲漲綠 瀨玉孤亭 正雕樑 舊巢歸燕 雙雙拂絮飄萍 彩雲飛 珍珠簾捲 晴雪映 白玉屏凝 承露盤深 望天犀老 珮環何處覓雙成 但一片 粼粼春水 阡陌尚縱橫 寒煙裏 夕陽斜照 雲樹冥冥

洞仙歌 永安桃源洞

巉岩曲澗 被雲迷歸路 十里桃花竟何處 但清溪流出 片片紅英 空悵念 洞外幾番風雨 倚千尋削壁 幽壑寒生 邀得閑雲與同住 環玉淨 好棲遲 共泛清樽 更笑勸 忘機鷗鷺 卻祇怕 明朝酒醒時 又負此山靈 悵然歸去

清波引 明溪滴水岩

玉虛延佇 儘幽壑 隱流處處 冷冽如許 似龍足飛舞 斷橋鼉梁下 有墜猿攀雲樹 清音石磬虛鳴 鴻濛啓 響天鼓 飄零歲暮 念羈旅 歸日又誤 玉梅花否 想開後眉嫵 天然好標格 綠萼有誰爲主 但願得早歸來 把幽懷訴

八歸 桂林山水

危峰獨秀 灕江涵碧 山水峻峭澄澈 溶湖水榭名巖聚 環立池亭叢翠 太平岩闊 勵俗讀書龍隱處 對清景煙扉雲闕 鎖兩越 屏蔽荊衡 七星最奇絕 橋影溪光望久 棲霞人去 悵念文風消歇 月牙泉冷 省春岩邃 隱約林間啼鴂 想船樓倒影 翠壁丹崖 淺流咽 數陽朔 桂林稱最 有石飛來 秦堤長坐月

曲江秋 梧州水都

今城古月 對水上樓臺 澄波瑩澈 清濁界分 山連五嶺 蒼梧咽喉穴 形勢控百越 依唇齒 湖湘闊 桂水浮橋 臨江鐵柱 繫龍神物 休說 金牛石設

有多少　繁華事歇　生香冰井涸　仙蹤已遠　會仙橋裂　祇聖蹟長存　明王舜帝雙陵闕　夕燄裏　元升塔明　秀浥桂江凝發

千秋歲 柳侯祠

文章壽世　德惠尊賢哲　養民善政成圭臬　捕蛇留警語　種樹紓高節　青山在韓文蘇字存碑碣　重鎮南寧轍　新柳亭邊列　舊時月　幾圓缺　遐方籌略展大匠規矩設　千秋後　窮通得失誰能說

最高樓 廣州鎮海樓

危樓上　放眼對芳洲　珠海挾天浮　鯨波猶湧當年月　白雲仍是漢時秋　借句　永嘉侯　今已矣　水東流　呼鸞道　笙歌聲未歇　封城野　雲山綿未絕　叢翠裏豁吟眸　摩星摘斗空今古　倚闌看劍壯謀猷　莫蹉跎　空白了　少年頭

惜紅衣 荔枝灣

南漢離宮　昌華舊院　盡成陳跡　一曲清溪　紅橋繞紺碧　青波映日　誰解識天涯詩客　長立　高柳荷香　泮塘人寂寂　輕紅細擘　釃白初肥　霞觴半狼藉　蓮舟盪漾　小憩荔園側　悵念故鄉風物　歸燕更無消息　縱有冰蠶繭　他日墜歡誰拾

夏雲峰 白雲山

傲羅浮 峙粵秀 嶺海雲影悠悠 凝翠黛 泉勢急 滴水岩頭 非仙非隱 舒鶴
處 月湧中流 佇望久 歸期未卜 我欲乘桴 年時故國神遊 賞心事 難解
別緒離愁 憑此慰情遣興 況味相侔 白雲山邃 經眼遍 綠蔭芳洲 似錦是
紅棉欲醉 春滿南州

瑤臺第一層 廬山

喜見匡廬秋正好 群峰列嶂藏 吐雲幽岫 瀉銀懸瀑 倒挂危梁 對屏風九疊
落影明 霞錦高張 鬱蒼蒼 萬里黃雲湧 帆影風檣 徜徉 哲人騷客 長
留勝跡盛名揚 樂天花徑 淵明故里 太白書堂 更羲之墨色 翠黛新 雅士吟
香 最難忘 水雲迷濛處 疑是仙鄉

石湖仙 鄱陽湖

鄱陽風色 潤多少靈峰 雲影朝夕 看浩翰煙波 掩長洲 魚龍舊宅 賓鴻歸矣
祇掠過一天寥寂 遙隔 醉夢中 幾聲漁笛 湖光儘多變幻 捲煙雲 群
山乍失 巨壑傳聲 聽石鐘鳴湍急 萬頃瓊田 無邊深碧 夜來潮汐 空媚我
蜃樓海市難覓

國家圖書館出版品預行編目資料

梅庵詩詞集

／廖從雲著. --初版. --臺北市：
臺灣學生；1998[民87]
面； 公分

ISBN 957-15-0863-2（精裝）

851.486　　87000544

梅庵詩詞集（全一冊）

著作者：廖從雲
贊助出版者：行政院文化建設委員會
出版者：臺灣學生書局
發行人：孫善治
發行所：臺灣學生書局
臺北市和平東路一段一九八號
郵政劃撥帳號〇〇〇二四六六八號
電話：二三六三四一五六
傳眞：二三六三六三三四
本書局登記證字號：行政院新聞局局版北市業字第玖捌壹號
印刷所：宏輝彩色印刷公司
地址：中和市永和路三六三巷四二號
電話：二二二六八八五三
定價精裝新臺幣四〇〇元
西元一九九七年十二月初版

85721

ISBN 957-15-0863-2（精裝）